À Ghislaine et Martel,

Tout un passé devant moi qui est demeuré jeune, beau et qui espère le deviner [signature]

JEAN-LOUIS LE SCOUARNEC
LA RONDE DE JOUR

Humanitas remercie le Conseil des Arts du Canada du soutien accordé à son programme d'édition dans le cadre du programme des subventions globales aux éditeurs.

ISBN 2-89396-141-x

Dépôt légal - 4ᵉ trimestre 1996
Bibliothéque nationale du Québec
Bibliothèque nationale du Canada

Illustration de la couverture: Rembrandt, *La ronde de nuit* (1642)
Infographie laser: Scribe-Québec

© Humanitas

Imprimé au Canada

5780, avenue Decelles, Montréal, Québec, Canada H3S 2C7
Téléphone/Télécopieur: (514) 737-1332

Jean-Louis Le Scouarnec

La ronde de jour

ROMAN

HUMANITAS

dédié à

Monsieur le Maire de St-Joseph-de-Lanoraie
Bernard Lacroix
(un des premiers colonisateurs, Jacques de Launay,
dit Lacroix est venu en terre du Québec vers l'an 1665
avec la compagnie de la Fouille, du régiment de Carignan),
pour son magnifique exercice politique et social,
pour sa dimension, sa fermeté, sa loyauté
envers la chose publique (res publica),
pour enfin, son amitié, son action ouverte envers
les citoyens qui le remercient
de sa conduite éclairée et humaine.

ainsi qu'à madame Monique Guèvremont-Lacroix
à qui nous offrons nos plus vifs respects.

à madame Lorraine Desjarlais
écrivaine, présidente de la
Société historique de La Nauraye,

à monsieur Ronald Rondeau,
(fils du docteur Alphonse Rondeau,
fondateur des loisirs à La Nauraye),
pour sa foi, son dévouement continu
envers la famille lanoraise. Ami et notable de la place.

Merci à l'un des correcteurs d'épreuves:
monsieur Jean-Michel Rondeau.

Partie I

L'art aussi vrai que la nature

I

L'heure monte aux désirs du soir comme une lampe dévorée de nuit. L'oiseau sous l'arc des branches fête la chute des soleils et jette à la lune rampante son premier cri.

Que faisait-elle en ces lieux, se demanda-t-il. L'ai-je déjà vue? Venait-elle à un rendez-vous?

Un instant après, elle regardait une masse d'homme. Masse grise et résignée. Elle lut sur le mur l'indication: *Sans Abri*. A le voir à ses vêtements, un ouvrier sans doute. Un chômeur certainement. Cette figure pleine, cette mine si triste et si basse. Elle, un visage en sourdine fait pour semer le vent, courir la mer. Elle, libre parmi tant d'esclaves.

Lorsqu'elle se penchait pour mieux examiner cet homme sculpté dans le vif de la chair humaine, sa bouche qui s'ouvrait comme une robe du soir, se fermait chavirée, pensive. Est-ce là la condition humaine? Qu'est-ce qui pouvait bien peser sur cet individu pour arriver à exprimer tant de lassitude? La misère du jour? La pesanteur des choses? Une société qui produit du déchet, se mit-elle à réfléchir les yeux par terre. Du prêt-à-jeter humain.

La foule se pressait autour des sculptures, essayait de dépister le geste muet de ces individus, de se glisser dans leurs yeux. A les voir, ils imitaient sans le savoir une prenante immobilité. Comme pour mieux se persuader.

Un homme d'un certain âge suivait la jeune femme, à pas discrets. Assistait à tous ses mouvements.

A travers les vitraux du musée, le jour tombait ivre dans les décombres des montagnes.

— C'est extraordinaire cette ressemblance, dit-il, en fixant derrière elle une autre sculpture où l'on représentait une masse de chair énorme, dormante et rougie de soleil. Titre: *Bain de soleil*. C'est drôle, en l'observant bien, elle n'a pas de cils.

Elle tourna son regard vers lui et fit un mince sourire d'accompagnement. Elle avait l'art de s'incliner. De laisser sa chevelure tomber comme une main qui cherche à être saisie.

Il se pencha près d'elle. Elle remarqua qu'il avait de beaux yeux. Doux, à la manière des bleuets. Mais beaucoup plus pâles. Des yeux bleus qui n'avaient pas cessé de regarder le firmament. Des yeux bleus d'enfance. Un peu tristes cependant. Ils semblaient toujours demander grâce.

Elle se mit à sourire. Lui aussi. Le contour de ces visages se dessinait dans la douceur.

— C'est vrai! Ces sculptures sont outrageusement vraies, dit-il en se tournant vers elle.

— Il y a en effet beaucoup de vérité, répondit-elle. Votre adverbe, reprit-elle doucement, n'est-il pas un peu outrageant?

— Comment?

— Si je me rappelle bien ma grammaire, un adverbe ajoute une détermination à un verbe. Ici, continua-t-elle, on peut observer dans votre adverbe, une forte réprobation dans la manière de ce sculpteur, enfin, de Duane Hanson. Ce dernier semble dire que l'homme est beau. Tel qu'il est. Et c'est parce qu'il ne se regarde pas assez qu'il oublie qu'il est beau.

— Belle observation! s'exclama-t-il, surpris d'une telle réponse.

Il supposa qu'elle était une intello. Une professeure de maths. Une retraitée au mitan de sa vie. Ce qu'elle vient de dire ne manque pas de justesse, songea-t-il.

Parmi tant de vivants morts, la jeune femme regardait, examinait, supputait ce moment de vie avec une grâce surprenante. Sautant d'une sculpture à l'autre avec, au coin des yeux, une joie un peu compromise. Ils sont beaux, dit-elle d'une façon résolue. Ils sont vrais.

— Mais, dit-il, si vous regardez bien toute cette galerie d'humains, il se dégage une manière d'être-au-monde sombre et malheureuse. Ce ne sont pas des hommes, des femmes, mais des êtres-objets, des machines. Usés et reposant sur leur ennui et leur emploi de fatigue.

— C'est un peu ce que je vous dis, rétorqua-t-elle, ils étaient beaux en soi. Ils sont encore beaux. Mais, ils sont devenus l'autre. On dirait qu'ils ont été vidés par leur tâche, par leur quotidien. C'est vrai, continua-t-elle, que les yeux de tous ces mannequins sont baissés, ternes et regardent par terre. Fouillant le sol et le prochain geste utile à faire. J'insiste, ils sont beaux en soi, malgré tout. Ils sont bien.

— Vous voulez dire que, en dépit de cette mélancolie obsédante, de cette résignation des mains et du visage, ils sont beaux. Qu'ils sont le signe d'une beauté ensevelie en eux, d'un être en eux où la beauté, la dignité se cachent sous de mauvais rôles, de piètres accoutrements.

— Oui, oui! s'exclama-t-elle, tout illuminée.

Il partit à sourire largement. Partageant avec elle cette allégresse chaude par où s'éclate la belle âme de l'enfance. Ce cliquetis de leur regard comme les navires font la nuit avec leur projecteur pour le plaisir des passagers.

— Chère amie, puis-je savoir votre prénom?

— Prenez celui que vous voulez, dit-elle amusée et un peu distante.

— Moi, je m'appelle...

— Ce n'est pas utile. Continuez.

— En un mot, reprit-il décontenancé, vous voyez tous ces types, ces pauvres types de l'univers américain comme ils étaient avant, au départ, non comme ils sont maintenant devant vous. J'admets leur beauté première enfouie...

— Un peu d'intuition, mon cher, dit-elle avec un sourire déguisé. Il faut dépasser les masques, voir les vrais visages.

— Ce n'est pas, coupa-t-il net, ce que Hanson a voulu montrer au public. Lisez la fiche sur ce mur. Il a voulu *donner à leur figure les mêmes choix d'expression qu'on donne à leur corps*. Et sans prendre une respiration, *leur corps*, dit-il vivement, *n'est que la représentation diverse des individus dans une société donnée*. Et qu'est-ce qu'on voit? Non pas des êtres humains, mais des fonctions. Même des robots à forme humaine. Si vous le voulez, des costumes. Ce sont des horloges arrêtées, prises dans leur mécanique. Des coquillages errant sur le sol, des...

Elle regardait avec admiration à peine retenue ce visage creusé de rides particulières s'enflammer jusqu'à donner aux yeux si bleus une tendresse courroucée. Deux diamants accrochés à un vieux rocher.

Elle vit tout à coup à travers la ronde des nuages que l'ombre penchait déjà les pierres. La lune pleine soulevait les carreaux des maisons, jetait des passions aux granges et montait vive et droite par les rideaux des ténèbres.

Le jour tourne autour de la nuit. Plus la nuit est aveugle, plus le jour est clairvoyant. La nuit a des yeux, une ouïe, une écoute, des odeurs. Et quand l'œil reste ouvert sur la nuit, le jour est malheureux de sa lumière. Le jour a besoin de la nuit. Car la joie de la nuit s'appuie sur la douleur du jour. La nuit, c'est le jour traversé. Le miroir transgressé.

Le jour accuse, exauce, excuse. La nuit désire, soupire, respire. La nuit fait la ronde autour du jour. La ronde des rêves, des heures, des songes.

Le jour ne quitte jamais la nuit. Et si l'on voit le jour la nuit, c'est que le jour a gardé sur elle quelques aiguillettes minces et frileuses comme le vif reflet de la petite fille lumineuse qui s'est glissée dans la parade au milieu des gardes de La Compagnie du capitaine Frans Banning Cocq dans la fameuse peinture *La Ronde de nuit* (1642) de Rembrandt.

L'homme était le jour. La femme, la nuit. Lui venait de la montagne, elle de la mer. Et pourtant le jour, la nuit, la montagne et la mer ne sont-ils pas des paysages de rupture, croyait-elle. L'avers et l'envers d'un même médaillon.

Malgré ce chavirement d'étoiles où le cœur vire la voûte, allonge la longueur des pas sous le préau des branches et met presque en joue les ferveurs, elle se demandait sournoisement: Qui est-il cet homme pour entrer comme cela dans mes saisons, égarer mes solitudes, creuser le vide, venir réveiller cette longue nuit endormie qui guette toujours les proies de la lumière? Qui est-il? Pour soulever ma pesanteur, m'arracher du terreau des choses, effacer mes pas de l'ombre, s'écraser sur ma nuit comme le jour amortit souvent les champs, blesse les fleurs et les dessèche parfois jusqu'aux fins d'horizon, qui est-il?

C'est la réflexion qui retenait sa pose en regardant distraite la sculpture *Joueur de football*.

Lui auscultait sous l'œil jaloux du gardien la sculpture *Les Touristes II*, à l'expression un peu narquoise. Il se demandait avec sérieux cette question inusitée, jamais sans doute posée depuis l'ouverture de l'exposition, à savoir si Duane Hanson était gaucher.

Elle se rapprocha de lui, l'attitude un peu défaite, plus interrogative. Son intuition la hantait encore et l'identifiait à ces sculptures monolithiques par l'esseulement. Une tristesse de fond qu'elle s'appliquait à dissimuler. Elle le vit un moment penché, presque au ras du sol à regarder *Les Acheteurs*. Il voulait rejoindre les yeux, en percer la pupille. Il se demandait si cette perplexité ou cette manière de l'œil gauche de la femme aux *Touristes II* était égale à celle de l'œil droit.

— Vous avez remarqué, dit-il à la jeune femme, l'alignement des yeux de la *Touriste*? Il y a quelque chose qui étonne.

— Quoi? dit-elle, avec cet air maintenant gai et presque serein.

— Les yeux ne sont pas pareils!

Elle se mit à observer attentive la ligne des yeux. Plusieurs fois, en virevoltant sur elle-même. Pour éviter l'effondrement du regard dans celui de l'autre. Pour fuir cette intensité de la luminosité réciproque qui, à la longue, fait pleurer les yeux.

— Regardez maintenant chez *Les Acheteurs*, les yeux de la femme, ceux du Médecin. Son petit doigt gauche mal rempli, non bombé. Et dans l'autre salle, les yeux de *l'Etudiant chinois*. Ils ne sont pas suffisamment prononcés. Et puis, ceux fanés de la *Femme en train de manger*!

— Il y aurait peut-être, et je dis peut-être, une certaine asymétrie, dit-elle, d'une voix traînée, presque hésitante.

«Oui, mais, reprit-elle vivement, quand vous vous regardez dans le miroir, vous vous voyez à l'envers. Lorsque vous travaillez devant vous, vous travaillez droit à l'envers, c'est-à-dire en position trouble. On commence par, disons l'œil droit, qui se situe à gauche pour le sculpteur et pour finir, par l'œil gauche qui est à droite. Cet envers des choses, c'est naturel à tout être humain qui regarde le monde. On voit les choses droit à l'envers, n'est-ce pas? s'exclama-t-elle triomphante.

Il se gratta la tête, le visage penché du côté droit et recueilli comme Tarquin l'Ancien devant la Sibylle de Cumes. Il resta quelques longues minutes pensif devant ce nouvel oracle. Et tout à coup, ses yeux devinrent plus grands, plus bleus, pétillants de petites joies qui dévalèrent soudain jusqu'à la bouche dans un large rire répété.

Elle explosa elle aussi de tout son visage. Se balançant de haut en bas avec cette grâce soudaine qui rejoignait l'enfant qui venait de jouer un tour. Ses yeux avaient l'éclat des cimes rieuses; sa voix, le ris joyeux des clochettes.

Une étrange chaleur entra dans la salle. La lumière à chaque pas choisissait des tableaux, guettait des allées, allait se réfugier dans quelque coin heureux de silence.

Sa main sembla prendre doucement la sienne. Il crut la porter à ses lèvres encore amusées et la retenir longuement dans l'inédit du désir.

Voulait-il fasciner sa bouche...?

Comme pour faire basculer ce moment embâcle dans le secret des murs blancs de nuit, il sema prestement ces mots:

— Suis-je à l'endroit ou à l'envers? Dites-moi, comment me trouvez-vous, à l'envers ou à l'endroit?

Les rires fusèrent de nouveau. La pénombre les avait rejoints dans les lambris des sculptures. Elle paraissait jeune et belle en se mirant dans les fenêtres profondes du musée. Ils sentaient le soir descendre sur eux comme une obole ample et généreuse.

Cette nuit universelle où tout paraît bouger vers le noir. Où la beauté nocturne s'engouffre dans la douceur molle des souvenirs, dans le silence oblique des étoiles.

La noirceur s'appuyait ferme sur les allèges muséales. Elle basculait dans la cafétéria où montait la voix des visiteurs venus se restaurer. Peu d'hommes, beaucoup de femmes. Faut-il voir là un rapport entre l'art et l'oisiveté ou simplement un goût féminin pour la création.

— Vous prendrez bien une collation, dit-il, en inclinant la tête vers elle.

Elle sentit soudain sur sa nuque ce souffle humide venant de la chaleur de la parole.

Elle fit en souriant un signe affirmatif de la tête.

Elle avait aussi senti à travers l'invitation cette odeur de tabac. Presque tolérable, puisqu'elle fumait.

Ils descendirent l'escalier aux marches longues et larges qui ne pouvaient s'engager qu'en dansant ou sur la pointe des pieds.

Des plats nets, cirés, aseptisant l'odorat attiraient par leurs couleurs, se disputaient la clientèle. On essaimait quelques assiettes sur des tablettes vitrées. Une demi-heure plus tard, elle et lui, débarrassaient leur plat avec indifférence. La satisfaction des visages et le langage des regards assuraient à ce repas une scène idyllique simple.

— Nous reviendrons au sujet des sculptures, j'espère, dit-il. Il y a tellement de choses à dire: la texture, la philosophie, la présentation générale, et cætera, aussi la pensée de...

— Enfin, nous verrons. De tout cela, je crois, dit-elle, qu'il faut savoir discerner un certain mensonge: le jeu de la ressemblance ou la vraisemblance du jeu. Véracité et mensonge de l'Art, ajouta-t-elle, d'un ton inquisiteur. Un ton mutin et savant à la fois.

Au retour, ils reprirent les deux escaliers en faisant cette fois de longs pas. Ainsi montaient ou descendaient les gens. Ils grimpaient en se riant l'un à l'autre. Deux enfants en vacances.

Il la trouvait svelte, maintenant plus dégagée. Est-ce possible que le bonheur soit là comme un grand lit de repos? Bonheur qui monte jusqu'au baldaquin de l'émotion. Il la regardait cette fois monter, descendre les mêmes marches en sautillant. De ces gambades enfantines montait une rumeur de caresses. La ligne de son corps mesurait le temps. Lui abritait son jeu d'un regard attentif.

Jeu d'inconscience qu'on appelait, dans le langage savant des ludologues, jeu païdique et que font la plupart des animaux de la création. Dans leurs approches amoureuses ou dans leurs désirs de maternage.

Elle comptait les marches en nommant les notes du piano. Do, ré, mi, fa... C'était un espace blanc où se promenait la ronde du temps musical. Ronde qui vaut, comme on le sait, quatre noires. Une ronde pointée, six noires ou quatre-vingt-seize quadruple croches. Deux jours n'égalent pas une nuit, pensa-t-il. Ce qu'une nuit pointée d'étoiles peut égaler de jours de sable et de disgrâce.

La gamme chromatique de ses jeunes pas amusait les passants et même les enfants qui s'inscrivirent à leur tour dans l'onde harmonique des déplacements. Deux gardiens vinrent mettre à cette sarabande trillée un silence pointé dans la portée des jeux.

Ce qu'elle était heureuse, se disait l'homme d'un certain âge. L'avait-elle déjà rencontré? Dans un lancement de livres, dans une bibliothèque ou dans une rencontre littéraire. Peut-être dans un autre musée. Ce qui serait surprenant.

Etait-elle mariée? Avait-elle des enfants? Divorcée, peut-être! Un ami dans les rangs? Autant de questions délirantes qui enrôlaient son esprit, rongeaient par moment sa joie. Avait-elle choisi d'être heureuse ou de se vouloir heureuse un instant? Un mince geignement n'accompagne-t-il pas toujours ce choix de se vouloir heureux? Malgré tout?

Ils arrivèrent, en tournant un peu vers la droite, en face d'un grand meuble du XIXe siècle, un buffet victorien veiné d'un bois très chaud. Du chêne ou de l'érable rouge. Sur lequel étaient sculptés des produits de la chasse. Une pièce énorme qui avait servi pour la visite d'Edouard VII, lors de l'inauguration du pont Victoria. Ils se regardèrent dans le grand miroir au tain défraîchi.

Elle inclina la tête vers l'épaule de son compagnon de fortune et sembla dire quelques mots doux qui tombèrent au bord du silence. Il se pencha à son tour vers elle et effleura de ses lèvres la joue un peu blanche comme la brise glisse à coup d'aile sur la feuille ouverte à l'invitation du soir. Chaque baiser, même esquissé, est une île heureuse lancée dans la mare du bonheur.

On entendait un peu, au loin, la musique des chuchotements. Une espèce de conversation avec les sculptures qui répondaient par leur présence intensive et figée.

Si je pose une question au monsieur sculpté, disait l'enfant vers sa maman aux yeux de tilleul, le monsieur va-t-il me répondre? Les gens se mirent à sourire en regardant le bambin. Il venait, sans le savoir, de faire le plus beau compliment qu'on pouvait adresser à un sculpteur réaliste. Ceci rappelait cette phrase bien connue d'un visiteur devant une sculpture du Christ de Léonard de Vinci d'un réalisme vibrant: *Parle et je te crois!*

Elle et lui revinrent vers les salles de l'exposition. Autant de sculptures masculines que féminines. Ils examinèrent avec sérieux, certains modèles de Duane Hanson. Dans le but de saisir la manière artistique de l'artiste. De confronter leurs impressions avec l'idée du sculpteur.

Ils trouvèrent, surtout lui, que la *Fille à claquettes* faisait très jeune. Elle portait sur son visage d'enfant une tristesse d'adulte. Que *l'Elève du secondaire* s'ajustait bien au réel, égal à tout étudiant de son âge. Ni gai ni triste. Que le *Joueur de football*, comme Sisyphe au bas de la montagne, chassait presque heureux sa fatigue. Que la *Femme au bain de soleil* représentait un dur coup pour l'esthétique féminine. Que ce corps (c'est toujours lui qui pense) est l'effet d'un spasme de la civilisation américaine. Une masse de chair ronde, cuite au four, endormie comme un gigot sans âme. On ne devine même pas les vertèbres de son âme. Tout est spongieux, spongille. Et pourtant, cette femme gélatineuse confirmait de bonnes proportions, possédait la mesure et était même jolie.

Se rappelant ses anciens philosophes grecs et romains, il se disait en lui-même que le corps est beau malgré tout parce qu'il participe *à une raison venue des dieux.* Que tout être qui a reçu *la raison, la forme et une fin unique est beau parce qu'il participe à l'Idée.* La beauté, essayant toujours de se souvenir de Plotin, maître de Porphyre et heureux continuateur de Platon, *la beauté, en se remémorisant une des phrases du maître, ne vient-elle pas de la forme qui, du principe créateur passe dans la créature, comme dans l'art la beauté passe de l'artiste dans l'œuvre.*

Lasse de cette mise à l'écart, elle le secoua par le coude et le rappela à la réalité.

— Cette femme polype, disons encore gélatineuse, dit-il plus haut, n'aurait pas dû naître. Née pour être Vénus, comme la plupart des femmes, elle est devenue une grosse américaine. Née d'un point d'orgue, d'un cercle parfait, elle s'offre là, devant nous, comme une vilaine apostrophe humaine. Le résidu des êtres qui se déformeront toujours mal en vieillissant. L'humanité est une immense faillite. Un échec presque total.

— N'oubliez pas, reprit-elle un peu agacée, que cette femme demeure le produit de l'Idée, c'est-à-dire de Dieu.

— Hum!

— Une beauté, qui est devenue, je l'admets, une image, une ombre fugitive fondue quelque peu dans la matière, mais qui se souvient de sa lumière, de ses premiers soleils.

— On peut difficilement croire, reprit-il, que cette femme remplit tous les sentiments qu'évoque la Beauté, c'est-à-dire: *étonnement, stupéfaction, désirs, amours et ravissement.* Non. La matière, c'est la délinquance de l'esprit. Surtout si elle déborde d'une façon insolente.

— Il vous reste une chose peut-être à comprendre, non à apprendre, puisque vous étiez en philosophie, m'aviez-vous dit. Cette chose à comprendre, c'est que vous devez voir tous les hommes, tous les êtres humains avec une âme belle. Ainsi, vous les regarderiez tous avec amour.

Plus loin, comme un peu vexée par cette vision masculine au sujet de la *Femme au bain de soleil*, elle répliqua sur un ton revendicateur:

— Vous savez, votre idée de femme mince, d'homme grand, bref, de Top Model de série américaine à la télé, c'est un mythe ancien, encore entretenu par les créateurs de mode. L'homme grand, c'est-à-dire taille longue, chevelure blonde ou charbon, air mâle, un peu méprisant et la femme mince ou taille d'oiseau, buste généreux, bassin large, air faussement distrait et abandonné, bouche recevante, d'après moi, ces modèles représentent plus une vue de l'esprit qu'un regard sur la réalité. C'est, comme vous diriez en philosophie, la primauté de la forme sur le fond. Cela me surprend de votre part. Et pour la femme grosse, n'oubliez pas que c'est chez ce type de femme qu'on rencontre la beauté rayonnante, la générosité pleine, l'ouverture d'esprit, la disposition naturelle à aider l'autre, l'équilibre et la stabilité. Oui, c'est tout à fait un discours d'homme, de mâle.

— Oui, j'ai compris, dit-il, un peu secoué.

— Vous imaginez-vous Rhéa ou Cybèle, la mère des dieux, mince comme un pic, assise sur son échine et dévorée par ses os? Non, la Grande Mère représentait la terre féconde, la génération des hommes, des animaux et des plantes. Elle était grosse, grasse et toujours engrossée.

— Oui, j'ai saisi. Je m'en excuse. Je retire. J'ai succombé à cette idée, à ce moment de grâce où la femme attire follement l'homme et qui se pointe comme un sexe.

Reprenant sa thèse d'une façon presque opiniâtre, elle lui rappela, de mémoire, la statuaire et la peinture anciennes avec les noms de femmes bien en chair: Vénus, Déméter, Europe, Diane, les trois Grâces, les Muses, Psyché, les Nymphes, Cérès, Antiope, Danaé, la Sibylle de Cumes et combien d'autres. Sachant bien que ces noms, tirés des fables, des légendes souvent aimables, parfois cruelles de la Mythologie, représentaient bien la vision des historiens et des poètes de la Rome et de la Grèce anciennes. Tous des hommes.

— Quelle mémoire, quelle culture, coupa-t-il en voulant se moquer un peu.

— J'ai un livre de mythologie chez moi, aussi quelques livres d'art que j'ai reçus en cadeau, dit-elle en riant. Voyez comme je suis savante!

— Bien, bien. Je n'insiste pas. C'est fini pour les grosses femmes. J'en conviens, c'est peu délicat de ma part. C'est un manque de jugement. D'autant plus que les Top Models comme vous dites, ne représentent que le neuf dixième de un pour-cent de la population. Et qu'en plus, pour abonder dans votre raisonnement, la plupart des grands hommes qui ont fait l'histoire jusqu'en 1900 étaient, en général, plutôt petits de taille.

Satisfaite de son explication et du repentir de son compagnon, elle sentit par sa mine confuse et un peu bougonne qu'elle venait de remporter sur lui la victoire de Samothrace. Elle dandinait de plaisir.

Après un instant de réflexion, fixant les lumières flottant sur les sculptures, elle dit:

— Au fond, je sens que votre âme est belle. C'est pour me taquiner.

Essayant de se défendre:

— Je ne peux tout de même pas me départir d'un certain esprit critique. Chaque matin, quand un philosophe se lève, il dit Non. Il est contre. Après examen, c'est le plus beau Oui du monde.

Et si ces êtres existent vraiment, coupa-t-elle, c'est parce qu'ils sont beaux. Et s'ils sont beaux, c'est parce qu'ils existent. Cela rend mon âme amoureuse devant toute espèce de création. Je m'aime. Je m'aime avec ma raison, mon âme, mes émotions. J'aime aussi les autres passionnément. Malgré *leur laideur, leur intempérance, leur injustice, leurs multiples passions, leurs troubles et cette façon, chez eux, de s'attacher à du périssable, à du vulgaire, à de l'impur, à de la dégradation.*

Il recula d'un pas. Fixa le parquet et parfois, les yeux de la jeune femme aux yeux pers à teindre le ciel. Il se souvint du philosophe d'origine égyptienne qui tînt école à Rome et dont elle venait de produire la pensée sur ses lèvres de miel.

Le soir se promenait dans la circularité des sculptures. Une espèce de murmure errait entre les corps. Préparant sans doute une joie secrète et bondissante à la fois. Les choses voulaient se taire. Cachaient leurs gestes, étouffaient leurs cris. On entendait presque la tension se déposer sur le voile du soir. Les surfaces elles-mêmes s'aplanissaient, se préparaient à la naissance de la Nuit. Elles s'apprêtaient à se couvrir. A devenir rondes et heureuses.

Moment de la prière. De la fin des jeux. Les silhouettes ne dansaient plus. Elles retenaient leur souffle, leurs dernières syllabes.

La mer doit dormir là-bas. Elle dort toujours. Ce qu'on voit quand elle frissonne, n'est que l'ébouriffement de sa chevelure. Que des éclats de rire. A la suite du poète, on pourrait psalmodier ces mots: *paix chez les hommes, calme sur la mer; nul souffle, vents couchés, un sommeil sans souci.*

Il était environ sept heures. Dans sa tête germinait encore la dernière phrase de la jeune femme: *regarder le monde avec une âme belle. Et le voir avec un regard amoureux...*

C'était une leçon. Lui, le vieux professeur de philosophie qui avait vécu mille engeances aussi, toutes les bonnes volontés.

Aimer tout être parce qu'il existe... Le trouver beau parce qu'il est là... Il faut être un enfant ou un être inconscient pour développer un raisonnement pareil. Tout ce cirque hansonnien d'hommes et de femmes qui reflète bellement la réalité et dans la sculpture et dans la vie, tous ces êtres sont laids de vie. Oui, ils sont affreux, laids de vérité.

Il n'y a plus d'enfance dans tous ces étalages. Elle est morte trop jeune cette enfance. On l'a tuée. Le jeu qui était d'abord gratuit, celui de vivre, de se choisir une vie, d'être minimalement heureux s'est envolé. Il est traduit par un jeu utile, performant. Un jeu d'excellence. Et celui qui a joué trop tôt ce jeu, celui des adultes, celui de la compétition, du profit, de la chance, meurt les traits figés, les semelles lourdes et l'espoir crevé. Il est vide d'espérance. Il est devenu un *homo laborans*, même pas un être jouant, un *homo ludens*. Quand il n'est pas tout simplement, de nos jours, un chômeur, un *homo vacans*.

Telles étaient les idées qui parcouraient l'esprit du vieux professeur de la haute et docte Philosophie.

Elle devina à son front las et ridé, à sa bouche amère de plissures, à ses yeux remplis d'une tristesse vague que l'esprit critique, la raison raisonnante luttaient contre un cœur bon, contre un naturel bon, prêt à toute commisération.

— Je comprends ce qui vous chagrine, dit-elle doucement d'une voix émue. Le monde n'est pas si beau qu'on le croit. Les êtres sont fades. Sans nervures et sans idéal. Une seule chose m'indigne et m'attriste, c'est ce qui me rapproche de vous, je crois, c'est que le monde est indifférent. L'humanité est terreuse et mortelle. Pour ne point dire presque morte.

Quelques minutes après, elle ajouta sur un ton brisé:

— Moi aussi, parfois, je désespère. Il faudrait une âme neuve tous les jours.

Son regard se tournait vers le dehors. Vers la nuit immense qui recevait dans le jeu des premières étoiles la tristesse émue des âmes jeunes, le dernier soupir de l'enfant, le cri déchiré du malheureux, la note pluvieuse de l'oiseau et la plainte douce des choses qui vont disparaître dans la chute secrète des ténèbres.

Il vit dans le visage de la jeune femme cette angoisse de l'animal blessé. Cette peur, cette crainte de je ne sais quoi qui lacère les poumons. Fait baisser la tête et la fait rouler dans le chemin des mauvais présages.

— C'est à croire que la mort serait plus belle que la vie! Quand on voit, marmonna-t-il, tant de misères, tant de vilenies.

Un moment après, en marchant quelques pas au milieu des spéculations assombrissant leur regard, ils s'approchèrent de la sculpture: *Homme dans un fauteuil prenant une bière*, il fit cette remarque:

— Vous voyez ce type affalé devant sa bière, les paupières closes, peut-être ivre-mort.

— Oui.

— Eh bien! cet homme-là nous donne l'image de ce que l'humain sera dans quelques décennies.

— C'est-à-dire...

— C'est-à-dire, un type sans visage. Ressemblant à tous les visages. Chacun, chaque homme, continua-t-il, commence à sa naissance par une figure particulière, individuelle et finit sa carrière par le visage de la foule. Le visage communautaire. La tête de tout le monde.

— A peu près ce même visage neutre, indifférent qu'on rencontre sur tous les passeports. N'est-ce pas ce qu'a voulu nous avouer Hanson en nous montrant l'envers du type américain? L'artiste, lui, nous en a dévoilé l'endroit, confessa-t-il.

Puis continuant, l'homme d'un certain âge ajouta d'un ton médusé:

— On va tous finir comme ce buveur de bière, c'est-à-dire avec un verre de fort, une suce ou une idée folle. Enfin, dans la léthargie du visage d'accoutumance...

Après quelques minutes, comme mené par le remords, il reprit sur un ton de regret:

— Je m'excuse pour ces dernières remarques. Elles sont d'une grossière brutalité. J'ai vu tant de gens souffrir, mourir à la guerre que...

Ici, on entendit un long espace. Blanc de paroles.

Comme pour se donner un appui, en revenant de consulter le livre guide de l'exposition, il reprit presque avec chaleur:

— Hanson a dit comme cela que ce que l'on voit dans la vie, à la plage ou dans les galeries marchandes est bien pire que ce que l'on voit dans l'exposition. Alors...

Un long vide du temps apparut dans le silence des mots.

En feignant de n'avoir pas compris, elle dit:

— J'avoue que ces sculptures sont des reflets de société. Des rôles, des personnages, des types avalés, refoulés, affalés par le quotidien et dépourvus de ce qu'on peut appeler le faire-voir ou la théâtralité. Le *show-off*. Loin de la scène et sur la scène.

Et plus loin elle reprit:

— Ce qui rend semblable toute cette galerie, c'est la continuelle mélancolie aperçue dans chacun des visages. Aussi, cette façon de dire au monde qu'ils en ont ras le bol de vivre. De mourir leur vie.

Après quelques minutes de silence, se retournant vers la jeune femme, l'homme poursuivit.

— Si l'on parle de galerie, il y a, vous admettez, des tableaux choquants. Par exemple, ce gendarme frappant un jeune noir et donnant un coup de pied dans les côtes. (Cela ne nous rappelle-t-il pas haïssablement l'habituelle brutalité policière?) Ces corps de *soldats étendus* morts, troués dans le sable, la plaie ouverte vers le ciel. Cette *Femme au foyer* avec son teint mort, verdâtre et sa cicatrice sur la main gauche. On pourrait même se demander si elle se drogue.

Hanson semble énoncer ceci et, ce sont presque ses mots: *mes images ne se rapprochent que de ce que l'on voit dans la réalité.* Même si le sculpteur se défend d'être un caricaturiste, il a fait le portrait des gens, avec leur manière d'être. Il a voulu représenter souvent des amis, des parents. C'est pour cela que je vous dis que toute cette exposition est une vérité en polyester. Une photographie réelle en fibre de verre.

— Oui, dit-elle, avec un air hésitant et surpris, on peut dire que...

— Le seul credo que Hanson a suivi est celui de respecter l'idéal de Degas ou d'Edgar Poe, ou, celui de *faire conjuguer la ressemblance de la figure avec celle du corps*. La seule liberté qu'il a prise ce fut, à mon sens, de créer une illusion.

— Comment? demanda-t-elle.

— L'illusion de la ressemblance. En collant, modelant, retravaillant, peignant les corps humains, l'artiste a permis à l'Art de jouer son jeu et, à lui, de créer des imitations. De libérer son acte de création.

— Vous voulez dire qu'il a copié la ressemblance, dit-elle sur un ton intéressé, les yeux un peu rieurs.

— Oui, en un sens. Si vous entendez par le mot ressemblance, le caractère des choses représentant des éléments communs, c'est oui. Par exemple, *le Photographe*. Il ressemble bien à un photographe. On ne peut pas être plus photographe.

— Oui, en effet.

— Mais ce n'est pas tout. Si vous examinez bien le pied droit, vous noterez qu'il est impossible, incliné, de plier un soulier de manière pareille. Cela veut dire que le soulier n'est pas suffisamment rempli. Bref, qu'il n'a pas d'orteils.

— C'est une façon très équilibriste de se tenir sur un pied comme cela, rétorqua-t-elle sur un ton mi-enjoué.

— Vous voulez vous moquer de moi?

— Non, non. J'admets seulement qu'il y a une petite exagération. Dans la réalité, on ne verrait peut-être pas cela. C'est forcé. Disons, un peu forcé.

— Ce n'est pas à cela que je veux en venir, reprit-il doux et vif. La thèse que je veux défendre est celle-ci:

— Oui, chuchota-t-elle en le regardant avec des yeux amuseurs à faire sourire les momies.

— Non, mais vous ne me prenez pas au sérieux. Ecoutez-moi. Je vous en prie. Je reprends, dit-il, sur un ton qui se voulait professoral. Hanson joue sur deux volets. Le premier, c'est faire un homme. Certains types d'hommes. C'est ce qu'on peut appeler le simulacre ou si vous voulez, faire une imitation du réel. Le second, serait de créer chez le spectateur une espèce de vertige. Ainsi toute son exposition devient un merveilleux manège. Ajoutons, en revanche, qu'il a voulu faire pareil et en même temps, pas pareil. C'est là, le grand geste d'artiste. Son acte de liberté.

— Je ne saisis pas tout à fait.

— C'est simple. Il n'y a qu'à lire les notes sur le tableau, là sur le mur. Hanson a confectionné ces gens qui étaient là devant lui par un procédé de moulage. Parfois, il s'est permis de grossir les corps, de modifier les traits et d'utiliser plus d'un modèle souvent pour faire une même figure. Cela, à plusieurs reprises, de mémoire.

— Vous voulez dire que, en feignant un peu, Hanson ferait des sculptures, des hommes en pièces détachées. En un mot, ce serait comme faire du simili-cuir.

Abasourdi par une telle réponse, il se demandait en lui-même si ce visage clair et doux comme la madone, ne jouait pas un jeu. Il continua en retenant son sourire.

— L'extraordinaire là-dedans, c'est que le sculpteur a défait son jeu. Il a fait du vrai en le défigurant. De là, ajouta-t-il, toutes les imperfections, les infirmités que l'on rencontre dans son œuvre.

— En un mot, tout cela, c'est un mensonge, dit-elle, plus sérieuse.

— Oui, exactement, vous l'avez dit, c'est le mensonge de l'Art. Je trouve cela divin!

— Oui, monsieur le professeur, en reprenant son espièglerie naturelle.

Plus tard, se retournant vers lui:

— Alors toutes ces infirmités dans ces sculptures: les yeux croches, les cils absents, les hanches qui ressortent, le manque de flexion des genoux, les visages à deux faces, les...

Lui, en enfilant, dit:

— Oui les bouches, les pieds crochus, les ventres gonflés, les torses forcés, oui, tout cela représente le vrai. Le vrai et le faux de l'homme. Entre les deux, c'est la création, la liberté. C'est, si vous voulez, le jeu de l'homme sur l'art et celui de l'art sur l'homme.

— Merci, monsieur le professeur, dit-elle sur un ton gracieux d'opérette.

Il se mit à rire mince avec cet air moitié embarrassé moitié songeur, tout en devinant que, depuis un certain temps, la jeune femme pouvait bien se payer sa tête ou se moquer de ses manières.

Ils allèrent ainsi chacun dans leurs pensées lointaines. Quand soudain elle le rejoignit et sur une voix candide mais sérieuse, lui dit:

— Est-ce que Dieu n'a pas fait la même chose avec les hommes?

II

Le soir veillait aux fenêtres. Il étalait ses lampes de nuit comme les vigiles romaines de l'empereur Auguste. Les nuages dans l'encoignure froide et pure de la lune avançaient profonds et cachaient la dernière ligne d'horizon d'un soleil harassé. Malgré la cohorte impénétrable des nuées, une fenêtre du musée laissait surgir dans la lucarne du ciel la constellation du héros Persée, celle du cheval ailé Pégase, puis, celle de la belle princesse Andromède. Avec une inclinaison raisonnable de la tête, celle de la reine Cassiopée.

La question de Dieu se promenait dans la tête de l'homme. Elle errait dans la splendeur ruisselante et démesurée des étoiles. Se fixait même comme un clou d'or sur l'étoile Algol dans Persée, appelée l'étoile du diable. C'était, sans doute, une question du démon.

Comment répondre, trouver les mots oratoires? Voulait-elle seulement l'éprouver? Que dire devant l'infinité du sidéral, devant l'insolite qui devrait mener, à coup sûr, vers le mystère de Dieu. Se moquait-elle de lui? Lui, l'homme d'âge mûr; lui, ex-professeur d'humanités et surtout de philosophie; lui, l'écrivain au crépuscule de sa vie; lui, presque valétudinaire.

La femme tenait son visage de beauté vers le sien dans une attitude interrogative. Elle avait deviné la lutte âpre qui se livrait en lui. Ce combat inégal entre Dieu et l'homme, entre la belle et la bête, entre la gravité de la pensée et la légèreté des mots.

Il se tourna vers elle et vit ses lèvres qui enchaînaient la joie, ses yeux qui puisaient dans l'enchantement et ses mains presque naïves qui se joignaient comme celles des femmes à l'heure de l'invocation. Il se détourna avec peine de ce regard et dit tout bas dans un murmure ému ces mots de La Bohème: *si vous n'ouvrez pas ma porte, c'est mon cœur qui va l'ouvrir.*

Et ce ravissement qui saillait en eux comme arrive parfois le matin un bonheur non courtisé.

La mer là-bas endormait les oiseaux, les enfants. Elle se houlait dans son lit de mousse, récitait la litanie des nébuleuses et invitait dans ses eaux la lune recroquevillée sur les falaises de la montagne.

Ce moment de grâce qu'il venait de trouver tel un vagabond qui rencontre une laine chaude pour la nuit venait de se rompre. Cette

25

interrogation de la jeune femme, amenée avec une chaleur si candide, se pressait au front de l'homme et demandait une réponse. Dieu, création, participation, mal physique, mal moral, homme, œuvre, copie, péché, tous ces mots assaillaient son esprit. Mobilisaient sa raison, effrayaient un peu ses principes. Comment répondre sans tomber dans une espèce de dénuement, sans avouer ses propres assises sur le plan de la croyance, de la raison, aussi, de sa formation, de ses connaissances.

Elle rejoignit son visage ombragé par les concepts et n'osa pas réitérer sa question.

— Je vais essayer de vous répondre, dit-il. La réponse que je cherche depuis un certain temps pourrait se révéler correcte ou incorrecte. Peut-être absurde. J'ignore tout des liens que vous tenez avec la divinité. Je veux dire de vos croyances et de votre pratique religieuse.

Vous m'avez demandé, si je me rappelle, le rapport entre Dieu et Hanson dans leur œuvre créatrice.

— Oui, je vous écoute, reprit-elle avec attention.

Mesurant ses mots, sachant bien qu'il allait marcher sur des braises, il dit, hésitant:

— Il faudrait que vous sachiez dès le départ, chère amie, que le mot Dieu fait pour moi problème. D'abord, ma raison ne peut le rejoindre. Ensuite, ma foi ne peut le circonscrire ou le joindre. La foi qui devrait être un pas en avant de l'intelligence a peur. Non pas de perdre pied, mais de se trouver un jour seule en chemin et de tomber ainsi dans l'égarement ou le délire. Pour éviter de chuter dans cette foi qui entraîne ou le mystique ou le charbonnier, je préfère ne pas trop quitter la terre. Ne pas délaisser mes champs et me garder quelques provisions. C'est-à-dire, la raison.

Elle écoutait avec gravité les paroles de son compagnon.

— Alors, vous seriez à mi-chemin entre..., dit-elle sur un ton curieux.

— Je serais athée, selon vous, ou sceptique ou non religieux ou même agnostique. Non. Vraiment pas. Enfin, je ne sais pas. Et même si j'étais carrément athée, je prouverais encore Dieu.

Plus loin:

— Vous savez, la seule question valable au monde qui existe, et cela, depuis des millénaires, c'est la question de Dieu. Pour moi, c'est la seule. Devrait être la seule...

— La question sur l'homme que je vous pose a aussi son importance, répondit-elle. Peut-être la seule. Dieu est parfois si loin et l'homme si près. Elle fit un pas de côté comme pour se garantir des regards et ajouta: J'ai eu quelques réponses dans ma prime jeunesse. Aujourd'hui, elles se sont un peu effacées dans le marais de la vie.

Délavées un peu comme ces roches au bord de la mer ou du fleuve qui ne reçoivent l'eau au fond des baies qu'au passage des navires. Mais actuellement, je refais, moi aussi, mon examen de conscience. Enfin, mes méditations. Mais, il y a toujours en moi une foi qui reste. Qui colle à ma peau.

— Chaque fois que je parle de Dieu, dit-il, cela devient pour moi irrespirable, suffocant. C'est un nom de feu. Quand j'entends les gens ou un curé déclarer: *Dieu a dit...* je trouve cela profondément indécent. C'est une sorte de souillure, pour ne pas dire un sacrilège. Une sorte de mainmise sur. C'est pour cela que je préfère me taire. Le cacher. Pour le moins possible le quémander, l'ennuyer par des prières officielles ou des rituels symboliques. Des hochets. N'a-t-il pas droit lui aussi à sa liberté? A son silence?

Après un mince repos, il reprit:

— Le cacher. Me cacher pour mieux l'entendre dans le silence. Le silence de l'âme. Puis, attendre... attendre... De longs moments, des mois entiers, une vie peut-être au pied d'un arbre, à genoux devant la porte d'une humble masure ou, là, dans un champ de pivoines ou de blé, aveuglé par le tir d'une étoile. J'attends... j'attendrai le message sublime, même s'il n'était qu'une frange de voix ou l'écho lointain d'un murmure.

Un long silence s'établit entre eux. La figure de l'homme baignait dans une sorte d'illumination intime, malheureuse. Il s'affaissait dans une réflexion où le regard plongé en falaise laissait voir un antre divin.

La sculpture *Queenie II* avançait immobile derrière les deux visiteurs. Rappelait l'image forte de la terre. Ils allongèrent le pas vers une autre sculpture intitulée *Médecin*. Ils reconnurent chez lui, selon une note affichée sur le mur, un des fils du sculpteur. Ses yeux attentifs se rivaient sur un dossier médical. Une figure satisfaite. Sûre, triomphale et corporative.

Il releva la tête et reprit d'une voix douce en se tournant vers elle.

— Oui, Dieu est une terrible question.

— J'ignorais que vous aviez un tempérament religieux. Je viens de découvrir en vous cet aspect caché, désertique qui vous crée, je l'avoue, un certain charme. Mais pourquoi cet enfouissement en vous? Pourquoi attendre au bas de la montagne?

— Je sais ce que vous voulez dire. Un peu comme le peuple juif qui attendait au bas du Sinaï. Vous voulez que je grimpe, que j'affirme?

— Oui, c'est cela. Est-ce que la nature entière, l'univers, ne sont pas un long cri vers Dieu?

— En effet, un long cri de douleur. Après un certain temps: j'ai presque la conviction que la Création est à refaire. Elle aurait dû être annulée.

— Je ne crois pas que la Création soit à refaire. C'est plutôt l'homme. Ne craignez pas, continua-t-elle, l'homme se charge très bien de détruire la Nature. Voyez ce qui se passe maintenant sur terre. Et cela, depuis le début des temps.

— Il me vient cette idée folle. Peut-être que l'homme est le satyre de Dieu et Dieu la satire de l'homme. Quel est votre avis? ajouta-t-il s'adressant à elle avec un sourire à demi triste et amusé à la fois.

— C'est une image insoupçonnée. Une comparaison assez morose. Elle nous amène à des pensées vertigineuses. Sur le coup, elle reprit: Nous voilà revenus à cette fameuse question du début, à savoir si Dieu n'a pas fait, comme Hanson, la même chose avec les hommes. Si la Création... enfin, entre Dieu et notre sculpteur n'y aurait-il pas...

— Oui, en effet.

On sentait à travers les grandes vitres du musée les premiers hennissements de l'automne. La pluie fouettait les fenêtres, mouillait les étoiles qui fondaient sur les sculptures. C'était le plein soir. Avancée comme un convoi lugubre sur la fine et dernière nappe du jour, la nuit glissait lente et lourde. Le crissement des roues du tonnerre achevait d'éteindre les flammes ultimes et lointaines du jour obituaire.

C'est l'heure où la faim brille au fond de l'œil. Des grappes de personnes s'acheminaient vers les portes. Des rires d'enfants montaient en volutes le long des colonnes. Une joie. Celle du soir enveloppait les gens, leur donnait, derrière les sourires, une figure grave, creusée par la symbolique des sculptures. La vie qui était là devant. En chair humaine et presque vivante. Dire que les modèles de Hanson ne se sont pas reconnus à travers ses œuvres. Ses propres enfants et les autres.

— Je reviens encore avec la même question, si vous me le permettez, est-ce que Dieu n'aurait pas fait la même chose avec la Création, avec les hommes?

Il comprit l'opiniâtreté de la jeune femme et crut qu'il n'échapperait pas au caprice intellectuel de sa compagne. Elle a sûrement quelques idées sur le sujet, se disait-il en lui-même. Pourquoi me placer sur le banc? C'est vrai, toujours en se recueillant, qu'elle est une adulte, qu'elle étudie la philosophie depuis, peut-être un an ou deux, tout au plus, qu'elle ne manque pas d'intelligence, de feu sacré et aussi, surtout, de charme. Et plus loin, croyait-il comme tous les vieux professeurs devant de nouveaux élèves, c'est toujours la même histoire avec les néophytes. Un grand réveil de conscience, puis, à la fin, la vie se charge d'éteindre les tisons, de les bâillonner sauvagement dans le foyer. Le chemin de Damas se referme toujours. La Pentecôte a perdu ses langues.

Peut-être fait-elle exception. Il ne connaissait pas son vécu, mais il avait déjà des réponses.

Il me faut risquer une réplique, se disait-il, en se mordillant le pouce. Que dire?

Il sait bien, dans son for intérieur, que la philosophie, la science n'ont pas l'outillage voulu pour répondre à cette question. La théologie s'y empêtre aussi. Même si la théologie chrétienne semble livrer le tout en vrac, il sait bien au fond qu'on s'est placé à la place de Dieu, qu'on lui a prêté une foule de solutions en vue de satisfaire, quelque peu, dans un beau scénario théologique, la maigre intelligence humaine. Et sans tarder, à dire, à créer un corps de doctrines, de dogmes propres à l'évangélisation, à l'endoctrinement, à l'unification de la religion, disons, de la secte.

Avec toute la précaution de ce qui semblait être son nouveau rôle, en face aussi de son mince savoir, en dépit de ses nombreuses études, l'homme reprit, un peu désabusé:

— Je ne crois pas que Dieu se soit reconnu dans ses œuvres. Hanson s'est mieux vu dans les siennes. Pour moi, la Création est un échec, l'homme un scandale qu'on n'est plus capable de cacher. Vous savez, c'est très nébuleux toutes ces choses.

— C'est vrai, dit-elle. Ce qu'on a mis de temps, d'écriture à prouver Dieu, à essayer de comprendre le Mal dans le monde, la Mort, le pourquoi de la Création, la Liberté, l'Au-delà. Mais, je ne crois pas, continua-t-elle avec un air de confiance, qu'il faille tout rejeter. On est tout de même là. N'est-ce pas, en partant, un peu suffisant d'être là?

— Oui, c'est vrai, en un sens, reprit-il, mais, c'est là, justement, qu'est la question. Ce n'est pas suffisant. Je veux dire que le Monde n'a pas de suffisance en soi. Il faut toujours chercher une raison ailleurs, en dehors de lui pour l'expliquer.

— Et cette raison, on l'appelle la Foi, coupa-t-elle avec triomphe. Pas la foi sentimentale ou purement rationnelle, mais la foi qui adhère à Dieu et qui peut réunir tous les croyants.

— Que faites-vous alors de ceux qui veulent ménager la raison devant la foi? questionna-t-il sur un ton vif.

— Je trouve que ceux qui veulent trop ménager leur raison se refusent de traverser les pâturages de la joie, d'une certaine certitude amoureuse et spirituelle de la terre qui peut être aussi réaliste que le grand Savoir.

En réfléchissant, les mains maigres et fines posées sur son front, elle ajouta subitement:

— Il faut d'abord avoir un peu foi en soi avant d'avoir foi en Dieu. Une foi forte, naturelle qui relie l'homme à la Nature et à sa beauté. Ensuite, avoir foi en quelque chose, avoir foi en quelqu'un ici-bas et, si possible, en quelqu'un dans l'au-delà.

— Allez, continuez chère théologienne, dit-il avec un petit sourire, votre discours va nous amener tout droit au confessionnal.

— Non, dit-elle, presque irritée. Je dis qu'il faut d'abord avoir cette disposition morale de celui qui dit ce qu'il croit et qui agit selon sa conscience. Il n'est pas encore question de foi dans Dieu, mais de foi dans les hommes. La Raison dont vous parliez, votre sens critique que vous voulez tant préserver, ne sont pas exclus du tout. Il peut y avoir un ménage très convenable entre la Raison et la Foi.

— Vous voulez avancer que vous accepteriez de croire en Dieu et dans les hommes d'une façon inconditionnelle?

— Non. Mais presque inconditionnelle, affirma-t-elle en reprenant sa gaieté naturelle. C'est un peu cela. Mais je sens que vous voulez me faire parler, dit-elle, en relevant légèrement la tête.

— Non, non, dit-il, un peu ennuyé. Un instant après: J'admets que j'aime vos paroles. Elles sortent de votre bouche comme la marguerite des champs. Elles coulent avec la douceur des tulipes et la fluidité des ruisseaux. C'est très agréable à entendre. Oui, je l'avoue.

Poète en plus...

Je vous remercie, ajouta-t-elle avec cette tiède rougeur aux joues qu'on rencontre sur la tête altière des glaïeuls Vous écrivez, sans doute?

— Oui, quelque peu, dit-il. Un moment plus tard: On s'en parlera au souper, si vous acceptez de partager le repas avec moi.

Elle fit signe que oui, dans un mouvement de paupières qui se fermaient mi-closes et réjouies sur ses yeux pers. Le tout composait une figure pâle et toujours triste de maigreur. Il avait remarqué chez elle, depuis le début de la rencontre, l'émaciation de son corps. Une fragilité gracieuse certes, mais que le moindre froid atteignait jusqu'aux os. En face de cette petite misère de vivre, une force de vivre. Une volonté de dire non.

Ils étaient maintenant, dans la course mesurée des pas, devant la sculpture ainsi désignée: *Policier et émeutiers* qu'ils regardèrent à peine de nouveau avec des haut-le-cœur aigus. Tant cette image, toujours visible dans les journaux et les autres médias, leur rappelait la répression outrée et outrageante des corps policiers. Ils pensèrent presque en même temps, sans oser se regarder, qu'on va souvent dans la police pour se protéger contre le criminel qu'on cache en soi. Un peu comme on va en médecine pour faire reculer ou aseptiser sa propre mort, en politique pour se faire valoir devant les autres. Ainsi en était-il du psychologue ou psychiatre, du prêtre, de l'écrivain ou de l'enseignant. Les deux premiers, pour stigmatiser dans l'autre leur propre déséquilibre; le troisième, pour gagner le ciel par le prochain en le culpabilisant; le quatrième, pour gérer son angoisse narcissique et le dernier, pour dépister, comme Prométhée, le savoir et le transmettre comme Pygmalion à la jeunesse.

C'est ce qu'ils pensaient l'un et l'autre, le dos presque appuyé l'un à l'autre. C'était, peut-être, une des lignes de fond de leur conception autour des grandes motivations de quelques activités humaines.

Il y a comme cela des êtres spirituellement jumeaux qui excluant l'âge, la condition, le tempérament arrivent à réfléchir à la même chose et au même moment. Dans leur cas, c'était presque visible. Une symbiose communielle. Comme mus par un ressort secret, tout à coup, ils se tournèrent l'un vers l'autre avec un large sourire de satisfaction et frappèrent avec gentillesse leur front l'un contre l'autre. Ils se prirent la main droite et les balancèrent dans un mouvement d'encensoir pour chasser leurs fumeuses cogitations. Ils riaient ensemble. Ils se perçaient du regard. Se tenaient encore plus ferme la main en se pleurant presque leurs yeux. Venaient-ils de rejoindre ensemble une sorte d'identité ou de surprendre entre eux un destin enfoui depuis des millénaires dans le mystère des êtres? Ou, possiblement, de reconnaître dans la flamme de leur regard la danse endiablée des farfadets ou encore le rythme joyeux et sournois de quelque beau génie ou bon démon? Qui sait?

Presque en même temps, ils s'avouèrent:

— Il faut changer de vision.

Ils se laissèrent la main, firent volte-face et marchèrent l'un près de l'autre en se dirigeant vers une autre salle. Quelques moments de silence laissèrent planer une réflexion qui était restée dans les airs. Discours qui attendait une réponse ou une fin.

— D'abord, dit-il, comme pour essayer de conclure, si je me réfère à la croyance moderne, il semble que le problème de Dieu et de la Création ou du Mal ne se pose plus. La question de Dieu est tellement contestée de nos jours qu'on l'a mise au rancart et Dieu, on l'a tout simplement congédié. Ainsi, il est devenu inutile. L'homme actuel veut vivre, échapper à l'angoisse. Il est devenu *consumériste*. Malgré lui. Pourquoi, me direz-vous? Parce qu'il n'a pas le temps de se poser des questions et qu'il est fort occupé de lui. Il cherche à vivre, mais surtout à survivre.

Surprise par une telle déclaration, elle dit d'un ton inquiet:

— Cela signifie que vous enterrez Dieu vous aussi, que la question centre de votre vie ne se pose plus.

31

— Du tout, reprit-il avec vigueur. C'est la position énoncée par la mentalité moderne. Elle avance que toute cette question religieuse ne serait l'affaire que de vieilles gens, la préoccupation d'intellectuels anachroniques ou la dernière pitance des malades ou des assistés. Et là encore, se glisse même au fond de la misère et de la maladie, d'une façon perfide, un désintéressement, une indifférence larvée. Pourquoi? Si Dieu existe, c'est parce qu'il est absent.

— Enfin, je comprends. N'est-ce pas l'homme qui a tué Dieu ou, dit-elle, si c'est Dieu qui aurait...?

— Sous un angle humain, c'est l'homme qui aurait tué Dieu et Dieu aurait tué l'homme, ajouta-t-il. Parce qu'au fond, c'est toujours l'homme qui cherche Dieu et non le contraire. Vous savez, cela ne déplaît nullement à un esprit raisonnable qu'il y ait un Dieu comme point de départ. En termes philosophiques, si vous me le permettez, il ne répugne pas à la Raison qu'il existe un Dieu ou un Démiurge au début de la Création.

— Et là-dedans, Jésus, que vient-il faire? questionna-t-elle avec un air qui se voulait candide.

— Il vient justement fonder l'humain. Car Jésus, enfin, celui historique, assure l'homme en lui présentant un type qui a une naissance, une adresse civique, si l'on peut dire, une parole, une étiquette. Dieu a des assises par l'intelligence, Jésus en a une par la famille. Dans un discours qui viendrait contredire mes dernières paroles, il faut avouer que les recherches récentes avancent que *au sens strict, il n'y a pas de preuve définitive de l'existence de Jésus* soutient Monsieur Quesnel, prêtre oratorien de l'Ecole de Jérusalem. Pour Ernest Renan et Charles Guignebert, les Evangiles seraient *des textes fabriqués à des fins idéologiques, bien après la mort supposée de Jésus*. Les textes chrétiens, *une espèce de mythologie, analogue aux légendes gréco-romaines* avance Rudolf Bultmann. Pour Guy Faux ou Bernard Dubourg, Jésus n'a jamais existé. Ils veulent des preuves. Mais le christianisme est là! Que faire? Alors l'ensemble des historiens accréditent la thèse de *l'existence d'un personnage nommé Jésus*. Mais, je crois, chère amie, que nous nous écartons du sujet.

— Non, dit-elle avec un ton nasillé et traînant, il s'agit apparemment du fils de Dieu.

— Oui, en apparence, son Fils. Ceci me ramène à une discussion menée avec un prêtre au Salon du Livre l'an dernier. Un futur fonctionnaire de Dieu qui attendait une cure comme on attend un job ou le Ciel. Il ne m'a jamais parlé de Dieu, mais de Jésus. Avec beaucoup d'admiration et de respect, d'ailleurs. Sur Dieu, il balbutia, fronça les sourcils et abandonna. La plupart des gens, quand on leur parle de Dieu, retombent sur Jésus. Et vice-versa. Une porte à deux battants.

— D'ailleurs ce Jésus, il n'en est fait aucune mention avant cent trente ans de l'ère chrétienne. Nazareth ne sort de la légende évangélique que quatre siècle après. *Le seul Jésus de la Bible*, c'est Josué, un chef de bande. Alors, vous vous imaginez toute la force, la suprématie du catholicisme au quatrième et cinquième siècle pour fabriquer un Jésus historique. En plus d'un concile, du dépouillement de plusieurs contes mythologiques et du règlement des querelles d'églises.

— De toute manière, je ne veux pas m'engager dans cette discussion, trancha-t-il, avec des gestes de refus comme pour contenir un adversaire. La première question que vous m'avez posée et avec laquelle j'ai, Dieu le sait, grande misère, était celle-ci: Est-ce que Dieu n'a pas fait, comme Hanson, la même chose qu'avec les hommes?

— Oui, honnêtement, c'est vrai, en fermant son visage. Alors, à vous la réponse, dit-elle avec un haussement d'épaules presque agacé.

— Hanson, enfin selon moi, a fait ses personnages selon la réalité. En les formant, il les a un peu déformés, comme pour exercer sa liberté... Tandis que pour Dieu, il semble bien que la Création ne soit pas sa meilleure réussite. Cette création, il l'a noyée au départ. Ne s'en est-il pas repenti, si l'on suit une certaine interprétation? On essaie de maintenir que la raison de la Création en est une, non pas déterminante, mais de convenance. Dieu aurait créé *le meilleur des mondes possible*.

— La Création, selon nous, serait ratée, peut-être inutile, ajoute-t-elle.

— Il semble bien, à voir la terre et les hommes actuels que ce n'est pas *le meilleur des mondes possible*, mais le moins pire. On voit partout le Désordre. Même dans l'Ordre. Heureusement continua-t-il après quelques minutes, vivre dans l'Ordre sur une terre des dieux et des demi-dieux, ce serait insupportable. Le Désordre, c'est la courbe déformée, la bouffée d'air, la grâce sadique, la belle nuit horrible ou muette, la Ronde carrée. La nuit pardonne. Pas le jour.

— On doit aussi pardonner à Dieu parce qu'il a travaillé de nuit, aussi parce qu'il nous a fait mal. Très mal.

Lui, la regardait avec étonnement dans ce charme qui flottait autour de ses gestes de femme. Il sentait à travers cette conversation grave comme une sorte d'appel qui venait de la sexualité de sa parole et des angles de son visage. Ayant saisi et, c'est le privilège des femmes, qu'il buvait ses paroles, elle poursuivit en balançant la chevelure. Manière d'attirer et de se débarrasser de ce regard masculin fixé sur elle.

— Vous savez, on nage complètement dans l'inexplicable, dans l'inexprimable. Pour les théologiens, ça va. La Création mène à la Rédemption; celle-ci au salut éternel. Pour les vrais philosophes, il n'y a pas de système à favoriser. Peut-être pas de secte ou de religion. L'une, la théologie, c'est la recherche de Dieu dans la totalité universelle; l'autre, la philosophie, c'est dans la vérité humaine.

— Non, vous dites vrai, ajouta-t-elle. La Création était gâtée, compromise au départ. Gâtée oui. Les anges avaient déjà péché bien avant l'homme. Comment voulez-vous que l'homme arrivât dans une sorte d'intégrité, alors qu'une partie de la Création était en un sens corrompue?

— Pourrait-on imaginer que la Création, dans un élan de fraîcheur, soit non pas la manifestation de Dieu, mais son refus. Son renoncement. C'est ce qu'avançait, je crois, une philosophie au tout début du vingtième siècle. Dieu s'est comme refusé. Un vide de lui. Comme le jour se refuse à la nuit. Alors, le mal, loin de nier Dieu, le révèle dans sa vérité. Si Dieu s'était éclaté dans l'Univers avec toute sa magnificence, il n'y aurait sur terre que de l'Amour et de la Sagesse. Un monde sans le Mal, sans le Désordre c'est impossible. Comme il n'a pu éviter le Mal, il nous a donné un petit cadeau: la liberté. Voyez malgré tout qu'il est bon!

L'homme avait à sa naissance, dans son cœur un ver de terre, reprit l'homme. Le Mal était là. Avec Dieu. Près de lui. En même temps que lui. Peut-être avant lui. Il n'a pas voulu le Mal. Il l'a permis, disent ces coiffés de théologiens. Est-ce que Dieu est Dieu, oui ou non? S'il est Dieu, il sait tout. Dieu, en créant l'Univers a rendu le mal possible. En venant au monde, l'homme fut atteint de maladies physiques et morales. Bref, l'homme était fini en partant. Et pour finir, il est libre. C'est ce qu'on dit. Qu'avait-il besoin de nous créer? A quoi donc peut-elle nous servir cette liberté? S'il savait cela, tout cela, pourquoi a-t-il fait la Création? N'est-ce pas, en un sens, un acte de cruauté?

— On connaît la réponse, enfin une certaine réponse. C'est la manifestation des perfections que Dieu possède qui est l'essentiel de sa gloire.

— Je cherche à savoir, continua-t-il, si Dieu peut avoir des limites et/ou s'il est fatalement libre. D'abord Dieu ne peut se renier lui-même; il ne peut créer d'autres Dieux. Peut-il seulement se suicider? Il n'a pu, en créant, empêcher le Chaos, le Mal dans l'Univers et dans le Monde. On est presque porté à croire que Dieu n'est pas libre ou libre sous condition. A ce moment-là est-il Dieu? L'a-t-on créé? Peut-être que Hanson, en un sens, est plus libre que Dieu, reprit-il. Dieu ou le démiurge, si vous le voulez, n'a pas pu arrêter le déraillement de la Matière, de la Nature. Qu'il n'a pas pu faire un autre portrait que le sien. Tandis que Hanson a volontairement déformé ses créations et choisi ses modèles.

— Alors dit-elle, d'un air amusé, Dieu est devenu homme, Hanson devenu Dieu!

Et plus loin, en retournant la tête vers la gauche comme pour fouiller dans l'Histoire ancienne, elle ajouta:

— Ceci me fait rappeler l'empereur Hadrien qui se sentait devenir dieu chaque matin. Dieu parmi les hommes, homme parmi les dieux.

Ils se regardèrent un long moment avec cette complicité dans les yeux qui leur faisait accroire qu'ils venaient de trancher ensemble le nœud gordien. De comprendre les lois du Chaos ou ce simple mouvement des paupières qui pourrait avoir des effets heureux dans une partie de l'Asie.

Ils se rapprochèrent avec vivacité. Il effleura la chevelure lasse de la jeune femme. La raison ouvrait large l'oreille à l'émotion. En offrant ses tempes et sa joue, elle sentit dans le visage de son charmant compagnon de musée une espèce de fatigue qui se rassemblait au bas de ses traits. Elle allait lui demander de partager le repas du soir ensemble, quand il repartit la discussion. Ce qu'il était raisonneur ce monsieur, se disait-elle tout bas, peut-être pas raisonnable. Ils reprirent la discussion... Elle n'entendait plus ses mots. Le regard de la jeune femme dansait entre les sculptures et flottait parmi les senteurs chaudes de la salle. En s'arrêtant parfois sur la margelle des grandes vitres mouillées où le soir avançait vers la nuit qui venait de rafraîchir la ville dans l'incontinence de sa course.

— Certains avancent, en reprenant plus haut, que la Création a échappé à Dieu. Il l'a laissée tomber comme une vieille faïence. C'est pourquoi la Création entière est brisée. L'homme, déformé. Déhanché. Comme Jacob après sa lutte avec l'Ange. Parce que Dieu en créant l'Univers (admettez que la métaphore est très belle dit-il en souriant), sachant le tout dans un présent éternel, a manifesté, dit-on, sa puissance, sa sagesse et ajoutons, d'après le Petit Catéchisme de notre enfance, sa bonté. Il a cédé aussi à sa gloire. Dieu a consenti, en nous faisant à sa ressemblance, à un certain narcissisme. N'est-ce pas le geste gratuit d'un enfant de riche qui s'amuse? Il a créé un homme, enfin, un jouet, une sorte de guignol, une manière de jardinier pour faire la ronde du domaine terrestre. On pourrait voir là, à pousser plus loin la pensée, une sorte d'inceste. Un acte masturbatoire. En parole. De la Parole.

Après cette flambée de mots, coupée de quelques instants, il avança plus bas, comme un peu gêné: Il aurait dû prendre des précautions. Il s'arrêta là net. Surpris par ce qu'il venait de dire. Aussi par la figure un peu décontenancée de la jeune femme qui avait les yeux grands ouverts par la surprise.

— Je vous ai froissée, reprit-il... Je vous en demande pardon. Il y a, bien sûr, un peu d'excès dans mon discours. Mais je cherche, je me demande...

— La question n'est pas tout à fait là. Je veux dire que le Dieu dont vous faisiez tant état, qui créait même chez vous une sorte de stupeur et de révérence, ne ressemble pas à celui que vous présentez maintenant.

— C'est juste, mais il ne s'agit pas du Dieu de la Bible ou des dieux ayant formé sa notion d'identité: El, Elohim, Zeus, Yahweh, Dionysos, la Nuit créatrice, Heraklès, Tiamat, etc. Non, dit-il il s'agit...

— Vous soutenez, coupa-t-elle, que Dieu serait un mot, un nom imprimé dans un journal, un prix sur un article à vendre, une clé pour une serrure.

— Oui, en un sens. Dieu et tous les noms de Dieu, des dieux sont des mots. Le mot n'est qu'une écriture sur le parchemin des siècles et des civilisations. Le Dieu dont je parle se rapprocherait du Dieu inconnu. Il serait, en pensant à Maître Eckhart, *Dieu au-delà de Dieu*.

— Maître Eckhart celui, répliqua-t-elle, qui fut condamné pour ses hérésies, pour ses sermons allemands, au quatorzième siècle?

— Oui, condamné par Jean XXII, si je me rappelle. C'est lui qui disait presque plaisamment: *Je prie Dieu qu'Il me fasse oublier Dieu.* Et plus loin, le maître en Sorbonne ajoutait: *Si j'avais un Dieu que je puisse connaître je ne le tiendrais plus pour Dieu.* Vous saisissez maintenant cette idée de sur-déité qui nous plonge dans cette distance trans-infinie vis-à-vis de lui. Au point qu'il faudrait peut-être ne plus y croire tout en l'attendant avec la pointe de l'âme.

La meilleure chose enfin, serait de l'ignorer. De faire comme si... Enfin vivre. Comme s'il n'était pas là.

Oui, je crois dit-il. Arrêtons tous ces rites, toutes ces processions, toutes ces clameurs. La meilleure façon de l'appeler, c'est de se taire. Attendre et *guetter son toussotement derrière le buisson.*

Quelques minutes de silence passèrent entre leurs paroles comme une éternité sans fond. Un ciel aussi vide que la terre. Le premier étant inaccessible, la seconde, totalement absurde. Entre les deux, une belle maladie: la Foi et l'Espérance.

La nuit se faisait soir. Elle promenait à travers ses mâts d'étoiles sa longue barque silencieuse. Glissait douce, muette sur la ville. Elle épiait une place pour la nuit. Elle venait d'on ne sait où. Elle avait traversé les mers, les forêts, les déserts. Elle avait encore à ses flancs la blancheur des glaciers, la couleur de l'hémisphère boréal. Et sa proue fixait toujours le coucher des soleils. Elle portait encore dans ses voiles la rougeur des dernières lueurs du jour. Des luminaires s'attachaient à son bastingage humide comme les boutons d'or des sabots de la vierge.

La nuit cherchait-elle une place pour dormir? Cueillir des rêves, venir s'asseoir quelque temps devant le paysage lunaire?

On entendait à travers ses hublots noirs le cri des naissances, la plainte des moribonds et le son criard des orchestres en furie du soir. Et par-dessus elle regardait, par les yeux de quelques astres solitaires, passer les dieux en marche vers la lumière.

La Nuit avait écouté tous les bruits de la terre, le souffle des vents, les murmures du fleuve et de la mer. Elle avait accueilli à son bord les souffrances, les joies du jour et se plaisait à étouffer, à endormir les douleurs dans sa robe d'éther. La nuit descendant de la montagne endormait les arbres, s'infiltrait entre les maisons, entourait les lampes, baissait les paupières et apportait à chaque habitant un baume mortifère. La Nuit faisait sa ronde. La ronde faisait la Nuit.

Lorsqu'ils sortirent du Musée, ils virent la beauté de cette Nuit, la sagesse des atmosphères. La pluie avait cessé. Le ciel plus clair avivait déjà des amas stellaires. Peut-être Pégase et Andromède à l'est. Rien n'ébruitait la réputation funeste de la nuit. La Nuit, fille du Chaos et mère du Ciel et de la Terre, qui réunit tous les démons, engendre la mort, fomente le crime, recèle les cauchemars, engendre les angoisses. Pour eux, non. La nuit était tendresse, amour et sommeil. Comme chez les Celtes, la nuit n'était pas la fin, mais le commencement de la journée.

Quelques devantures de restaurant étourdissaient la lumière. Ici, un rock musclé; là, une étude surprenante de Chopin.

L'homme d'un certain âge marchait lentement, la tête distraite. La jeune femme s'accrochait à son bras qui fut rejoint avec grâce nonchalante par celui de son compagnon. Plein d'idées embrouillées, contradictoires de la dernière conversation où sa faconde l'avait amené, peut-être, à quelques disgrâce devant elle, il cherchait ses mots pour s'excuser.

— J'ai été un peu fou...

Elle serra tendrement son bras.

— Je n'aurais pas dû... je

Elle appuya davantage sur son bras et inclina légèrement sa tête sur son épaule. C'est là qu'il sentit tout l'apaisement de la femme. La femme qui réunit en soi tous les sens inverses, le réversible. Elle ressemblait à la Nuit.

III

— Tiens, un gentil restaurant. Ça va?

Il inclina la tête en signe d'acquiescement. La faim, après une bonne heure de marche, s'était installée en eux. A part ses pensées qui giclaient dans sa tête, il essayait de démêler ce nouveau sentiment qui venait de poindre en lui. L'aimait-il? L'aimait-elle? Il sentait pour elle une espèce d'inclination véritable qu'elle recevait dans la joie du silence et dans la surprise causée, dès le début de la rencontre, par le vouvoiement. Elle lui rappelait les manières anciennes de ses parents. Ou encore approchait le langage précieux de certaines pièces de Molière. Cela lui plaisait. Elle qui n'avait jamais été que tutoyée par les hommes. Elle sentait comme une bulle autour d'elle qui la protégeait. Pour une fois, elle devenait sujet devant et avec les hommes. Devant lui, pour qui cette gentilhommerie du langage était naturelle. Sans défaillance.

Ils entrèrent dans le restaurant et cherchèrent une retraite propice à leur conversation. Il aida la jeune femme à enlever son manteau, mit son imperméable en-dessous, son béret et son foulard breton sur le dessus.

Pour la première fois depuis leur rencontre au Musée, ils se regardaient dans les yeux. Elle remarqua encore qu'il avait des yeux bleus, très bleus à faire choir toutes les couleurs. Que sa barbe était loin d'être fraîche. Que son front s'ouvrait largement. Que sa figure de couleur rosée formait au front et aux saillies du nez, plusieurs plis expressifs qui donnaient à ce visage quelque chose de calme, de bon et même d'enjoué. Avec cela, des manières douces, un peu protectrices. Bref, un gladiateur au repos après l'arène. En finale, un homme à la retraite. Il vit le visage de la jeune femme qui se reflétait sous la lampe. L'expression définissait un vouloir de renoncement, une fermeture au-dessus de jolis traits. Une douleur passée intérieure comme posée dans ses yeux s'insinuait et enlevait à ceux-ci leur vivacité naturelle. Quand elle parlait, son regard s'allumait un instant et se décolorait peu après. Un corps long, fin, maigrelet, portant une poitrine plate et un air résigné.

Cependant quelque chose d'indéfinissable sortait de sa personne murée derrière une grille inconnue, une sorte d'appel discret qui pouvait provoquer tout héros devant la belle au bois dormant.

Ce soir, elle avait le goût de dire, d'être belle. Ce qui donnait maintenant à ses yeux, à son regard une tendresse presque mendiante. Ils se souriaient à propos de rien, à propos de tout à la lueur d'un foyer qui près d'eux chauffait l'âme et la nourriture.

Sans raison, ils étaient heureux. Un enfant égrenait des ris dans un ber. Ils riaient. Un verre de vin glissa de la crédence, éclata en mille morceaux. Ils riaient. Un gentil minet, de l'autre côté de la vitre, faisait le rond près d'un bouquet. Ils riaient. Il prit la main de la jeune femme d'une manière presque féline quand, tout à coup, s'avança un long monsieur, serviette au bras, qui leur souhaita un large bonsoir.

— Le menu, monsieur, dame.

Un menu merveilleux s'étalait sous leurs doigts. Il se mirent à le consulter comme le feraient de fins connaisseurs. Les entrées s'appelaient: Antipasto ou Pasta con pesto ou Polpetini di carcioffi ou encore Linguini Petite Venise. Les plats de résistance avaient aussi leurs lettres de noblesse. Elle lisait à regards furtifs la belle calligraphie des mets annoncés. Lui, écoutait la voyagerie des voyelles et des consonnes qui dansaient à son oreille. Réveillaient sa culture, sa mémoire auditive. Il mangeait des mots. Scaloppine de veau aux pleurotes sauvages. Elle se raidissait déjà à la vue du prix. Elle continua par curiosité. Lui, entendait la rame profonde des consonnes dans la voyellité des eaux et des tournants de lune. Il ne voyait pas derrière l'expression pleurotes sauvages des mots comme hotte, bouillotte, ribote, cocotte. Non. Non pas. Mais des noms qui enchantaient, bruissaient dans son oreille et qui s'écrivaient comme galiote, pilote, ilote, litote, gavotte. Elle continua d'un air amusé: Osso bucco. Filet mignon aux trois poivres. Mare e Monti (filet mignon et crevettes géantes). Le prix s'élevait. Elle aurait pu mentionner les prix. Entre eux, la simplicité de leur rapport permettait cet accroc à la politesse. Elle se défendit de vouloir supprimer, malgré une constante affinité, une règle élémentaire du savoir-vivre. Mare, la mer; Monti, les monts, la terre. Que d'évocations, que de richesses mythiques et verbales. Elle sentait son absence. Ce regard rivé ailleurs. Elle risqua le dernier plat: Il Marinaro (assiette de fruits de mer) ou Risotto al poseidone.

— Je continue, dit-elle, un peu embarrassée.

— Allez, allez chère amie, les mots sont gratuits.

— Les desserts sont plus simples: mousse au chocolat, fruits et fromages. Plus loin, café ou thé.

— Quel est votre choix? Le monsieur nous guette de l'œil.

— Je choisis le Mare et Monti pour la vibration auditive.

— Moi, je prends le Filet mignon aux trois poivres pour mon estomac.

Elle tourna son regard vers le serveur qui, d'ailleurs, avançait à vive allure.

Ils choisirent un blanc.

Quelle fête commandait un tel repas? La fête du Travail, l'Action de Grâces! Ils décidèrent par complicité muette que c'était la fête de la Rencontre. La fête de la Nuit. La fête qui ici symbolisait à la fois la nébulosité des personnages et la clarté de leur âme. En effet, ils connaissaient peu d'eux-mêmes et encore moins l'un de l'autre. Cependant, ils se pressentaient, se devinaient. Ils s'autorisaient de l'autre dans la ferveur d'une amitié nouvelle, dans la robe claire de la jeune nuit. Elle réfléchissait à la fameuse phrase de Pythagore qu'elle avait lue quelque part: *quand je suis avec mon ami, je ne suis pas seul et nous ne sommes pas deux.* Lui, essayait inconsciemment de se rappeler une phrase de Novalis qui parlait de la nuit: *Soudain... soudain..., oui je me rappelle, soudain je sentis se rompre le lien de la naissance... Ferveurs des nuits, sommeil sacré... Sainte, ineffable, mystérieuse Nuit....* En continuant plus haut: *Plus divin que les étoiles scintillantes, nous semblent les yeux infinis que la Nuit a ouverts en nous. Leur regard porte bien au-delà des astres, emplissant d'une volupté indicible l'espace qui est au-dessus de l'espace.*

— Je ne veux pas que vous fassiez tous les frais de ce repas, dit-elle. Les temps sont difficiles et... je crois, sans vous offenser, que vous êtes à votre retraite.

Il hocha la tête en signe de refus. Ne devinait-il pas, cela se sent, qu'elle vivait quelque peu coincée. Que le temps s'échappait de ses doigts comme quelqu'un qui n'a pas d'horaire. Pas d'emploi. Oui, un seul. Celui d'être seule. Sans rencontre. Sans projet. Vivant sur un passé encore tiède et presque récent.

Le Pasta con pesto arriva sur la table. Partout fusaient, autour de la table, à voix basse des conversations. Le restaurant, en dépit de l'heure et de la période de récession s'empiffrait de clients. Il y avait bien çà et là quelques vides. Juste assez pour créer une respiration normale, une discrétion nécessaire à la confidence. L'homme d'un certain âge, connu pourtant pour sa dureté d'oreille, entendait des mots perdus d'autrefois, des notes tirées des ustensiles qui tintaient comme des cymbales. Qui lui rappelaient les odeurs anciennes des soupes paysannes, les senteurs de tapis et de chemins mouillés, les relents de poils de chat mêlés aux arômes des crevettes roses et aux parfums de femmes lorsqu'elles se débarrassent de leurs fourrures. A ces effluves qui auraient ravi à mourir un Jean-Baptiste Grenouille dans Süskind s'ajoutait l'odeur ballerine de la flamme des bougies posées au centre de chacune des tables d'invités. La jeune femme partageait aussi avec son compagnon cette danse odoriférante qui lui faisait baisser les paupières de fatigue et d'onctuosité.

— Voilà le Mare e Monti et le Filet Mignon aux trois poivres, dit-elle, avec un air enjoué. Un véritable festin!

Il souriait. Le plat l'émerveillait. Surtout les couleurs. Qui dansaient dans le jeu psalmodique et ombragé de la lumière.

— C'est vraiment agréable, ajouta-t-il après un instant. Ce qui m'intrigue c'est que j'ai choisi ma nourriture. Et pour moi, tout est bon. Habitué au Collège, en religion, à l'Armée, je demeure encore surpris de pouvoir dire, même aujourd'hui, d'avoir à composer un menu. De faire un choix.

— Vous avez été orphelin, risqua-t-elle timidement. Je... ne veux pas être indiscrète, mais vous venez de me donner plusieurs indices de votre vie.

Il fronça le sourcil. Elle apprit plus tard qu'il n'avait point connu son père parce que décédé trop jeune, qu'il avait vécu une grande partie de son enfance aux Etats-Unis, qu'il était venu vivre au Canada dans des institutions, qu'il était allé dans des Collèges, à l'Armée, ensuite en religion et fort longtemps, longtemps dans quelques universités. En plus, il était marié. Il avait six enfants. Quatre garçons et deux filles. Que toute sa vie durant fut un acte d'enseignement à tous les degrés, de l'enseignement primaire à l'enseignement supérieur. Qu'il finit comme professeur de philosophie. Enfin, qu'il vivait par ses manières, son caractère et même ses quelques parures vestimentaires près de sa souche bretonne. Cet éternel foulard breton noir et blanc qu'il portait et sur lequel s'inscrivait en lettres gothiques le nom de Breizh flottant au-dessus de huit rangées de queues d'hermines. Seul drapeau d'Europe en noir et blanc. Quatre bandes de blé noir, quatre bandes de blé blanc. Et la fameuse et fière devise bretonne: *Potius mori quam foedari*. Plutôt la mort que la souillure.

— C'est succulent. Vraiment bon, dit-il, avec la mine réjouie.

A la table voisine, la jeune femme entendit une sorte de voix ouatée dire à son compagnon: As-tu vu chérie, hier à la télé, la vieille de cent vingt-deux ans?

— Oui, dit l'homme, je l'ai vue. C'est une dame, Jeanne Calment d'Arles qui disait que *tout l'intéresse et que rien ne la passionne*. Même pas Dieu. Quand on lui a demandé, si Dieu l'avait oubliée, elle eut cette réponse surprenante ou presque cynique pour une vieille de cet âge: *Dieu... c'est qui ça?* Et plus loin, elle fit cette remarque i-nouïe: *Il n'y a pas de Paradis, il n'y a rien après. Le Paradis est ici, sur terre.*

L'homme d'un certain âge sourit d'une façon triste. Il reconnaissait en elle des éléments de pureté, aussi, des esquisses de réponses à ses propres doutes.

La musique parfois plus intense jetait ses notes à travers les tentures. Dans un coin, un jeune couple pétillait dans le fenil de leurs yeux. Dans un autre, un homme dans la cinquantaine lisait avec émotion une lettre qui faisait jaillir des larmes sur le visage de sa compagne. Couple à reprendre ou couple à finir, qui sait? La musique se faufilait entre la ronde des plats et des dîneurs. C'était le troisième mouvement du Concerto pour piano et orchestres de Frédéric Chopin.

Ils se renvoyaient gentiment des mots. Pas de discussion véritable. Les gestes, les silences, les poses servaient de signes. Tout se nouait par le regard. Les mains se joignaient comme des poèmes. Un café noir brûlant aromatisait la table. La bouteille de vin chavirait déjà dans le seau. Et la chandelle invitait les yeux à l'assoupissement. La fumée des cigarettes montait au-dessus des restes de table et faisait offrande à la face des dieux. Tel l'homme au début des mondes sur la vasque des sacrifices de la Terre. Cinq colonnes de fumée montaient droites, incorruptibles au-dessus des têtes pour ensuite jouer quelques danses théogoniques et disparaître dans les teintes multicolores des plafonds aux ornements festonnés.

Heure propice où le rêve mijote quelques fantasmagories somptueuses dans le flanc de la Nuit. Où le songe forge aussi au-delà de nos sens des fictions stellaires, des royaumes éclatants et disparus. Le bonheur arrêté. L'image du chaos où l'ordre vient prendre le dessus. Où l'attracteur infini s'appelle le visage de l'autre dans le moment vivifiant quand les sourcils annoncent l'approche d'une déclaration d'amour.

— Vous étiez professeur, si je ne m'abuse, dit-elle, en essayant de se sauver d'une certaine léthargie?

— Oui, professeur de philosophie en ouvrant prestement les yeux.

— Qu'est-ce qu'un professeur de philosophie? Je sais, oui, un peu je sais. Mais vous, qu'est-ce que cela veut dire pour vous enseigner la philosophie? Aussi, une autre question: Comment avez-vous fait pour devenir un philosophe? De toutes façons, je n'ai jamais fait de philosophie. Enfin, si peu.

— Dommage, dit-il, en refermant ses traits.

— Plus pressante: Oui, mais expliquez-moi?

— D'abord il faut dire qu'un professeur de philosophie n'est pas nécessairement un Philosophe. L'un, c'est une profession, l'autre, un art de vivre. Qui aboutit à une Sagesse. A ce compte-là, continua-t-il, tout homme est philosophe en puissance dès qu'il a un vécu. Avec le bon sens et le sens commun la plupart des hommes peuvent tenir tête à n'importe quel philosophe. En un mot, l'un est con-naissant, l'autre est existant. Pour devenir philosophe, c'est la dernière partie de votre question, je pense qu'il faut vivre des terres d'émotions, des ciels de questions et chercher un sens à tout cela.

— Et ce sens de la vie pour vous serait...

— D'apprendre les règles de la vie et le jeu de mourir. Il y a une foule de réponses, dit-il.

Plus loin, comme appesanti par ce repas lourd et avec ce bâillement qui déformait un peu sa bouche, il ajouta: Si je regarde les hommes vivre aujourd'hui, un seul mot semble résumer toute leur vie. Ce mot de trois syllabes se dit. S A P. Les trois lettres signifient: Sexe, Argent, Pouvoir. C'est comme cela que les hommes sapent leur vie. C'est ce que j'apprends à la journée longue.

— N'êtes-vous pas un peu cynique? Je m'excuse, reprit-elle, je ne voulais pas... Mais à ce compte-là, il ne me reste plus qu'à éteindre les étoiles, à refuser le rire frais de l'enfant, à chasser l'oiseau, à fermer les berceaux, à vider le bonheur, à...

Quelques instants après:

— Si c'est cela la Philosophie, j'aime autant ne pas continuer à l'apprendre.

— Donc, il faudrait ne pas réfléchir? Vous voulez enlever à l'homme son seul titre de supériorité?

— Non, bien sûr. Mais...

— On ne peut pas jouer à l'ange. La vie est belle de nos jours ou pour l'enfant insouciant (et encore) ou pour l'homme dépossédé de sa raison. Avec le bonheur, le grand Bonheur, poursuivit-il un peu lassé, il n'y a rien à faire. Chacun se crée ses petits bonheurs.

Plus loin, il reprit: A la fin, nous cédons tous à la mort. Nous allons tous nous achever dans un fauteuil, un peu comme *L'homme ivre* de Duane Hanson. Avec une canette de bière en main ou dans l'esprit, avec un rêve inachevé ou impossible.

— C'est vraiment triste! C'est cela que vous pensez? dit-elle en le regardant fixement dans les yeux.

Après un long moment de silence, il prononça d'un ton doux et bas: Non! Un non hésitant.

Au même moment le serveur passait. D'un signe de la tête la jeune femme acquiesça pour un deuxième café.

Tout, autour d'eux, vacillait. Semblait mourir peu à peu. Il ne restait que quelques convives. Le bruit sortait de la cuisine comme d'un torrent. Un cri de vaisselle échaudée. Quelques éclats de voix. Sur la banquette à droite rêvait un profil de vierge. En face d'elle, une douce tête émaciée, mais un peu hautaine. Les deux visages qu'on pouvait sculpter de l'œil se tournaient l'un à droite, l'autre à gauche comme pour mieux nourrir le prochain argument. Eux aussi se posaient des questions? La Vie la Mort, l'Amour, le Bonheur, l'Economie, quoi encore? Chaque homme pose une seule question absolue pour soi dans sa vie, pour la vie et se donne une réponse relative. A titre d'inspiration, d'aspiration. C'est le problème de l'Amour, bref, du Bonheur. Elle lui demanda, comme pour ressusciter la conversation, secouer un peu la somnolence et pour mieux connaître ce nouveau compagnon de route, s'il avait bien dormi la nuit dernière. Et même s'il avait rêvé à qui? à quoi? Il leva les yeux pleins de réflexion, descendit son bras qui soutenait son front et raconta le rêve affreux qui l'avait fait sursauter il y a à peine une semaine.

— Il y a un arbre qui pousse près de la tour. A la maison de campagne. Un arbre, dit-il, à l'écorce mâle, rugueuse. Au bout de dix ou quinze ans, cet arbre avait pris des dimensions énormes au point de châtrer les arbres alentour. Le pommier, les tilleuls, les autres arbres. Il volait à tous le soleil et les vents. Et ses branches venaient fouetter la Tour avec laquelle il tendait à se mesurer. Le matin, la fenêtre ouverte, il lançait résolument dans la chambre une branche assez forte qui se balançait galante au-dessus de l'oreiller. Elle venait caresser la tête de lit et je prenais plaisir à la faire danser, en sentir les odeurs balsamiques. Une nuit, au moment où l'aube tardait à répondre, la branche s'enroula autour de mon cou et me tint cloué entre mes draps au point de m'étouffer. Je devins rouge, vert, noir. Un peu plus, la poigne incisive d'une fourche m'étranglait à mort. Là, j'ai poussé un cri. Je me vis assis dans mon lit, plein de sueur me tenant le cou et cherchant dans l'obscurité la branche qui me strangulait. Le lendemain matin, encore tout ému, je coupais l'arbre.

— Drôle de rêve, répondit-elle. C'est assez curieux. Comment interprétez-vous ce rêve?

— Je ne sais pas, enfin, pas encore.

Quelques minutes à peine, il voulut risquer quelques hypothèses. Il supposait que l'arbre voulait se nourrir de lui pour dépasser la tour, que l'arbre venait peut-être chercher une âme humaine pour conserver son feu. Enfin, que l'arbre portait en lui la mort. L'arbre de Nabuchodonosor... Il lui raconta qu'il avait lu, il y a à peine un mois, une histoire chez les Kurmis (Bombay) où le fiancé devait d'abord embrasser l'arbre auquel il était attaché et qu'au bout d'un certain temps, quand on le détachait, les feuilles de l'arbre s'étaient nouées autour de son poignet. Un peu comme ce mariage humain entre l'arbre et un humain, chez les Sioux ou chez les Boshimans.

Après un long silence qui accompagna les deux regards rêveurs qui flottaient au-dessus de la lumière, il lui dit d'une façon subite:

— Oui, mais vous, vous devez rêver parfois. Elle approuva et même, s'exclama-t-elle, toutes les nuits!

— Il y a un rêve, cependant, qui m'a longtemps tourmentée et qui a conditionné un peu ma vie en ce qui concerne la mort.

— Racontez.

— Ce n'est pas un rêve récent. Il se situe à l'époque où j'avais dix ou douze ans. Au couvent où j'allais, une religieuse avait pour moi beaucoup d'amitié et même de la tendresse. Un jour elle tomba malade et chaque fois qu'elle s'alitait, la veille, je rêvais à elle. Le lendemain on m'annonçait ce que je savais déjà. Un soir, j'ai rêvé qu'elle était morte. Je la voyais là étendue au milieu du corridor du couvent dans sa robe blanche, la figure creusée, les bras ramenés sur elle et les pieds nus comme c'est la coutume dans les couvents.

— Oui, je me rappelle, une mèche de cheveux dépassait son bonnet et un morceau de ouate sortait de sa bouche ouverte.

Le lendemain, un appel du couvent annonça à mes parents que la bonne sœur avait quitté ce monde pour aller rejoindre le Seigneur. On nous invita à la visiter dans un délai restreint. Je suis partie au couvent avec une de mes sœurs aînées, non sans appréhension, malgré l'estime très forte qui me liait à cette personne. Arrivées au couvent, on nous introduisit dans l'entrée d'un long corridor éclairé par d'étroites fenêtres où l'on voyait au bout une personne couchée. Ma sœur me poussa en avant jusqu'à la dépouille mortelle. J'avançais les yeux baissés, la tête renfrognée et le pas hésitant. Lorsque j'ai relevé la tête, je fis un saut en arrière, je me suis mise à trembler et à vouloir repartir en courant. Je venais de voir en un seul coup d'œil l'image horrible de mon rêve de la veille. Pieds nus, bras rassemblés sur elle, figure creusée, mèche de cheveux et bouche ouverte avec de la ouate qui pendait sur le côté. J'en suis encore tout émue.

En reprenant son souffle, elle avoua à son compagnon la frayeur qui s'empara d'elle lorsqu'elle visite un mort ou quand elle voit un cadavre à la télévision.

— Je comprends très bien cette appréhension, je la partage jusqu'à un certain point. En psychologie, on appelle cela de la prémonition. C'est comme si vous voyiez un film avant qu'il apparaisse au cinéma. Vous savez, parfois c'est un don sacré et redoutable.

— Un très beau mot, mais la réalité est quand même affreuse.

A la sortie du restaurant, la nuit vint les prendre en douceur. Ils s'étaient serrés l'un contre l'autre pour affronter le vent, mieux habiter leurs tremblements. Ils marchèrent un certain temps dans le clos aux étoiles, dans le corridor des ombres qui se nichaient dans l'insomnie des lucarnes. Leurs pas frissonnants émiettaient un bruit calme et régulier. Pas de rencontres, nul regard dans ce long dortoir de la rue. Seuls les feux de circulation veillaient de tous leurs yeux. Tantôt verts, tantôt rouges ou orangés, en s'échangeant la couleur comme les sentinelles se passent le mot dans la ronde de leurs nuits.

Il allait la reconduire. Une certaine inconscience habitait maintenant leur silence. La jeune femme flottait dans le portail des nuages, l'homme se murmurait des idées. La visite du musée qui leur revenait en mémoire représentait tout un monde. Un univers humain en miniature. Des métiers d'hommes, de femmes dans leur respectable médiocrité ou dans les stigmates d'un inénarrable destin. Inchangeables, inchangés. Deux plans superposés, aujourd'hui, presque solitaires et repliés. L'un la Nature, l'autre la Culture. Dans l'un, la terre, l'enfance, la primarité, le cœur; dans l'autre, la société, les adultes, la secondarité, la raison froide et calculatrice. Le motif principal pour la première partie se ramène à la bonne foi, à l'espérance jamais achevée; pour la deuxième classe, le credo se forgeant autour du profit, de l'excellence, d'un gros ego politique, religieux économique et professionnel. L'un encore, le parentage; l'autre le *chummage*. Les Zélotes et les *zélus*. A la formule actuelle déjà décrite S A P (sexe, argent, pouvoir), code tonifiant et à la fois mortifère quelque part, s'oppose encore une règle ancienne tirée de l'antiquité grecque et romaine, disons, globalement asiatique qui se traduirait aussi par S A P. C'est-à-dire, par Sagesse, Amour, Paix.

L'homme d'un certain âge n'avait pas mis la philosophie à la retraite. Le mot Sagesse lui revenait avec tout son éclat en voyant la lune tourner avec eux au coin de la rue. Pas cette sagesse, sens péjoratif, de modéré, de judicieux, surtout de conforme. Mais, dans l'acte d'une *connaissance parfaite des principes de toutes les sciences et de l'art des les appliquer*. Il méditait tout bas avec Descartes, avec Leibnitz qui avaient distingué que la sagesse est en même temps une prudence dans les affaires et un savoir général sur la conduite de la vie.

Il essayait de se rappeler avec effort l'ancienne et belle phrase de Renouvier... *Le regard unique mais profond, triste mais pénétrant que jettera autour de lui et vers le ciel cet être qui sent et qui pense, et qui se réveille au milieu de l'immensité, perdu et s'ignorant soi-même, ce regard implore-t-il moins que la sagesse?*

Le pas allait se désorganisant. La jeune femme essayait toujours de prendre le pied gauche de son compagnon. Comme à l'armée. Elle se demandait ce qui le tourmentait tant au milieu de cette nuit qui se préparait lentement à se vêtir de la lumière de l'aurore.

— Elle dit avec promptitude: C'est ici.

Ils s'arrêtèrent devant un escalier qui conduisait à une maison sobre et invitante. Tout respirait la nuit. Un bruit de voiture au loin écorcha leurs oreilles. Quelques instants plus tard, une lumière s'alluma au troisième étage. Etouffée sous un abat-jour rustique, la lueur montait rouge dans les rideaux d'une façon diffuse, presque mourante.

Quel être humain peut-il avoir envie ou obligation de se lever si tôt, de fendre la nuit, réfléchissait l'homme qui maintenant arrêté devant la jeune femme s'apprêtait timidement à formuler des mots d'adieu.

— Il se fait tard, dit-il, avec douceur, je dois quitter.

Il lui prit les mains, les enferma dans les siennes tel un coffret abritant des bijoux. Les porta à ses lèvres comme on garde une relique, un souvenir qui va désormais s'enfuir dans l'oubli. Elle le regardait avec d'immenses yeux, aussi larges que des baies dans lesquels on pouvait voir une joie qu'on appelle la reconnaissance. Elle sentait une intimité qui se veut partagée avec un être intense qui naviguait entre les rives éblouissantes des idées et les ports charnels de l'humain. Oui, c'était un homme. Avec un je-ne-sais-quoi d'enfant, d'humain et d'angélique. Une espèce de phosphorescence se dégageait de ses yeux dans lesquels on devinait, dans la douceur bleue des reflets, la danse vertigineuse de la pensée et le rythme sourd, tenace du désir humain. Un contraste troublant entre le jeu divin de l'âme qui veut toujours s'envoler et du corps qui cherche sans cesse la quête humaine amoureuse.

Oui, elle voyait tout cela dans la pénombre de la nuit. Désormais, cet être ordinaire et à la fois étrange faisait partie de ses yeux, de son âme. Elle le laissa s'éloigner en l'accompagnant du regard où, au tournant de la rue, la lune fit luire à nouveau le miroitement de cette forme humaine.

Partie II

L'amour plus grand que la terre

I

Un an s'est évanoui...

Mais, où donc est passé cet hiver aux jupes de neige, avec ses cristaux taillés dans les rubis du soleil, avec ses maisons sous le masque roide des toitures, avec ses longs chemins aux lacets étourdis encerclant les champs aveugles, avec ses sifflements doux et inquiétants des cimes?

Où donc s'est-elle retirée la montagne d'hier aux croupes opulentes entourée de ciels chargés de glaces flottantes, visitée par des nuits pures et silencieuses, violentée par les vents et les avalanches?

Mais, dans quel hémisphère, dans quelle mer polaire ce long fleuve jadis enchaîné à ses berges à la rive effacée par le givre s'est-il réfugié?

Et ces longs jours aux heures ralenties, aux aiguilles accrochées, aux mois interminables pendus au mur des calendriers.

Et puis, ces hommes à barbe drue couchés près de l'embâcle, que sont-ils devenus tous ces êtres, toutes ces choses en ce matin de printemps du beau mois de mai?

Lorsqu'on voit sur les pas du village ce faste de la saison nouvelle, cette jeune splendeur cachée dans la fraîcheur timide des feuillages; lorsqu'on entend, près de la mort lente, humide, crevassée de l'hiver, l'éclatement retenu des bourgeons, le chant assourdi des oiseaux, ce long cri de la vie.

Lorsqu'on sent en gestation les effluves, les émanations prochaines des bosquets, des jardins et des forêts en délire, toute cette terre en ardeur de soleil; lorsqu'on regarde encore au loin, très loin, là-bas cette crête grugée de la montagne qui s'affaire à vivement orner la tête de ses sapins, de ses épinettes, à mettre bas dans ses flancs écorchés des gerbes sidérales, des tresses de couleurs.

Lorsqu'on observe plus près de nous la nappe calme du fleuve qui sous nos yeux ce matin roule en silence et qui, tantôt, va jaser dans les anses, taquiner les quais et bientôt bavarder dans les ports, s'assoupir près des îles; enfin, cette chaleur souple et légère qui rentre dans notre peau avec ce bonheur qui nous pénètre, nous enlève au moment où

Midi s'arrête, se repose joyeux devant les maisons ouvertes, sur les tables fleuries, devant les gens tout en sourires.

C'est beau. Tellement beau que c'est presque à croire qu'il y a une Providence...

C'est à cela, à tout cela que pensait l'homme d'un certain âge. Avant d'aller jouer au tennis avec un ami qui, toujours à l'heure, avait promis de le prendre chez lui. Le tennis était pour eux une danse. Un ballet où il fallait davantage gagner sur soi que sur l'autre. Où tout se déroulait dans une sorte d'esthétique ludique. La position du corps, de la raquette, des pieds et même le sourire. Autant de gestes en vue de produire le beau et de l'entretenir chez l'adversaire. Pas de violence, pas de balle de match, seulement mettre le mouvement en jeu. Laisser le jeu jouer. Faire un beau coup, pas nécessairement un bon coup. Dans le caractère de l'homme s'inscrit toujours, on le sait, une manie de la compétition, un faire valoir, un vaincre qui vient souvent corrompre le but du jeu qui est le plaisir, l'harmonie, le bien-être. En ce sens, la partie de tennis est moins importante que l'exercice préparatoire. L'une se manifeste dans une tension, une pulsion, une expulsion; l'autre se définit dans une détente, une retenue, une invitation. Une chorégraphie qui exige beaucoup de répétitions, de vigueur et de règles. Qui devrait s'achever, comme la plupart des jeux, dans la grâce et le pardon. Ainsi le tennis après de longues années doit faire sortir le tout de l'homme. L'homme dansant. *L'homo saltans.*

C'est ainsi que les deux amis interprétaient le jeu. Bien que l'ami jouât encore d'une manière pulsive. Voyant le tennis aussi comme un jeu physique et psychique à la fois, classé dans les jeux de compétitions d'action à distance. Ils imaginaient, à leur manière, le tennis comme la course folle d'une planète, cherchant à se positionner vers son centre de gravité. La terre et cette partie précise appelée: terrain de tennis. Le billard, vu par antériorité historique, comme la création du Monde, le Big bang. La boule blanche refaisant le système solaire en expédiant toutes les planètes vers des trous noirs. Fin de partie, fin du monde.

Ils discutaient ainsi en revenant le long du fleuve sous les appâts chatoyants de ce nouveau printemps. Ils s'arrêtèrent devant une maison très large, belle et digne de classement historique. Un ami les ayant vus, les invita à prendre une bière froide. Sur le perron apparut une femme au mitan de l'âge, longue, mince, quelque peu triste. En sirotant la bière au milieu du cliquetis des mots et des rires, l'homme d'un certain âge fixait, mais par touches distraites, la femme qui à son tour essayait d'éviter ce regard aux yeux bleus. Un jeu de va-et-vient discret de la tête qui se continua jusqu'à l'extérieur à la table de pique-nique.

Ils se connaissaient. S'étaient vus quelque part. Où? se demandait-il. Elle, qui l'avait deviné déjà, le laissait s'empêtrer dans tous ses souvenirs intérieurs. Un sourire retenu planait sur son visage. L'hôte qui ne manquait pas d'esprit brouillait les cartes pour s'amuser. Sans savoir qu'ils s'étaient déjà rencontrés. L'homme entendit tout à coup dans la conversation qui se promenait entre le nord et le sud le mot bedaine qu'une des petites filles venait de prononcer. Une phrase comme: *Mon chat a une grosse bedaine, regarde!* Ce mot réveilla en lui, par une association rimique distordue, un souvenir qui inonda son visage. Bedaine, fredaine, soudaine, mondaine: Ah! oui, je vois, en regardant la femme: douaine... Duane Hanson... L'exposition à Montréal! Il s'élança d'un coup, lui caressa les joues à la surprise générale, et tout en s'excusant. Elle ne l'avait jamais vu en tenue de tennis, ni si épanoui ni si vif, tout en étant présent-absent comme d'habitude. Elle essayait de retracer sa figure. Celle grave se penchant au-dessus des sculptures et discutant à pleine raison aussi bien sur la légitimité des mondes que sur l'objectivité du concept de Dieu; puis, celle légère, presque bouffonne de ce matin où l'on faisait grâce de tout, sans remuer les choses. Tout bougeait autour et les rires s'ouvraient en corolles hilarantes.

Le regard de l'homme rejoignait souvent celui de la jeune femme et plus souvent le quittait dans une sorte de beau malaise, pour suivre la masse sombre et silencieuse d'un bateau qui passait. Dans sa pensée, c'était une nef à voiles étonnantes; peut-être, la caravelle de Colomb ou un drakkar hissant à sa proue une immense tête de dragon et, à son bastingage, de longues femmes nues à chevelure étincelante cachées derrière leur bouclier d'or. Il était doux, patient, enjoué. Trop gentil, supposa la jeune femme, c'est un leurre. Elle baissa les yeux dans un moment d'abandon. Portant à croire que tous les hommes sont habituellement des dragueurs. Elle regarda son cousin qui riait, dans sa barbe velue léniniste, de toutes ses dents.

— Il est toujours comme cela, dit le cousin, en se versant un verre.

L'homme d'un certain âge sentit qu'il en faisait trop ou était trop naturel. Il opta pour le départ. Avant de partir, il ajouta pour mettre une note sérieuse dans la compagnie:

— Rappelez-vous, chers amis, expliqua-t-il toujours souriant, que la femme aime l'homme par amour pour la matrimonie et que l'homme aime la matrimonie par amour pour la femme.

Ce qui fit sursauter le groupe qui essaya de repasser au peigne fin cette mémorable déclaration du gai luron. La jeune femme fit devant cette pensée qu'elle avait lue quelque part une moue presque indifférente. Il venait de comprendre qu'elle était seule et triste. Qu'elle cherchait à chasser peut-être le souvenir d'un passé.

Un mois plus tard.

Il l'avait rencontrée à l'occasion chez ce cousin. Par hasard. Il avait su qu'elle passait l'été dans une sorte de petit chalet à la campagne. Et chaque fois qu'ils s'abordèrent chez le cousin, ce fut de la part de l'homme une joie presque juvénile et de celle de la femme, une certaine curiosité méfiante. Il y avait aussi une certaine admiration, une inclination pour lui, mais remplie d'un léger soupçon. Que venait-il faire dans sa vie? Pourquoi cet intérêt soudain quand depuis quelques années elle vivait seule avec ses deux garçons et sa fille et qu'elle avait pris l'habitude de mener sa propre barque? Loin du monde et loin d'elle. Sa vie ressemblait à une main close comme dans l'alphabet pour les sourds. Jamais une paume totalement ouverte, toujours obstruée par quelque index, parfois fermée comme les consonnes, M, N, C du même alphabet. Une vie claustrée dès la prime enfance et qui se recroquevillait lentement sous la blessure. Un père alcoolique, sévère, maladroit et résigné qui avait des violences périodiques. Une mère muette, craintive, martyre. Peut-être, un peu jalouse. Des enfants apeurés, prêts à recevoir la claque. Bref, une famille comme tant d'autres, qui avait vécu sous un régime fortement patriarcal. Et sous l'égide d'un clergé pontifiant, anti-féministe, d'une Eglise jalouse et au-dessus de la Vérité. Les parents aimaient leurs enfants pourtant, mais dans un style conventionnel, confessionnel. Le voisin, le qu'est-ce qu'ils vont dire, la surface des choses. Dans ce siècle-là, encore moyenâgeux, il était fort heureux de ne pas avoir un frère ou une sœur infirme. C'était la honte, la calamité, la punition de Dieu. Il faut dire que le père, ex-prisonnier des Allemands à la dernière guerre, avait une excuse valable et encombrante. La jeune femme avait, cependant, dans son enfance et dans son adolescence eu le courage d'affronter son père. Non par défi, mais parce qu'elle l'aimait. Elle l'aimait peut-être plus que sa mère, qui plus tard, selon son dire, l'avait empêchée de croître, de grandir pour la garder dans le giron familial. Une mère gazebo. C'est le moment de dire avec Le Play que *la vie dépend de l'enfance comme la moisson du grain qu'on sème.* On ne sort jamais de l'enfance. Elle se traîne en nous, avec nous avec ses petits bonheurs délicieux et plus souvent avec ses larges cicatrices qui défigurent jusqu'au visage de l'âge mûr. Frottez, frottez un peu et vous verrez ce qui coule des rides séniles et endurcies, au travers des rires de vainqueur et des gestes de triomphe: des larmes. Il ne s'agit pas de la traîner cette enfance, pensait l'homme. Il faut l'oublier. Comme un ami absent, mais dont on ne se sépare jamais. Bref, ce fut une famille non pas malheureuse, mais pas heureuse. Très peu. André Gide aurait dit: *Familles, je vous hais!*

Le soleil se vautrait dans les champs de tabac, entourait les feuillus d'une couronne de lumière, déjouait les ombres et s'évanouissait dans les sources heureuses où roucoulaient les premiers jeux de l'été. Une jeune femme nue, couchée sur une couverture de couleur jaune était étendue là sans mouvement, les bras et les jambes écartés pour mieux boire le soleil. Et son visage détendu amortissait une joie secrète, maintenant endormie avec la terre. Elle venait de jouir. L'homme d'un certain âge arriva. Descendit de la voiture et s'approcha à pas feutrés près de la jeune femme irradiant de satisfaction. Elle ne bougea point. Après quelques minutes, elle leva une paupière et dit mollement *bonjour!* Ensuite, elle se leva avec prestance et ajusta avec des gestes lents un gentil débardeur haut côtelé corail et un short bleu.

— Je ne vous attendais pas. Je m'excuse, dit-elle, sur un ton mi-convaincu.

— Je vous en prie, dit-il, précipitamment avec sa retenue habituelle. Après un moment il ajouta: le corps humain possède en soi une beauté qui appelle toujours les yeux. Surtout, s'il a souffert. Je m'excuse moi-même, j'ai l'air d'un voyeur, j'aurais dû...

— Non, ça va.

Ils s'assirent à une petite table carrée où ils prirent, lui, un verre de liqueur, elle, un jus d'orange. Il avait maintenant dans les yeux un quelque chose d'étrange, comme quelqu'un qui vient d'approcher le mystère, de trouver le rubis au fond de la caverne. Elle avait saisi ce petit air d'étrangeté.

— Je vous ai scandalisé?

— Du tout. Non. C'est vrai. Et puis, à mon âge, ce n'est pas nouveau. Ce qui est intéressant dans un corps, ce n'est pas le corps lui-même, mais ce qu'il signifie à nous et pour nous. Et cette approche du corps se fait infailliblement par les yeux. Enfin pour moi, c'est un parcours direct.

Ils causèrent longtemps ensemble. De la forêt, de l'amour, de l'amitié amoureuse. Le soleil dardait à travers les branches du grand sapin ses dernières vigueurs. Il faisait, en pourchassant les quelques nuages en guipure, la ronde du jour. L'homme se leva au cri d'un oiseau.

Elle l'avait prié, pour le repas du soir, de se joindre à elle. Il refusa poliment et promit de la revoir le lendemain.

De retour chez lui, il n'arrêta pas de penser à ce qu'il avait vu. D'abord le chalet, bien situé il est vrai dans sa niche d'arbres, ne payait pas de mine. Il dérogeait presque aux lois de l'équilibre et ne contenait pas de toilette, ni d'eau chaude. Cependant, il régnait autour de cette frustre demeure un air de calme, une pureté de silence où les oiseaux dessinaient des chants ailés d'amour. En face du chalet, plutôt sur le côté gauche, se campait une autre maison qui avait moins l'allure d'un camp. Elle pouvait mieux supporter l'hiver, s'offrir le luxe de dormir moins frileusement dans la neige captée par le toit et les fenêtres, attendre le réveil moelleux du ruisseau. L'autre faisait au bout du chemin ondulé figure de garde. De guérite. Ensuite, il avait observé chez la femme au mitan de l'âge, endormie comme Psyché d'un profond sommeil, après l'ouverture du flacon d'eau de Jouvence, les stries rougissantes d'une psoriasis couvrant amplement les jambes, le bassin et les épaules. Et ces seins plats avec son maigre bouton au centre par manque, sans doute, de manipulation. Rien ne le rebuta. Il l'aimait.

D'abord, parce qu'elle était une femme. Ensuite, par ce qu'il avait appris de son cousin à son sujet. Cette femme qui s'était privée toute sa vie pour ses enfants. Qui s'était libérée d'un premier mariage, puis, séparée d'un autre homme qui l'avait violée. Qui avait refusé d'aller sur le marché du travail (marché des esclaves, selon elle, avec ses lois de profit, de concurrence, d'excellence) à cause de ses enfants. Que ses enfants même l'avaient quittée dernièrement tour à tour dans un entêtement, avec une maladresse insupportable.

Il l'aimait. Etait-ce un amour de pitié ou/et une pitié de l'amour? De toutes façons, tout homme fait pitié et l'amour humain est toujours pitoyable. Merveilleux, mais souvent aliénant.

Il avait su aussi que cette femme possédait une énergie de fond, une intelligence remarquable, une volonté rare, une franchise désarçonnante jusqu'à décliner tout acte même de générosité. Il avait remarqué qu'elle avait une santé fragile. Qu'elle restait très ouverte d'esprit avec une bonté souvent près des larmes. Qu'elle recevait chez elle des amies affligées de toute sortes de malheurs qu'elle consolait, essayait d'orienter. Et tout cela, dans une économie familiale qui ne lui permettait aucun excès, aucune fantaisie. A peine le luxe du nécessaire.

Elle vivait seule, retirée, ignorée et loin de tout plaisir, de tout ami. Avec, au fond, cet appétit de vivre non loin de celui de la hâte de mourir. Elle ne vivait pas le monde, elle le rêvait et essayait de soigner ce corps, cette vie qui lui rappelait ces mots qu'elle avait entendus et qui venaient de Cioran: *Cet éternel ennui de vivre! L'inconvénient d'être né!*

Comment aimer la vie, le monde, aimer l'autre, s'aimer elle-même? Pour elle, la vie était un échec; le monde, la prise de la Bastille et l'homme, un éjaculateur. Il fallait pour elle arrêter de courir après ses désirs. Il ne restait qu'à subir jour après jour l'expérience de la chute, de l'abandon, bref, de perpétuer l'échec de son enfance. Enfance dont peu d'hommes sortent sans écharde, sans flétrissure. Elle supputait que l'on pouvait difficilement devenir adulte si l'on n'avait point appris à être enfant. A se faire enfant. Connaître une belle enfance, n'était-il pas, avant même la santé, la richesse, un bien des plus précieux? Donc, échec de son enfance, de sa famille, de ses idéaux (car elle voulait étudier toute sa vie, devenir chirurgienne ou chargée de laboratoire en un savoir exact, même pointu). Elle avait bien eu quelques aventures, avait travaillé quelque part. Elle consentait même à garder tout être qui aurait pu l'aimer bien, c'est-à-dire entraîner son corps et surtout son âme vers quelque Olympe. Il lui était difficile, même impossible, de s'accommoder d'un homme qui ne fut qu'un mâle. Il y avait aussitôt un phénomène de rejet.

De son côté, tout occupée à faire ses mots croisés, elle réexaminait la discussion de la veille: l'amour, le bonheur, l'amitié amoureuse... Des mots dont elle sentait le besoin, mais dont le sens fuyait comme les flûtes laissent échapper le vent. Elle se promit bien de le lui demander à son retour. Il ne devrait pas tarder, en regardant vers le chemin.

Un bruit doux de moteur, une forme rampante bleu nuit le long du sentier lui fit comprendre qu'il arrivait. Elle le vit comme d'habitude avec un sourire retenu, de grands yeux bleus qui laissèrent à peine cacher un sentiment, une envie. Elle sortit sur la galerie; lui, répondit par un signe de la main. Il la regarda discrètement quelques minutes dans son short d'été de couleur fuchsia où pendaient blanches des jambes longues et minces. Il la désirait. Ils s'embrassèrent. Elle l'invita dans la chaleur molle de l'été à prendre une boisson. Au soleil. Elle, pour son psoriasis, lui, pour se plonger dans la fureur de la saison. Ils étendirent leurs jambes sur le coin de la table et s'enfoncèrent chacun dans leur chaise. Comme pour partir une nouvelle discussion. Elle avait remarqué chez lui cette large cicatrice le long de la jambe droite, vers l'intérieur, qui partait du genou et qui allait se perdre jusqu'au bas ventre. Cela, des deux côtés. La cicatrice de la jambe gauche presque imperceptible montait fine et droite. Un travail d'artiste. C'est la marque des cardiaques, pensa-t-elle. Elle risqua de relever le bord de la culotte blanche de tennis pour voir l'ouvrage chirurgical.

— Un travail de boucher, s'exclama-t-elle, en passant sa main douce et fraîche le long de la couture.

— Oui, un travail d'étudiant à l'interne, continua-t-il. Vous savez le chef en cardiologie fait la coupe et les apprentis médecins rafistolent le reste. Cela se compare à un mauvais labour, à une pièce ou un bord de pantalon mal enfilé.

— Ça fait mal? murmura-t-elle avec compassion.

— Non! Non! Mais si vous continuez à flatter la cicatrice...

En effet, la culotte de tennis commençait à se tendre sous la pression distraite et onctueuse des doigts. Il se leva pour aller chercher un verre de coke dans la cuisine. Un peu embarrassé dans sa démarche. Elle le regarda avec une curiosité rieuse.

— Surprenant! dit-elle tout bas.

Il ne répondit pas. Pour un homme de son âge, il avait encore une pudeur de jeune homme. Un reste de son éducation religieuse. Il était demeuré doux, patient et sans cesse affectueux. Mais dès qu'il sentait chez l'autre un vouloir de partage de sentiments amoureux, il devenait, en restant toujours tendre et délicat, un peu plus hardi. Et même bellement amoureux.

Après quelques minutes de silence, il voulut faire diversion en attaquant un sujet de discussion: l'amour par exemple, les différentes sortes d'amour. L'homme d'un certain âge savait que le mot Amour (le seul mot valable dans tous les dictionnaires) était plus grand que la Terre. Et qu'à lui seul, il valait une vie. La Vie. Lorsque la femme entendit la première fois l'expression: un amour de pitié et la pitié de l'amour, elle avait senti comme un immense abat-jour tomber sur elle. Il lui en avait déjà glissé un mot. Elle n'avait point compris. Ces mots exprimaient en elle, à première vue, une sorte de distance, presque du mépris de la part de l'autre. Une commisération injurieuse, une compassion orgueilleuse. Un apitoiement. Elle lui demanda de bien vouloir s'expliquer. Ce qu'il fit non sans difficulté. Dans un langage qui se voulait simple, mais qui sortait tout droit de la réflexion philosophique. Malgré lui.

Il lui dit d'abord que le mot pitié dans sa forme populaire signifiait piété. Et que, selon Pascal: *on doit avoir pour les uns une piété qui naît de la tendresse, et pour les autres, une pitié qui naît du mépris.* L'homme n'était pas d'accord avec la dernière partie de cette phrase.

— Parce que l'homme doit toujours aimer. Malgré tout, tous les êtres. Des plus vertueux aux plus ignobles. *Si l'homme est méchant,* (phrase qu'il affectionnait chez Socrate), *c'est parce qu'il est malheureux.* Il ajouta: On fait tous pitié! Quand je vous dis que je vous aime, cela veut dire que j'unis ma pitié à la vôtre. La pitié de l'amour c'est la piété de la misère de l'amour. De la misère de l'homme. Cette attitude du vrai regard sur soi-même et sur l'autre ouvre la porte à la charité, à l'amour, à l'amitié.

— Cela, répliqua-t-elle, ne me semble pas une attitude très courante. Il faut être vraiment fort. Après quelques minutes, elle reprit: Aimer son ennemi, son bourreau, ce n'est plus de la charité, c'est de la faiblesse, de la sottise. Allez voir les gens, sur un ton offusqué, oui, les gens qui se sont fait battre, torturer, violer dans les pays de l'Est, et vous me direz après si la victime adore son bourreau. Seul Jésus-

Christ est digne de penser et d'agir de cette façon. C'est l'Amour divin. Inconditionnel.

— J'admets que la vraie pitié serait celle de Jésus. Enfin, celle des évangiles. Ou celle d'une mère devant le corps inerte de son enfant. Demander autant de vertu à tous les hommes, c'est presque impossible. Cela prend, en effet, un Bouddha, un martyr, un Siddharta. On a vu cependant dans le martyrologe, combien de martyrs demander grâce pour leur bourreau. Et combien de prisonniers russes, enfermés dans leur cellule, pleurer à l'annonce de la mort de leur bourreau sanguinaire: Staline! C'est à ne pas y croire! Et Matthieu (5,43-47) et Luc (10,29-37) qui parlent de l'amour des ennemis! Mais, ce que je veux vous dire aussi, c'est que malgré cette carence humaine, cette pitié de l'homme, d'être un homme, il y a en face de ce manque, de cette labilité, si j'évoque un mot plus savant, un mot de grâce, de ferveur qui déploie ses ailes généreuses de tendresse et d'indulgence sur l'humanité entière, ce mot, c'est le mot Amour.

Elle le regardait d'une façon soutenue et admirative. Elle savait tout cela. Se faire dire ce qu'elle savait déjà au fond de son cœur par un être que déjà elle aimait, peut-être à son insu, lui faisait, sous la tiédeur chaude du vent, du bien. Une chaleur que tout être humain retient à chaque instant pour tenir son cœur au chaud.

— Comme vous le savez, il y a plusieurs sortes d'amour. Sans parler ici des deux amours: amour de Dieu et amour du prochain en théologie, je voudrais davantage insister sur cette tendance qui se pose d'abord chez l'être comme une volonté de vivre. De s'accomplir. Tout être, avance-t-on en philosophie, tend vers la perfection de son être, c'est-à-dire vers le bien. L'amitié amoureuse dont on a quelquefois parlé suppose que dans le premier mot (amitié) le sexe soit exclu, que dans le second (amoureuse, amour), l'amitié évolue dans le sens du désir de l'autre. Ainsi ce sentiment pourra aussi bien s'appeler, selon un ancien mot de la scolastique, un amour de concupiscence qu'un amour de bienveillance. Qui se traduirait l'un, par le désir charnel, l'autre, par une volonté de bien, un vouloir de bien de l'objet aimé. Voilà, c'est simple, termina-t-il en reprenant son souffle.

— Pas si simple que ça, reprit-elle. Quand un être aime, c'est la nature entière qui est engagée. Qui s'engage. Il y a tellement de plans, d'états amoureux, une telle profusion de mots: amour, tendresse, inclination, affection, désir, bienveillance, attachement, complaisance, captativité, oblativité qu'on ne sait plus à quel saint se vouer.

— Vous voulez savoir si quelqu'un vous aime et comment il vous aime?

— Oui, dit-elle, avec joie.

Il baissa la tête comme pour mieux réfléchir. D'ailleurs, il ne parlait jamais haut et sa tête partait habituellement de bas en haut, rarement de haut en bas. Sauf, pour badiner. Faire la fête.

— Dans l'amour, c'est un truisme, il y a l'amant, il y a l'être aimé. Entre les deux, il y a l'amour. Disons, au premier stade (et je présente ici une opinion personnelle en dehors de toute référence livresque), l'approche et la déclaration d'amour. Comment savoir, et c'est la question qu'on se pose, si l'amant aime l'aimée?

L'être aimé (ici, en général une femme) devra premièrement: écouter la respiration, la voix, l'odeur de l'être aimant. Saisir les gestes, les mots décousus, aussi, les silences de l'autre, sa musique corporelle.

Elle pourrait aussi, deuxièmement: regarder les yeux (le regard) de l'autre comme pour sonder, boire l'âme et en connaître les vibrations.

Il ne serait pas inutile, troisièmement, de mesurer ses pas, jouer avec l'espace, étirer le temps, parler au vent, au fleuve, à la pierre.

A la fin, je me demande s'il ne faudrait pas, pour compléter la corrida, mais d'une façon toujours humaine, de présenter quelques épreuves subtiles, non humiliantes, comme pour préparer les chevaliers à la quête du saint Graal. A titre d'exemples, évaluer son enthousiasme pour la lecture, la musique, la culture, la danse sous toutes ses formes, pratiquer des jeux physiques puis, faire de la méditation, des mantras, etc. Ne pas oublier le tempérament et le caractère.

Si après cela, vous trouvez en l'amant une douleur, de la tristesse et une certaine humilité, c'est qu'il vous aime.

— C'est un merveilleux programme!

— Quant à l'être aimé, vis-à-vis d'elle-même, il lui sera sans doute nécessaire, premièrement, d'écouter aussi la lyre de son cœur et la corde de la raison; deuxièmement, d'entendre son OHM intérieur qui est la sonorité primordiale du silence; troisièmement, d'analyser ses propres rythmes; enfin, quatrièmement, de rendre visite à la mère, à la sœur et de voir quelques-uns de ses amis.

Si après cela, vous sentez en vous de la joie, du réconfort, c'est possible que vous l'aimiez. Il peut être l'élu de votre cœur. La règle de base de l'amour, c'est l'enthousiasme...

— Votre formule relève un peu de la magie, de la poésie. Elle ne manque pas de sagesse, continua-t-elle, en laissant traîner la phrase.

— Il y a chez Erich Fromm, puisque vous semblez aimer les formules saisissantes comme des capsules, quatre catégories intéressantes quant à la sorte d'amour. Elles sont connues. Je les présente sans façon. L'amour infantile suit le principe: *J'aime parce que je suis aimé*. L'amour parvenu à maturité, suit un autre principe: *Je suis aimé parce que j'aime*. L'amour inachevé dit: *Je t'aime parce que j'ai besoin de toi*. L'amour accompli dit à son tour: *J'ai besoin de toi parce que je t'aime*.

— J'adore cette formule. Elle me rappelle les quatre saisons, s'exclama-t-elle, exubérante. La première phase se situerait vers l'âge de six à douze ans. Ce serait ce fol printemps où l'enfant dit: le pommier me donne des pommes, donc je suis aimé de l'arbre, de la Nature. La seconde, période de l'adolescence ou post-adolescence (15 à 30 ans), l'homme dit: L'eau m'aime parce que j'aime l'eau. Elle est faite pour moi. Elle caractérise d'après moi la saison de l'été ardent. La troisième affirmation (30 à 50 ans), celle de l'amour inachevé représenterait, d'après moi, le jeune automne. L'amant dit: J'aime cette maison et j'ai besoin d'une maison, d'une famille. Avec la dernière formule: J'ai besoin de toi parce que je t'aime, en continuant sa comparaison qui ne manquait pas de justesse, elle avança que l'amour, rarement atteint ici-bas offre l'image d'un doux hiver. Que l'amour, à ce moment-là, se tisse avec les objets à conserver, oui, mais surtout avec les êtres à retenir. C'est l'amour accompli où l'être masculin ou féminin dit à l'autre: J'ai besoin de toi parce qu'en t'aimant, j'ai vu combien ma vie, la vie a pris avec toi tout son sens, toute sa valeur. Ici l'amour a cinquante ans et plus.

— Quelle belle imagination, quelle comparaison! Je me demande ce que je fais ici à vouloir faire des sermons. Plus loin, en réfléchissant, il ajouta discrètement: votre analyse prendrait davantage de valeur si vous consentiez à réviser les âges, peut-être un peu, le zodiaque de l'amour. Mais, l'envolée était belle, fraîche. Sortie comme cela d'un coup de tête, elle m'a littéralement ébahi. Parce que déductive et inspiratrice.

Elle se mit à rougir un peu et ne trouva pas d'autres remerciements que de lui sauter au cou et de s'asseoir sur les genoux de l'homme qui la retint longuement dans ses bras en la berçant avec douceur. Ils s'embrassèrent avec beaucoup d'émotion.

— Nous menons de grands combats d'idées et, c'est cela que j'aime aussi en vous. Avec vous je ne suis pas le professeur ayant devant lui un élève passif. Au contraire. J'éprouve grand plaisir à me faire remettre la monnaie et, à l'occasion, aussi de me faire restituer. C'est de la démocratie intellectuelle. C'est cela, la liberté de penser et de dire.

Elle lui servit un verre de vin et s'asseyèrent l'un près de l'autre. Elle, heureuse de la confiance qu'on lui témoignait; lui, du plaisir de reconnaître le mérite de l'autre. En ayant l'air de s'amuser, il voulut, en bon chevalier (attitude génétiquement mâle) relancer la charge.

— Une phrase que j'ai relue dernièrement de E. Souriau, nous donne, je crois, une très belle mesure de l'amour. Je m'excuse de répondre par une autre citation. C'est ce que j'ai appris à l'université:

de ne jamais rien avancer sans fournir les preuves. J'ai pris beaucoup de liberté depuis ce temps là, mais cela m'est resté. Alors cette citation, la voici. Il dit *qu'on ne doit véritablement parler d'amour qu'à partir du moment où la valorisation de l'être aimé atteint au moins ce niveau d'attribuer à l'être aimé une valeur égale, sinon supérieure, à notre valeur propre.*

Elle essaya, pour sortir de toutes ses pensées qui tourmentaient son esprit, de lancer une question, sans vouloir trop en attendre la réponse.

— Je peux vous paraître candide, mais dites-moi, malgré mes belles envolées, simplement, d'où vient l'amour?

Il sentit que préoccupée par certaines questions qui limaient son âme comme l'ombre pleureuse s'arrache de l'arbre et se prolonge sur l'herbe, elle voulait le faire parler, lancer le moulin à prières et se contenter du roulement de la voix, il dit:

— Vous voulez me mettre à l'épreuve, me faire subir un examen de...

— Non, c'est une question c'est tout, répondit-elle, absente.

— Bon, qu'importe, je répondrai quand même. En quelques mots. La seule façon de répondre, pour le moment, c'est d'éviter toutes les théories modernes et de me référer au mythe allégorique du Banquet. Ce sera, je crois, un élément de réponse. Vous avez dû entendre parler de Platon, le divin Platon?

— Oui, dans le 101 philo. Deux ou trois cours. Mais allez-y quand même, en revenant à elle, ça va me rafraîchir la mémoire.

— Merci. Je serai bref, si possible, dit-il, satisfait, avec un beau sourire.

Elle s'apprêtait à écouter attentive les propos de l'homme d'un certain âge qui se dégageait en douceur de l'étreinte de la femme au mitan de l'âge.

— Une autre question, si vous me le permettez, avant votre exposé.

— Oui, allez-y, je vous en prie, chère poétesse.

— Est-ce que l'amour dont vous parliez, il y a quelques instants, concerne seulement un homme et une femme ou s'il accepte un homme avec un autre homme, une femme avec une femme?

— Vous voulez dire l'homosexualité, le lesbianisme? *Cette appétence sexuelle plus ou moins exclusive pour les individus du même sexe,* selon une définition. Non. Je veux dire que l'amour est au-dessus de cela. Elle est dans le sexe et hors du sexe. Parfois presque indépendante du sexe. Oui. L'Amour en soi est naturel, généreux, désintéressé. C'est un moment-vérité. Qu'importent les aberrations de l'amant, tout se justifie, s'il est sincère.

Il faudrait faire ici une petite distinction. Dans l'homosexualité et le lesbianisme, disons, "normal", et je le mets entre guillemets (parce qu'il s'agit de vie normale et stable d'un couple formé de deux hommes ou de deux femmes) (40%), il se glisse différents aspects qui se traduisent par la pédérastie, la sodomie et, chez les femmes, par le tribadisme. Ajoutons la pédophilie homosexuelle ou hétérosexuelle qui, à mon sens, est aussi répréhensible. De même, que pour le sadisme, le masochisme, le sadomasochisme, la zoophilie, etc. Et je demeure strictement sur le plan psychiatrique et non culturel ou religieux.

Il prit son souffle, un verre de vin et alluma une cigarette qu'il offrit à l'hôtesse. Elle le remercia du regard. Il prit un cigare. Distraite, elle songeait en elle-même à quelques amis ou connaissances qui vivaient normalement en couple une homosexualité sociale, tranquille. Et ce n'était point des béotiens. C'étaient des universitaires, des professionnels, des artistes. Comment font-ils, se demandait-elle? C'est à savoir si c'est nous qui sommes normaux. De nos jours, il y a tellement d'homosexuels déclarés ou non qu'elle ne savait plus si...

Devinant l'autre, il avança ces quelques mots:

— Dans la société actuelle, en 1996, l'homosexualité, sous la disparition de certaines valeurs anciennes et souvent aliénantes, s'étale davantage et ne fait plus scandale. Sauf pour les gens primaires, sans culture, sans dimension, bref, non évolués. Qu'il y ait, à la base de cette conduite, disons, une légère anomalie, (pour les gens dits "normaux"), ce n'est pas un motif pour appuyer la réprobation populaire. D'ailleurs, c'est vu comme très commun, dans un certain groupe, d'aimer une femme; tandis qu'aimer un homme à la grecque, c'est de l'élitisme.

— Ah! pour moi, dit-elle vivement, cela ne me préoccupe pas du tout. D'autant plus que c'est avec ces personnes, les homosexuels, que la femme se sent le plus respectée et qu'elle vit avec eux en des manières gentes, avec un esprit détaché. Ils sont propres aussi à une belle amitié. Regardez un homme marié, surtout celui un peu frustre, et vous verrez à tout moment combien son sexe est écrit dans les yeux, combien son corps total est une prégnance, ses gestes un vouloir tactile toujours tendu.

Plus loin, elle fit cette observation inattendue:

— Ça doit être dur d'être un homme!

— Oui, je sais. Un homme civilisé, oui c'est dur. Plusieurs générations... On vient des gorilles... Ce n'est pas très reluisant. Mais, en revenant à cette parenthèse suscitée par votre question, au sujet de l'homosexualité et du lesbianisme ou saphisme, on ne peut absolument pas nier que dans le monde asiatique, et la Grèce plus près de nous, qu'elle n'était pas largement pratiquée. Il y avait même à Sparte un loi qui la sanctionnait et que c'était pour les vieillards un devoir. Dans une idéologie militariste. Cette pédérastie ou pédophilie, si vous le voulez, me paraît toujours comme une dépravation, même si le grand général et homme d'Etat béotien, Epaminondas (418-362) donna à Thèbes la suprématie sur Sparte la pratiquait. Elle ne se justifie pas davantage. Même si l'illustre Alexandre le Grand (Alexandre III) (336-323), roi à vingt ans de la Macédoine et roi d'Asie, maître de la Grèce entière et maître de l'Empire Perse se livrait à ces habitudes pédérastiques (l'amour des jeunes garçons). Elles n'en demeurent pas moins condamnables. Tout autant méprisable ce geste des habitants de Sodome qui *voulurent abuser de deux anges venus rendre visite à Loth.*

— Ce n'est pas, je crois, le vrai visage de l'Amour...

Elle se leva prestement et partit vers la cuisine remplir son verre depuis longtemps vide de Sprite.

— Aimeriez-vous un petit vin? dit-il, d'une façon nonchalante à cause de la fatigue accumulée par la chaleur et la tenue de la conversation.

— Oui, s'il vous plaît. Il n'est pas trop fort?

— Non, c'est du vin de dépanneur, même pas 12%.

— D'accord.

Ils virent subitement que le soleil préparait dans les nuages sa litière. S'appuyait fixe sur le bout des hautes branches. Il avait le teint cireux des gens qui font une crise de foie. Allait-il pleuvoir? Allait-il pleurer? Les oiseaux avaient cessé d'exercer leur charme. Un moment de silence. Presque lourd. La nature avait comme cessé de respirer. Est-ce que la terre succombait à un arrêt cardiaque? Ils se regardaient tous les deux, en interrogeant des yeux, debout, le verre à la main, la mise en terre du soleil. Une sorte de sépulture somptueuse se préparait. Un nuage noir venait de poser sur la face lumineuse de l'astre, un voile funéraire. Les arbres, chagrinés de lumière, se posaient maintenant drus et droits comme de longs candélabres et brûlaient à leur tête les dernières étincelles d'un feu disparu. Ils s'alignèrent sombres et recueillis devant le cercueil, en récitant dans la litanie des vents la messe du soir.

Ils entrèrent dans le camp sous le coup de la pluie. Elle tombait d'un ciel plein de rage. Ils admiraient la force, la violence du déluge. Le miracle de l'eau. Qui baigne la forêt, abreuve les pores assoiffés de la terre, ouvre les orifices aveugles de la roche, gonfle le ventre de la petite rivière et redonne par ses ablutions, au paysage entier, une nouvelle toilette séculaire. Peut-être que chaque orage renouvelle le commencement du monde. Que le soir est toujours le premier soir de la Création.

Une étoile thuriféraire apparut timide sur le catafalque de la Nuit.

Elle préparait le souper. Lui, avec le cordon d'une robe de chambre, jouait avec Philémon. A la radio, on entendait les mots mille fois répétés de l'opéra Carmen: *L'amour est enfant de Bohème qui n'a jamais, jamais connu de loi... et si tu ne m'aimes pas je t'aime, et si je t'aime prends garde à toi.* La fougue des notes se mêlaient aux effluves odorantes de la cuisson. A propos, dit-elle, vous n'avez pas répondu à ma question: Qu'est-ce que l'amour? D'où vient l'amour?

Il se leva le chat dans les bras, l'air surpris, comme honteux de n'avoir point encore accompli sa promesse.

— Cette question vous intéresse toujours?

— Bien sûr!

Alors, il prit cet air sérieux et professoral, ajusta ses lunettes, allongea ses bras derrière le dos et marcha lentement, aller retour, dans la pièce. Avec le visage crispé de ceux qui vont révéler la trace perdue des mondes lunaires, dévoiler le plan caché des anciens dieux ou décrypter au fond des grottes obscures l'opacité de la lumière. Il détacha ses mains comme on enlève des gants, leva devant lui l'index à la hauteur de l'œil droit et prononça d'une voix grave et solennelle:

— Il y avait une fois..!

Devinant le jeu, elle se mit à rire à larges bouffées en levant les bras, roulant la tête, s'esclaffant, penchée sur elle avec de petits cris saccadés et dit, en éclatant encore de rire:

— Que vous êtes drôle!

Elle s'approcha de lui, entoura son corps de ses bras et couvrit la figure, les lèvres de ce prof avec mille caresses et baisers. Les mains de l'homme d'un certain âge enserrèrent la taille de la femme au mitan de sa vie et la tinrent pressée contre la sienne. A peine quelques moments, ils tombèrent sur le divan, s'arrachèrent leurs vêtements en roulant par terre, jetèrent les morceaux en l'air qui atterrirent sur le chat ou sur l'aquarium. Avec des halètements, des cris sourds de bête entière, ils entrèrent en délirant dans les mystères de Dionysos.

Une heure après, las d'une fatigue bonne qui déposait sur leurs traits l'apaisement de cette douce tyrannie, ils se laissèrent aller dans un repos bienfaisant. La lune mouillée traversait les carreaux. Eclairant les casseroles figées au milieu de ce charmant désordre.

Le lendemain matin, le chat demandait la porte. Des mulots l'attendaient sous les branches. Le soleil fit découvrir les verts, les jaunes de ce coin magnifique. Les plantes, les feuilles, les roses se donnèrent rendez-vous et causèrent ensemble, dans la fraîcheur de leur tête, de cette terrible lessive d'hier. Après le déjeuner sur la petite table blanche, ils devisèrent ainsi que deux amis à qui on a toujours à dire. Avant de voir surgir la question, il se proposa de la développer sur le champ. En renouvelant le café, il vit passer le chat qui surveillait les méandres d'une couleuvre.

— L'amour, attaqua-t-il, est né chez les Grecs du dieu de l'Abondance (poros) et de la Pauvreté (pénia). *Fils de Pauvreté, il est maigre et besogneux, mais fils du dieu d'Abondance, il est plein d'aspiration et d'ambition.* Ce fils, appelé aussi Eros est à la fois un dieu (dieu de l'Amour) et aussi un démon (c'est-à-dire un intermédiaire entre la divinité et l'humanité). En tant que dieu, il est désir, aspiration, amour-pénurie, amour-désir. Il se situe comme un être qui a et qui n'a pas. Un être et un non-être à la fois. En vertu justement de sa double hérédité maternelle (pénia) et paternelle (poros). L'amour ainsi est un désir et, en même temps, un mécontentement. Mécontentement de ce qu'il cherche et de ce qu'il n'a pas; désir parce qu'il est une force de la nature. Si l'on va plus loin, Eros est en manque d'appétit humain, mais surtout d'appétit d'immortalité. Eros est une conscience qui se souvient de ce qu'il fut et qui cherche dans sa course amoureuse, sa chasse éperdue de l'amour humain, l'amour divin qu'on appelle le Bien.

— Oui, mais quel est le rapport entre l'homme et la femme là-dedans?

— L'amour ou Eros incarne l'Amant (l'homme) et l'Aimée (la femme). L'amant chez les Grecs a la peau rugueuse, les cheveux en bataille. Il est laid et puissant, créateur. *Toujours occupé dans la féconde besogne d'engendrement.* Tandis que l'aimée (il faut ajouter ici un e muet, parce que le monde grec est un monde d'hommes), est un être-objet, un être de beauté né de l'informe. Elle est une beauté-objet qui ne connaît que la coquetterie et la complaisance.

— Bref, la femme serait une sorte de bibelot, une poupée qui attend le désir de Cupidon!

— Non. L'homme est la femme, la femme est l'homme. Un seul être différencié. Il ne faut pas oublier, et c'est important, que celui qui aime, l'amant (l'homme) a moins et celle qui est aimée (la femme) a plus. *C'est parce qu'il a moins qu'il aime.* Si l'homme avait tout, était tout, enfin parfait, il ne chercherait pas ce qui lui manque, la femme. Ainsi l'amour entre l'homme et la femme, c'est, chez les Grecs, l'engendrement amoureux de soi. L'homme aimant est vu comme un pauvre gueux, un mendiant, *le bon tricheur et le bon fourbe; un sorcier habile, grand ourdisseur de stratagèmes et de ruses. Il est virtuose en piperies et déguisements; sans cesse tramant et montant des machines.* N'est-ce pas comme cela que l'homme est vu par la femme?

— Je sais simplement, continua-t-elle, que l'homme est un grand enfant. Un enfant en manque continuel. Que la femme sera toujours pour lui, toute sa vie, une mère, une amante et une épouse.

Il reprit:

— J'ai toujours cru que l'aimée comme vous dites, est supérieure à l'amant.

— Vous me dites cela pour mieux m'approcher, me faire plaisir.

— Non. J'ai toujours cru et affirmé cela, dans mes livres. Les hommes ne le disent pas parce qu'ils ont peur. Peur de perdre leur supériorité. Peur de retourner à la Mère.

— Si tous les hommes partaient comme vous de ce principe, on tomberait dans un royaume en quenouilles.

— Ce serait idéal. Plus de guerre, d'atrocités, de conflits, de recherches du pouvoir. Seulement l'Amour et la fraternité sur terre. Enfin, l'humain.

— Lorsque vous me regardez, comment me voyez-vous?

— Quand je vous vois, je pense d'abord non pas à vous en temps que femme, mais à la Femme. Qui est l'autre côté de moi-même. Aussi, en même temps, à un autre moi, à un *alter ego*, hors de moi, devant moi. Qui me rappelle ma carence, mon manque, mon indigence comme disaient les Grecs. Si je particularise, je vous vois, vous, comme un désir, un nom, une adresse, un corps, un passé, une histoire. Aussi une quête. En vous voyant, je deviens comme un captif dans l'Allégorie de la Caverne de Platon. Un esclave de mes fols désirs, de vos bras et surtout, surtout comme un être qui dans son Abondance vient compléter sa pauvreté. Pourquoi vous! Pourquoi moi! C'est parce que (c'est difficile à répondre) il y a eut un moment de grâce entre nous. Vous, avec votre passé, moi avec le mien. Et c'est la rencontre d'une carence individuelle qui, au moment de sa venue, un jour, est apparue comme un besoin à combler dans le miracle de l'amour.

Après un moment de silence qui passa entre les deux comme le vol d'un ange, il poursuivit hésitant: que l'amour était un exercice difficile, une manière humaine de tendre vers le Beau. Et que l'on doit, tout en sacrifiant pleinement à l'amour, dépasser la lourdeur des corps, la pesanteur du couple et s'extasier devant l'Amour qui nous rappelle d'une façon constante notre dénuement.

Elle se mit à pleurer. Les larmes coulaient lentes et douces le long de ses joues creuses. Lui, se mit à son tour à verser des larmes. Ils appuyèrent leurs têtes ensemble en essayant de retenir la douleur qui débordait au-dessus de l'épaule de l'autre. Il n'y avait pas de mots pour dire. Seuls, quelques soubresauts du corps avouaient combien un être peut combler tous les désirs du monde, peut aussi dévoiler, ici-bas, l'inaccessibilité de l'Amour.

L'homme d'un certain âge se disait en lui-même: il faut entourer cette personne. Elle représente un certain mystère de femme, une femme de mystère.

Deux jours après, il la rencontra. Assise devant une table dans la galerie vitrée, elle achevait un autre mot croisé. Elle le salua de la main en relevant la tête heureuse.

— Vous venez de jouer au tennis?

— Oui, avec mon ami et deux autres plus jeunes.

— Vous avez gagné?

— Non, pas vraiment. On ne gagne jamais sans perdre quelque chose. Nous avons gagné la partie, mais j'ai perdu une jambe.

En effet il boitait légèrement. Un commencement d'inflammation se devinait au genou droit.

— Ah! ça, dit-il. C'est une blessure de jeu.

— On dirait plutôt de l'arthrite, même la goutte, reprit-elle avec réserve.

Elle l'attira vers elle et l'embrassa affectueusement sur la joue.

— Je voulais vous demander quelque chose.

— Oui, je vous en prie, dit-il sur un ton empressé.

— Il y a un mot que je n'arrive pas à situer horizontalement dans mon mot croisé. Un mot de dix lettres.

— Bon, regardons cela.

Il s'approcha d'elle et essaya de lire la définition: *Caractère de ce qui est virtuel* (sens abstrait, ou ce qui est virtuel).

— Mais enfin, en y pensant un peu, c'est... Vérifions d'abord verticalement. Il y a justement au chiffre quatre un mot. Ce qui donne: Amitié. Je l'ai. C'est facile, c'est le mot virtualité.

— Ça veut dire quoi, virtualité? lui demanda-t-elle avec un regard un peu coquin.

— La virtualité, c'est quelque chose qui est là en nous, près de nous et qui veut apparaître, arriver ou, si vous le voulez, qui veut s'actualiser. Qui est en puissance. Exemple: un enfant est en puissance de devenir un adulte.

Tandis qu'il parlait les bras tambour battant, le visage animé, cherchant dans les nuages et la cime des arbres le mot mystère, elle le regardait avec ce fin sourire narquois qu'elle affichait quand elle était à l'aise avec quelqu'un.

— Je comprends.

— Mais pourquoi souriez-vous? demanda-t-il soudain.

— Parce que vous me paraissez un drôle d'homme. Un homme avec des livres, des définitions. Aussi, la manière de vous exprimer. Reprenant plus loin: Vous me faites rappeler celui que j'ai rencontré, un jour, au Musée d'art contemporain qui avait les mêmes gestes, les mêmes inquiétudes, la même vibration.

Reculant un peu: Vous savez, on ne change pas tellement. J'ai passé ma vie dans les livres, dans l'enseignement. Aussi, dans les loisirs.

Pour nous, Professeurs, la vie est un éternel théorème étalé devant nous. Et notre défaut, et c'est là de l'orgueil, c'est de croire qu'on peut expliquer tout, répondre à tout. Quand on sait, au fond, qu'on ne comprend rien. On ajoute en plus la fatuité de répondre à tout. C'est du vide. Nous sommes toujours placés devant nos étudiants comme devant le Sphinx. La tête souvent tournée en sens inverse du corps comme dans l'art grec. Peut-être, pour ne pas à avoir à répondre ou pour faire semblant d'avoir répondu.

— Intéressant, reprit-elle vivement.

— Parfois, on a quelques réponses. C'est tout.

Elle lui prit la main et l'étreignit. Ce qui le surprenait toujours. A sa manière d'homme, un peu ancien, un peu nouveau, un homme assis entre deux siècles, il avança timidement que c'est l'homme qui baise la main de la femme. Ce qu'on a changé depuis quarante ans! dit-il. Il lui rendit le baiser sur la main à la façon des anciens chevaliers ou celle du siècle de Louis XIV. Il lui vint cette idée subite de lui baiser les deux mains et de faire contact avec le corps de cette charmante amazone. Il renonça.

Il osait rarement lui demander de faire l'amour. Pour éviter de faire surgir, chez elle, l'horreur de la scène du viol. Il signifiait par des gestes seulement. Sans peser. Sans vraiment dire. Cela arrivait parfois. Mais souvent, le manège innocent finissait avec beaucoup de tendresse et d'affection. Elle ne voulait point faire l'amour les poings serrés.

— Allons faire une marche, voulez-vous?

— Oui, bien sûr!

Le soleil, frère de la lune, descendait les deux sillons traçant le chemin et les attendait à la barrière. L'homme d'un certain âge folâtrait autour de la femme au mitan de sa vie, faisait des pas de danse, contournait les ombres et menait en même temps un discours amoureux. Tout y passait. Molière, Corneille, Racine, Châteaubriand, parfois La Fontaine, aussi quelques auteurs grecs et romains, Sophocle, Ovide, Plaute. Un véritable florilège de mots, de pensées menés devant des bras, des mains tournés tantôt vers l'ouest, tantôt vers le nord. On eût dit une immense balançoire où un troubadour combinait sur la paroi du ciel, dans la ronde des nuages, les signes, les sons, les fresques d'un baladin tendre et embrasé.

Elle riait, riait. Se laissait entraîner par la danse de ce ménestrel impromptu et acceptait de se voir saisir par la taille, embrasser sur la bouche, dans le cou, sur les mains et sur les bras. On voyait dans ses yeux des traces de bonheur. Elle était aimée. Se sentait aimée. Libre. Ils ne finissaient pas d'aller et de revenir le long de ce petit chemin lequel s'arrondissait mollement au milieu des traces de voitures.

Arrivés à la barrière, ils décidèrent de suivre le chemin d'asphalte et d'examiner la lumière des lieux. Ils entendirent quelques coups de marteau sur une toiture en rénovation. Plus loin, un beau cri de vache blonde près d'une ferme, et tout près, un aboiement de chien noir pourchassant des yeux un chat blanc non apeuré. Ils se tenaient par la main et se regardaient en sourires. Tous ces êtres, toutes ces choses. Un silence profond sortait de l'alvéole de la forêt là-bas qui fermait les terres incendiées comme une main tient des grains de sable chaud. Les mots battaient de l'aile en avant de leurs pas qui écoulaient lentement leur conscience. Leur ferveur.

De retour vers le chemin qui menait au chalet, l'homme d'un certain âge, silencieux, construisait son roman qu'il avait mis en chantier. Elle le regardait d'une façon attentive. Il marmonnait, barbotait dans des mots blancs, roses, bleus, essayait de les attraper comme des papillons volages. Il voulait leur faire un nid. Les envelopper dans un espace aux couleurs du soir, en faire un essaim, les mettre dans la ruche de ses souvenirs. Impossible. Des mots anciens, des mots nouveaux venaient, disparaissaient, allaient se blottir sur le perchoir des branches, dans le creux d'un arbre et revenaient, un instant après, en bandes sonores accompagnés de bruits de la forêt.

Elle l'observait toujours et se demandait quel était bien l'objet d'une réflexion si dense. Cette grave méditation.

Lui, revoyait ces mots infidèles qu'il avait jadis entretenus, gardés comme des joyaux, s'annihiler de la vitrine de sa pensée. Plus jeune, les mots répondaient au doigt, s'alignaient comme des soldats sous un centurion, s'ouvraient à la page comme un dictionnaire, présentaient devant ses yeux, son oreille leurs formes, leurs couleurs, leur musicalité, leurs odeurs. Plus vieux, ces mêmes vocables s'évanouissaient peu à peu, se lisaient en lui comme une signature effacée sur certaines pierres tombales. Les avaient-ils trahis? Ou enfermés à tout jamais dans quelques poèmes de jeunesse? Avant, ces mots habillaient avec facilité un acrostiche, une saison, un culte, un coin de femme. Et même dans la suite de ses écrits, il les avait chassés, torturés, en avait fait presque des feux de paille. Pour soulager sa raison fiévreuse, sa mémoire surchargée, excitée par la millénarité des phonèmes, par les grossesses accumulées des syntagmes et du langage. Pourquoi les mots fuyaient-ils le vieil écrivain? Pourtant, il avait été fidèle à la poésie, à l'écriture. Il avait assisté à la messe des rythmes, avait les mains propres, l'oreille musicale et le corps dansant.

— On peut connaître votre secret? risqua-t-elle subitement avec une légère impatience. Y a-t-il un mystère qui vous occupe à ce point-là?

Sortant de la mélancolie, il dit, avec sa voix souvent éteinte:

— Je viens de comprendre que je suis en train de vieillir.

Elle partit à rire d'un immense éclat de joie et se mit à lui taper dessus de ses deux poings.

— C'est vrai dit-il, sur un ton depuis longtemps consenti. Avant, j'avais plusieurs mots pour dire une seule chose, maintenant, je n'ai qu'un seul mot pour dire plusieurs choses. C'est épouvantable. Je suis redevenu ignorant.

— Vous blaguez, c'est certain! Vous venez, il y a à peine une demi-heure de me rappeler une phalange de poètes, d'écrivains, leurs sentences et vous me parlez de vieillissement? Dites que vous avez moins de résistance, que la fatigue vient plus vite, enfin, que vous n'avez plus quarante, cinquante ans. Mais ne me faites pas croire que vous êtes vieux.

— Vous n'ignorez pas, chère dame, que le troisième âge commence à soixante. Même avant. Statistiques officielles!

— Bon. Parlons d'autres choses.

— Tandis que vous, en persistant, vous êtes dans l'âge de la plénitude, de l'accomplissement. Au midi de la vie. Au moment où la vie, l'amour prend un autre sens. Vous, vous regardez encore en avant, moi, en arrière. A vrai dire, c'est nous qui faisons le temps. Même la température. Et aussi la maladie, les guerres. Enfin... Plus loin, selon moi, reprit-il, on naît vieillard et on meurt enfant.

Vers le milieu où le chemin de retour prenait des rondeurs et semblait s'affoler vers une autre direction, ils s'arrêtèrent quelques moments. Dans les feuillages remuaient des voix. Les branches dessinaient des ellipses musicales. Le soir préparait avec cérémonie le mystère de la nuit. L'homme d'un certain âge s'était écarté de quelques mètres sous un arbre aux dimensions druidiques. Elle se demandait en elle-même d'où viendrait maintenant l'extase? Tout à coup, elle le vit descendre du chêne tel un ange des nuages et fit autour d'elle des pas de danses comme un barde amoureux. On voyait ses souliers de tennis blancs piquer des pointes, graver sur le canevas de la terre (aiguille sur une broderie), des trilles légères, des fugues démentes, des arabesques géantes et qui finissaient toutes par des pas de valses anciennes. Dans des éclats de rire, elle se vit soudainement enlever telle Psyché par des bras longs et vigoureux, entraînée dans la féerie du dernier soleil et le roucoulement des oiseaux autour du parasol des arbres radieux. La jeune déesse exultait. Ayant repris quelque peu leur souffle, elle l'entendit réciter quelques poésies d'un autre âge. Voulant imiter la Muse, elle dit en chantant:

Poète, prends ton luth et me donne un baiser;

Prenant la parole du poète, il répondit:

Est-ce toi dont la voix m'appelle,
O ma pauvre Muse! Est-ce toi?
O ma fleur! ô mon immortelle!
Seul être pudique et fidèle
Où vive encor l'amour de moi!

Oui, te voilà, c'est toi ma blonde,
C'est toi ma maîtresse et ma sœur!
Et je sens, dans la nuit profonde,
De ta robe d'or qui m'inonde
Les rayons glisser dans mon cœur.

La Muse répondit par ces derniers vers

Prends ton luth! Prends ton luth! Je ne peux plus me taire.
Mon aile se soulève au souffle du printemps,
Le vent va m'emporter; je vais quitter la terre.
Une larme de toi! Dieu m'écoute; il est temps.

A cette pressante invitation, le poète reprit devant la femme ravie:

O Muse! Spectre insatiable,
Ne m'en demande pas si long.
L'homme n'écrit rien sur le sable
A l'heure où passe l'aquilon.
J'ai vu le temps où ma jeunesse
Sur mes lèvres était sans cesse
Prête à chanter comme un oiseau;
Moi j'ai souffert un dur martyre,
Et le moins que j'en pourrais dire,
Si je l'essayait sur ma lyre,
La briserait comme un roseau.

Avec une mine réjouie et en tapant des mains, elle s'approcha de
lui, l'enserra contre elle, effleura sa bouche et lui baisa la main. Elle
dit d'un ton ému:
— De qui sont ces beaux vers?
— Mais d'Alfred de Musset! Dans ses Poésies nouvelles. Plus
exactement dans le poème: *Nuit de Mai*. La date, je crois, se situe vers
mai 1835. Au moment où la Muse dit *au plus grand poète de l'amour*
sincère et trompé que *rien ne nous rend si grand qu'une grande*

douleur. N'est-ce pas Musset qui disait: *Ah! frappe-toi le cœur, c'est là qu'est le génie!*

— Que vous en savez des choses! dit-elle d'une façon admirative. Mais vous, qui dites manquer de mémoire, chercher souvent vos mots, comment faites-vous pour vous souvenir de tous ces poèmes?

— C'est assez simple. En rhétorique dans une récitation en avant de la classe, j'avais pastiché Musset. Le bon père m'avait forcé à apprendre par cœur, enfin la moitié, la *Nuit de Mai* de Musset.

— Ah! Ah!, mauvais élève en plus! en lui saisissant la main et cherchant à encercler son bras autour de sa taille.

Le jour descendait dans la vesprée. Les vents qui un moment avant courrouçaient gentiment les arbres s'étaient endormis dans le replis des nuages. Elle l'invita à entrer dans le chalet. Les deux assis à la table, l'un en face de l'autre, se dévoraient des yeux et gardaient un silence ému. Ils restèrent ainsi de longues minutes à se deviner du regard. Soudainement, mue par quelque sentiment intérieur, elle rompit, un peu rouge, le silence et dit: Est-ce qu'on fait l'amour?

Avec une inclination de la tête, il se leva d'un bond et se dirigea vers elle en l'enlaçant avec beaucoup de tendresse et l'embrassa. Une minute à peine, ils se jetaient l'un sur l'autre avec grande dévotion et commençaient un jeu depuis longtemps retenu. Vers la fin de cette valse érotique et tendre, elle entendit soudain le ronflement d'un moteur. Le voisin venait d'arriver. Le voisin du chalet en bois rond. Qui venait comme cela souvent tromper sa solitude. Il y avait entre la femme au mitan de sa vie et ce voisin une quelque parenté très lointaine.

Le jour baissait les paupières. Le soir commençait à souffler dans l'épaisseur touffue de la forêt. Il prit un dernier verre d'eau, tout en la remerciant de son invitation. Ne devait-il pas retourner chez lui pour le souper? Il lui promit de la revoir le lendemain et peut-être d'aller dans un petit lac charmant. Aussi, d'aller jouer au tennis. Elle le vit se rendre prestement vers sa voiture en claudiquant et en récitant ses propres vers de jeunesse.

> *Petite fleur de serre*
> *qui vit respire et croît*
> *dans un espace étroit*
> *sous une cloche de verre*
> *Pour qui ces parfums lourds*
> *cette robe de soie*
> *caché sous ton velours,*
> *Pauvre prisonnière!*

II

Le soir jetait sur le chemin ses dernières lumières. La lune tra-
hissait déjà le jour et se balançait entre la tête des grands sapins.
Maintenant seule dans la pénombre, elle se berçait lentement, tout
occupée du grand mirage qu'elle venait de vivre. La lueur de la lampe
tournoyait en douceur, exhalait ses secrets. Une étoile épiait son
silence. Le temps faisait autour d'elle une espèce de béance et le chalet
offrait par l'éclatement de la lumière de la galerie l'effet d'un minuscule incendie.

Une multitude de questions envahissaient le front de la femme au
mitan de l'âge. Questions qu'elle prenait soin de poser sur un feuille de
papier. Elle relevait souvent la tête. Et ses yeux comme un pas de
fauvette craintive fouillaient dans la nuit. La nuit commençait sa ronde
au pas des premières étoiles.

Elle vit dans ses notes étalées sur la table, parmi les élucubrations,
une feuille perdue que l'homme d'un certain âge lui avait donnée il y
a quelques mois. Il s'agissait des fameux impératifs catégoriques de
Kant, maître de la philosophie contemporaine des XIX-XXᵉ siècles.
Un philosophe à la vie réglée comme une horloge et son système de
pensée. Elle se prit à lire cette écriture presque affolante, grosse et
faisant du mille pattes au ras ou au-dessus de la ligne. Il écrivait
vraiment mal. Une calligraphie difforme qui amenuisait toute grâce,
écartait toute bonne volonté. Elle lut tout bas. Les lois fondamentales
de la raison pratique sont:
*1. Agis de telle sorte que la maxime de ta volonté puisse avoir en
même temps la valeur d'une loi universelle,*
*2. Agis de telle sorte que tu traites l'humanité aussi bien dans ta
personne que dans la personne d'autrui toujours en même temps
comme une fin et jamais simplement comme un moyen,*
*3. Agis comme si tu étais en même temps législateur et sujet dans la
République des hommes libres et raisonnables et enfin,*
4. Agis toujours de manière à sauvegarder l'autonomie de ta volonté.
Elle relut sans le vouloir trop comprendre pour l'instant, quitte à
revenir à cette note égarée. Elle mit la feuille à l'envers près de la

lampe. Une autre écriture aussi écorchante pour les yeux lui apparut. Elle se mit à lire d'un ton plus expressif:

De tout ce qu'il est possible de concevoir dans le monde, et même en général hors du monde, il n'est rien qui puisse sans restriction être tenu pour bon, si ce n'est seulement une Bonne Volonté.

Puis, au milieu de la feuille, elle apprend que la vertu est ce qui nous rend dignes d'être heureux... Je vais certainement visiter ce philosophe, songea-t-elle en elle-même. Je ne connais rien à la philosophie, mais mon ami, ex-professeur de philosophie, doit avoir des clartés là-dessus. Une dernière note au bas de la page lui apparut comme une révélation. Elle qui est en recherche d'elle-même, ne pouvait pas ne pas s'arrêter à ces trois questions formulées si naturellement qu'un enfant, disons, un jeune adulte en état de comprendre ne saurait éviter. En reprenant son souffle, elle décida de lire avec attention les trois fameuses questions du précepteur allemand.

Tout intérêt de ma raison (spéculatif aussi bien que pratique) est contenu dans ces trois questions:
1. *Que puis-je savoir?* (question spéculative)
2. *Que dois-je savoir?* (question pratique)
3. *Que m'est-il permis d'espérer?* (question pratique et théorique)

Et vers la fin de la feuille, quelque peu déchirée, elle lisait cette phrase qui voulait résumer toute la pensée du philosophe: *Deux choses qui remplissent l'âme d'un respect et d'une admiration toujours croissant: le ciel étoilé au-dessus de nos têtes et la loi morale au fond de nos cœurs.*

Ses yeux commençaient à s'appesantir malgré l'excitation provoquée par la lecture appuyée des trois questions. Elle venait de saisir peut-être pour la première fois que la philosophie résumait tout son questionnement vis-à-vis la foi, la morale, l'homme, le bonheur, la destinée. Entre les murs étroits de la galerie vitrée qui reflétait en bouquets jaunes la lumière de la lampe sur le chemin et sur les premières branches des arbres, elle sentit soudain la misère de vivre, d'aimer et surtout de comprendre. Nuit de Gethsémani où la lune, dans certaines images pieuses d'autrefois, descendait cynique sur le rocher où s'appuyait Jésus dans une prostration douloureuse.

Un bruit insolite vint la réveiller. Une espèce de gentil miaulement à la porte. C'était Philémon, le chat qui venait demander gîte pour la nuit. Elle avait retenu ce nom pour son chat à cause de la touchante légende de Philémon et Baucis. Ces deux vieillards fidèles unis par le cœur et par la pauvreté qui reçurent, déguisé, Jupiter, le premier des grands dieux et Mercure, fils de Jupiter, dieu des marchands, des voleurs et du *bene dicere* (le bien dire). Philémon devint un chêne et

Baucis, son épouse bien-aimée, un tilleul. Ils moururent l'un près de l'autre, unis par leur souche commune. Faveur des dieux.

Elle prit Philémon dans ses bras et le serra très fort. Lui donna de la nourriture comme les pieux vieillards de la touchante légende vis-à-vis les célestes visiteurs royaux. Son chat était peut-être le seul être qui restait. Il devenait, en renversant les rôles, une espèce de Jupiter incarné et elle, une Baucis attachante et bonne.

Qui suis-je d'abord? se demanda-t-elle avant de répondre aux trois questions qui allaient peut-être changer sa vie. Avant de vaciller dans le sommeil, elle prit le lit. Laissant à la Nuit, fille du Chaos, sœur et veuve d'Erèbe, le soin de forger son destin déjà quelque peu malfaisant.

Le jour se leva tôt entre la tête des grands sapins que les sombres Parques, les partageuses, les trois sœurs avaient secoués comme un écheveau. Dès le matin, la question de son identité se posa et, rêveuse, prit le déjeuner sur la petite table en fer forgé près du chalet. Les oiseaux trissaient des cris, les papillons de toutes sortes volaient leur joie au-dessus des fleurs. L'été adolescent riait dans les champs et au cœur de la femme au mitan de l'âge. Une vague espérance flottait. Peut-être, une sorte de bonheur appréhendé. Allait-il venir? Qu'attendait-elle de lui? Qu'attendait-il d'elle?

Le connaissait-elle vraiment? En partant, c'est un homme. C'est-à-dire, pour beaucoup de femmes, un grand singe qui se cherche peut-être un arbre ou une pelouse. En disant un homme elle imaginait lui. Selon elle, il était une drôle de bête qui portait en lui une génétique implacable, une grandeur surannée, une misère latente, des mots inutiles, des gestes insoupçonnés qui le faisaient conduire à quelques limites, mais, à de rares gestes de colère. Sans le savoir, elle aurait accepté la phrase dissolvante d'Emil Cioran que l'homme ou plus exactement *chaque être est un hymne détruit*, ou encore, avec celui qui avait enseigné l'histoire et les rudiments de la philosophie au petit-fils du grand Condé, enfin, Jean de La Bruyère, *qu'il n'y a pour l'homme que trois événements: naître, vivre et mourir; il ne se sent pas naître, il souffre à mourir, et il oublie de vivre*. La vie ne serait-elle pas un immense borborygme, se demandait-elle tout bas.

Elle avait eu commerce avec des hommes. Son affabilité, sa souplesse aussi sa pâle beauté, l'avait jetée dès le jeune âge dans les bras de quelques-uns. Aventures heureuses, sans consistance, comme lorsque qu'on va se restaurer au coin en passant devant un *Tim Horton*. Mariée à un homme dans la vingtaine pour fuir sa famille, elle dut un jour l'abandonner pour cause inconnue. Plus tard, elle conjugua avec un homme de son âge qui, deux ans plus tard, la violait. Ce fut l'objet d'une cause judiciaire. La notion de mal, bien qu'elle existât depuis le tout début de la race humaine, ne laissait pas de surprendre, à cette époque, quant à l'état matrimonial d'abord et quant au système clérical encore debout. Fortement misogyne et triomphant. Système qui va accepter, même recommander aux femmes de garder le fruit honteux d'un viol commis par le vainqueur. Le pape actuel ne vient-il pas ces mois derniers de confesser que *la femme est un être humain à part entière*? Ce qui signifiait chez la femme au mitan de sa vie, déjà une certaine prise de position vis-à-vis son corps, sa liberté de procréer, de décider d'elle-même. Donc, ouverture d'esprit précoce et protagoniste d'avant-garde de la libération de la femme. Des millions de femmes y avaient réfléchi. Sans doute. Mais elle, en dépit de ses trois enfants et de la misère possible à venir, avait posé ce geste héroïque et beau de la séparation. Elle en était là, depuis, dans une espèce d'isolement et de silence quand...

Mais ce vieux monsieur que venait-il faire dans sa vie? Celui qui hier descendait d'un chêne, faisait une ronde amoureuse autour d'elle et récitait de la poésie romantique. L'idée qu'elle se faisait de cet homme était faite et toujours à refaire. Parce qu'il avait chez lui un air d'étrangeté dans le masque du quotidien. Un quelque chose qu'on n'attendait pas et qui surprenait chaque fois. Originalité foncière ou façon de se mettre en évidence! Qui sait? De toutes façons, ce qui se dégageait de lui était une totale absence d'agressivité. Ce regard aux yeux bleus de petit garçon qui vous happait d'avance avant même d'ouvrir la bouche. Il s'adressait toujours à vous avec un sourire, doublé de manières aimables, une politesse restée intacte, une façon de dire savamment les choses, dans une forme singulière qui définissait bien sa particularité. Quand on le comprenait. Ajoutez à cela, le vouvoiement qui ne se rencontre guère dans différents milieux et vous avez devant vous une espèce de chevalier, de Cyrano de Bergerac plus près du couvent que du champ de bataille. Jamais abattu, toujours miséricordieux. Pour son âge, soixante-dix dépassés, il nageait, jouait au tennis, buvait du vin, participait à la fête. Une âme d'enfant dans un corps d'homme. Un corps plutôt court, bellement athlétique, enfin le type respiratoire. Il marchait sur terre et flottait au ciel. Ce qui surprenait, quand on le connaissait un peu, c'était ce passé presque excessif dans les études universitaires et dans l'enseignement. Une sorte de volupté incroyable pour le savoir, pour la recherche en même temps qu'un besoin d'action intense et de socialité. Contradiction pour les uns, harmonieux moulage pour les autres. On lui accordait volontiers, à son insu, un esprit fort, il ne se considérait que très moyen, souvent médiocre. C'est pour cela qu'il corrigeait sans cesse ses positions. Il se défendait de sembler tout connaître. Tout ce que je sais, je sais que je ne sais rien, disait-il dans la manière de Socrate. Il trouvait injuste ce laps de temps de vie à côté de cette mer de connaissances à acquérir. C'est ce qui commandait chez lui une attitude réservée, presque maladive, vis-à-vis le savoir en général. C'était même un homme timide. Malgré sa faconde qui diminuait avec l'âge.

Le soleil fomentait des rivières profondes, des lacs vaporeux, se frayait des chemins de lave au-dessus du parasol des branches, entre des arbres massifs qui se dressaient dans la lumière de fin d'après-midi.

Que pouvait lui apporter ce jeune homme? C'est ainsi qu'elle l'appelait. A coup sûr, une présence humaine. Le sexe, cette insidieuse et charmante nécessité, s'offrait toujours comme un appât. Un aparté. Il possédait un naturel gai, généreux, entraînant. Il était plein d'idées originales, d'expressions bien à lui qui stimulaient l'intelligence, l'imagination. Sans qu'il n'imposât rien, parce que, au fond, c'était un type structuré, il accordait à l'autre le loisir, l'espace de la liberté. Bref, la seule chose qui lui avait paru considérable, dès le départ, c'était qu'elle était bien avec lui. Etre bien avec quelqu'un c'est quand l'autre ne craint rien, demeure naturel, qu'on n'a pas toujours à plaire, à se défendre et qu'on ne lui doit rien. Sauf, la grâce de vibrer ensemble, de sortir de soi-même et surtout, de s'orienter vers les études, d'évoluer et dans son corps (sport, divertissements) et dans son esprit (discours réflexif, aussi, fantaisiste). Une espèce de Pygmalion. Non Pygmalion, le méchant frère de Didon, roi de Tyr; ni Pygmalion, femme frustre façonnée par deux maîtres et qui (selon une interprétation), devenue plus grande et plus apte qu'eux à vivre, les tourna en ridicule et les abandonna (version G. Bernard Shaw); ni Pygmalion, mis en vedette dans le film: *My Fair Lady*; mais, Pygmalion, personnage amoureux dans les *Métamorphoses* du poète latin Ovide.

Le Pygmalion de la vraie légende est ce sculpteur misogyne qui, *haïssant les défauts dont la nature avait comblé les femmes*, s'avisa, une partie de son existence, avec génie, de façonner dans l'ivoire une statue représentant une femme parfaite. Emu devant son œuvre sublime, mais froide et immobile, il en devint un jour passionné. *Le sexe qu'il avait tant méprisé* devint pour lui un véritable feu. Epris de sa sculpture dont *personne n'aurait cru d'ivoire ou de marbre mais bien de chair humaine figée*, il se mit à la caresser, à l'embrasser, à l'habiller comme une poupée, à la combler comme une enfant, à *l'envelopper dans son lit de couvertures chaudes et moelleuses*.

Pygmalion supplia Aphrodite *de lui faire rencontrer une jeune fille pareille à sa statue.* Prise de pitié, la déesse de l'Amour fit paraître la sculpture encore plus belle, lui donna la vie, la chaleur, la sensibilité *de la cire fondante au soleil*. Rougissante dans les bras éperdus de son amoureux, la statue se mit à sourire. Elle s'appela Galatée.

Au sujet de Pygmalion, l'homme d'un certain âge s'était déjà posé la question du rapport entre le sculpteur antique de la légende, Pygmalion et le sculpteur contemporain, Duane Hanson qui vient de nous quitter, il y a à peine deux mois, le 6 janvier 1996. C'est-à-dire, moins de trente ans avant Jésus-Christ mille neuf cent quatre-vingt-seize ans après. En dépit de la pensée et de la facture artistique différente, le premier, Pygmalion avait voulu réaliser la beauté absolue à travers le réel; le second, Duane Hanson, d'avoir rendu la beauté plus accessible, même minimale à travers la profondeur et la laideur du réel. Il avait cependant observé que Pygmalion et Duane Hanson pouvaient se rejoindre sur un point commun. Celui d'avoir *atteint l'accomplissement suprême de l'art, l'art d'avoir dissimulé l'art*.

A part de cette incidence, deux choses semblaient la frapper: son esprit critique et son anticléricalisme voltairien. Aussi, une autre chose, qui demeurait toujours dans l'idée, c'est qu'il était marié, avait six enfants et qu'il venait souvent à la pensée de la femme au mitan de sa vie que ce jeune homme, pas toujours disponible, endossait sans remords, sur le plan rationnel, une notion philosophique de la fidélité.

Un soir, lorsqu'ils étaient nus, elle dans le bain, lui assis sur le bord de la table de toilette entre les brosses et les crèmes, il lui avait expliqué cette fameuse notion à deux versants de la fidélité et de l'infidélité.

— Pour vous, c'est quoi être fidèle? demanda-t-elle en se savonnant les bras.

— La nuit, répondit-il rapidement, je ne suis pas tenu d'être fidèle. Le jour, oui.

— Je ne comprends pas.

— Le jour, je suis en spectacle, c'est-à-dire dans l'apparaître, je suis en amitié. En verticalité. La nuit, je suis en sursis, en horizontalité, je suis en amour, dit-il, avec un sourire. Le mystère de la fidélité infidèle et de l'infidélité fidèle.

— Je ne comprends absolument rien. Vous vous moquez encore de moi.

— Non. Je vous assure.

Un instant après avoir vidé un verre, il lui dit d'un ton embarrassé:

— C'est une question très difficile à répondre. J'en connais quelques bribes par la théologie, la philosophie, la littérature. Ajoutons, le vécu.

Après avoir bu une autre gorgée, il reprit:

— La fidélité est une épithète. Un quelque chose, un mot qu'on ajoute après.

— Vous voulez dire qu'un homme ou une femme "tombe" en amour et que par après, ils demeurent fidèles.

— Quand on parle de fidélité entre deux êtres, les gens la ramènent en général à la fidélité conjugale. Ce qui demeure pour Kant, par exemple, un cas particulier. Pour lui et surtout pour moult philosophes actuels, la fidélité est un devoir, une justice entre négociants, amis, entre époux. Mais la fidélité au départ ne saurait se ramener strictement à la fidélité conjugale. La fidélité s'entend au départ de la fidélité de l'Alliance entre Dieu et les hommes. Et l'on a vu à travers toute l'histoire d'Israël, à partir du tout début, une suite ininterrompue d'infidélités. Ce qui fait dire dans les Proverbes (20, 6), cette phrase presque laconique: *Un homme sûr, qui le trouvera?* Dans la Bible se rencontre couramment l'usage d'avoir deux épouses ou de prendre des concubines ou des femmes esclaves. Tout cela au nom de la fécondité. Si l'on était, disons, sévère pour l'adultère (la peine de mort), rien n'interdisait formellement à l'homme les relations avec d'autres femmes libres ou des prostituées. C'était, à tout prendre, l'exercice de la polygamie. Dans le nouveau Testament, le mariage devient un sacrement. Et en plus, indissoluble. Codification légale nécessaire, en un sens, pour la reconnaissance de l'enfant et pour l'héritage, mais hautement haïssable, sur le plan religieux, pour un esprit laïc et moderne.

Et pour finir, les théologiens assignèrent au mariage trois buts. Premièrement, la procréation de l'enfant, deuxièmement, l'épanouissement des époux et, troisièmement, l'apaisement de la concupiscence. C'était l'enseignement dispensé vers 1949-50 à la Faculté de Philosophie. Voilà pour le côté théologique et hiérogamique que vous savez sans doute déjà, dit-il, en s'étirant les bras et en bâillant au plafond.

— Vous vous endormez, dit-elle, en s'étirant à son tour dans la baignoire ancienne, creuse et sur pattes.

— Non, reprit-il. C'est une histoire qui relève de si loin, que je ne comprends pas toujours. Le mariage aujourd'hui a perdu sa trace, sa valeur. La cérémonie du mariage à l'église, qu'importe la raison: mode, tradition, déclaration officielle, soumission à des rites, à des phantasmes, à la symbolique du blanc, de la virginité, de la pureté est, selon la belle expression picturale du maître Salvador Dali: *une belle sacralité, oui certes, mais inutile...* Comme le mariage religieux. Et ne parlons pas de fidélité! Quand on sait que deux hommes sur trois (statistiques françaises) ont une ou deux maîtresses. Cette union sacramentelle a créé de l'Ordre dans la société, mais a fait surgir combien de malheurs. La société actuelle tombe de moins en moins dans la crédulité.

Quelques minutes après:

— Je ne veux point condamner en soi le mariage religieux et ses beaux rites. Il existe encore, il existera toujours. La fabulation est au fond de l'homme. C'est une question de tempérament, peut-être aussi de soumission. L'Eglise s'est emparée du mariage comme de tout le reste d'ailleurs dans son esprit de contrôle et de pouvoir. Comme elle est en train d'essayer de récupérer, par les mass médias et la théâtralité, l'office religieux du dimanche et le maintien de l'enseignement religieux à la C.E.C.M. Cela, au nom de la tradition. C'est exactement ce que les gens veulent oublier. On semble porté à croire que les vrais ministres dans la cérémonie du mariage sont le curé et ses vicaires, et non les mariés eux-mêmes. Je répète ici des choses vieilles de cent ans.

Après un arrêt, le visage pensif tourné vers l'eau, elle dit en traînant ses mots:

— Mais à part cette fidélité d'Israël pour son Dieu qui suppose d'abord une histoire, puis une continuité, quelle serait de nos jours le sens de la fidélité? D'abord, qu'est-ce encore que la Fidélité?

— Vous me demandez là, chère amie, comme je le disais tantôt, une question qui remonte aux origines de l'homme et qui contient l'historique de toutes les civilisations.

Il se frottait la tête entre les mains, se tapant même le front en hochant la tête de tous côtés.

— Bref, vous me demandez, dit-il, ce qu'est en soi la Fidélité?

— Oui, reprit-elle, avec un large sourire en faisant gicler l'eau avec ses longues jambes comme un enfant qui veut s'entêter.

— Si je veux jouer au philosophe, avance l'homme d'un certain âge, je répondrai d'abord par une citation: *L'homme ni la fidélité ne sont des faits rationnels* ou *des faits de conscience* ou *des faits éthiques* (la *conscience morale*, le *jugement de volonté bonne*). Il n'y a rien de tel, sauf au titre d'occasion et de matériau pour la décision fidèle. La fidélité commence avec la défactualisation et la défétichisation de l'éthique au profit de l'immanence humaine et de la diachronie par quoi elle s'exprime au regard du Monde ou de l'Histoire...

Elle le regardait comme fascinée par tous ces mots, ce beau verbiage qui tournait dans sa tête. Toute cette musique de carrousel où dansait la pensée des philosophes, les uns logiques les autres irrationnels. L'état neutre de son visage marquait un vide flagrant. Elle voulu sortir du piège et affirma avec une belle naïveté:

— C'est beau, mais je n'ai rien compris!

Pour se donner contenance, elle ajouta peu après en manière de désapprobation:

— Vous savez, il n'est pas nécessaire, Vous, les Philosophes, de vivre dans le labyrinthe de la pensée, de jouer avec le Minotaure du langage. Ne vous serait-il pas possible, Messieurs de la Faculté, d'utiliser la langue ordinaire des hommes et du quotidien pour libérer vos grands esprits?

Ils se mirent à rire tous les deux en se pressant les mains. Ils s'enlacèrent tendrement avec ce fond de l'amour qui est l'amitié. Continuant à rire, il ajouta d'un ton ironique:

— Non, Madame, parce qu'en adoptant le langage de tout le monde, on risquerait, Nous, les Philosophes, de se faire comprendre.

Il se leva du siège et se mit à courir pour fuir vers la chambre où elle le poursuivit avec une colère charmante. Ses mains mâles et carrées enveloppèrent le corps humide et fragile comme on palpe avec douceur une outre pleine de vin, liante et généreuse. Elle se jeta sur lui et firent jaillir l'arc tendu de leurs désirs. Un moment, il se souvenait d'Eluard.

> *La courbe de tes yeux, fait le tour de mon cœur.*
> *Un rond de danse et de douceur*
> *Auréole du temps berceau nocturne et sûr*
> *Et si je ne sais plus tout ce que j'ai vécu*
> *C'est que tes yeux ne m'ont pas toujours vu.*

III

Dans le précipité des étoiles, la Nuit achevait son sommeil diurne. Elle se leva lente et souveraine. Elle revêtit sa mante de velours noir, griffa ici et là quelques blanches opales, quelques vertes émeraudes dans l'amas des nébuleuses, dans le treillis des constellations d'été. Elle fit miroiter à ses gants de moire la splendeur de Véga, la beauté de Deneb et la brillance d'Altaïr.

Chaque soir s'attachent à son corsage des millions d'astéroïdes, de météores et de comètes reflétant le monde rouge de Mars, les bandes striées de Jupiter, la surface brûlée de Mercure. A sa chevelure s'enfilent, avec celle de Bérénice, les perles de la Voie lactée et les diamants nuagés des nébuleuses. Au-dessus de sa tête flotte la couronne auréolante de la lune qui l'accompagnera dans sa Ronde de Nuit.

La Nuit s'avance sur l'immensité du vide. Au-delà des monts et des bruits, sur un char attelé de quatre chevaux noirs, accompagnée, dit-on, de ses filles, les Furies et les Parques. Elle vient hanter la terre, la libérer du regard, du jugement, de la raison, de la loi et même de la fidélité. Elle signifie pour l'homme l'arrêt de la parole, de l'écriture, la course vers la promotion. Elle vient rompre le jour, la civilisation, l'officialité, le sérieux, le construit, le travail, la performance.

Elle s'approche lentement à la nuitée vers les plaines pour apparaître tout à coup sur le reposoir des cimetières, à l'orée des carrefours, aux portes des demeures, au chevet des malades, sur la couche de l'homme exténué, durci de besogne. Elle vient sur le pas feutré des heures, assise parfois sur le char de l'Ankou (chez les Bretons) arracher le dernier soupir, poser ses reflets sur les tombes abandonnées, assister aux remords, aux cauchemars, accompagner les conspirations, les désirs inavouables, inavoués et même soupirer souvent devant la joie rieuse des amants de minuit.

La nuit poursuit son inexorable Destin sur une terre frissonnante et engourdie qui attend, dans le vagissement de la mer, le sifflement de la forêt, la levée du jour, l'apparition de la lumière. Quand la Nuit part de ses donjons funambulesques, dans la parure stellaire de ses atours, elle apparaît à l'homme comme la déesse bienfaisante, la nymphe claire, heureuse de son cortège d'étoiles. Quand elle s'approche du cloaque de la Terre, elle devient (sait-on par quelle métamorphose?) un démon empruntant la figure d'un dragon, d'un serpent, d'une chauve-souris ou d'un squelette tenant sa faulx. Ainsi que les démons de la démonologie chrétienne, la Nuit n'est pas mauvaise, ni par son origine, ni par sa nature. Serait-elle devenue méchante parce qu'elle aurait trahi sa nature? Il y a eu Chute. Et dans les hommes et dans les choses.

Sans la nuit, il n'y aurait pas de repos, de détente nécessaire, de purification des désirs, des aspirations, de libération du conscient. Pas de gestations, de germinations. Seulement le soleil fort, la raison, les affaires et le bruit des machines. C'est pourquoi la Nuit représente le moment d'éternité. Le lieu de l'indéterminé, l'alcôve où se rencontrent, entre les mains ouvertes et les yeux clos de sommeil, l'alpha et l'oméga de l'existence humaine.

Le jour glissait à travers les lattes. Elle se réveilla tôt, se mit à se remonter vers la tête du lit où pendait un immense crucifix en bois sculpté. Chaque mouvement lui arrachait quelques plaintes. Lui, dormait sur le côté sans bouger, dans une respiration calme, continue et qui donnait confiance. Avec lui, elle dormait bien. Elle était bien. Elle rêvait au camp, à lui, à la visite qui allait venir au bois chez elle. Aussi au travail à continuer à l'ordinateur. En effet, il s'était mis à écrire un roman. Tout passait devant ses yeux comme un film qu'on a déjà vu, mais qu'on regarde parce qu'on est assis sans effort devant l'appareil de télévision. Soudain, il se réveilla avec douceur, se tourna vers elle, lui dit Bonjour!, enlaça quelques moments son corps frêle et retomba dans les bras de Morphée. Ils s'étaient couchés tard. Les deux traînaient dans les draps une fatigue accumulée. Durant ce temps le soleil bondissait à travers portes et fenêtres des troisième et quatrième étages, jetait partout des regards de lumière blonde et faisait courir les roses. Il ouvrit les yeux vers les fenêtres heureuses et dit gentiment:

— Mais, chère amie (expression favorite chez lui), nous gaspillons l'or du temps!

Elle sourit les yeux fermés et se tourna mollement vers lui:

— Je m'endors, dit-elle, je sens mes os comme une vieille de cent ans. Sous l'aisselle gauche, je sens une douleur. Une bosse, pas loin du sein.

Il passa les mains le long de son dos et lui fit un massage lénifiant. De la nuque aux pieds en passant par les jambes et les fesses où se logeaient les couleurs un peu moins vives du psoriasis. Et sans vraiment le vouloir, mû comme tout homme par la fascination du bassin et des lèvres, il la prit amoureusement en suivant les lignes de fuite de ce corps chaud et laiteux. Après ce solo vibrant, mais aussi accompagné, il se releva comme un peu honteux et balbutia:

— Je vais faire le déjeuner. Vous savez, je ne suis pas si médiocre en cuisine.

Elle, sur le dos, demandait le reste. Il s'aperçut, encore une fois, de l'hiatus qui existe entre l'homme et la femme. De cet espace, de ce temps des corps et de l'esprit entre les deux sexes. Il lui demanda pardon. Elle répondit en lui baisant la main et dans un sourire fatigué.

L'homme ne saura jamais assez la force insondable de l'amour chez la femme, de son insatiabilité amoureuse, de son envie archaïque de vivre, de faire vivre et de porter le monde. L'homme, sur le plan amoureux, n'est qu'une parcelle du noyau de l'amour, l'occasion de... C'est pour cela que l'homme d'un certain âge devant le coït, cette fois, infantile, immaturé, régressif qu'il venait d'accomplir, enfin, son acte en un sens manqué, éprouva une espèce de culpabilité. Se relevant et ayant deviné un peu son embarras, elle dit simplement et tout bas:

— Une autre fois!

Après le déjeuner qu'il prépara lentement, se débrouillant mal avec les casseroles, elle appela son cousin pour se faire conduire au chalet d'été. Chaque année, elle venait se réfugier là, dans le bois, pour se refaire une santé. Penser, lire, garder parfois ses petites cousines, recevoir quelques visiteurs et tolérer aussi un oncle qui venait communiquer son silence et son ennui. Pas de téléviseur, de téléphone, pas de bain, de chauffe-eau, de four à micro-onde, de toilette (sauf une *back house* (bécosse), à cinquante pieds, avec ses deux trous béants au-dessus du gouffre). Une cuisine, une chambre et une galerie vitrée. Elle voulait avoir la sainte paix. Ce n'était pas toujours facile. L'espace était petit. Mais c'était là tout son royaume. Un royaume où jouaient les rayons de soleil, chantait la danse de la pluie, où murmurait l'écoulement des arbres et le chant parfois triste des oiseaux. Un grand royaume qui abritait, certes, une modeste chaumière, mais où fleurissait la tendresse attendue d'une mère, la vigilance retenue d'une amante. C'était l'endroit idéal pour un ermite, un liseur de fond, pour un poète, probable un philosophe. Enfin, pour quelqu'un qui sait mettre la vie urbaine de côté, sa trépidance pour retourner dans son giron intérieur, rester un peu dans la caverne de Platon avec les chaînes de son enfance, puis, en sortir pour arriver, par ses études et sa maturation, à contempler le soleil éblouissant de la connaissance.

Une semaine plus tard, l'homme d'un certain âge revint vers la maison au fond des bois. En longeant le chemin, il vit au loin, ce qui n'était plus une surprise, le corps de la femme couchée nue sur une couverture. Elle offrait toujours à la Nature une silhouette blanche et gracile clairsemée de petites taches rouges sur le bas du dos et sur les

87

jambes. Il s'approcha comme d'habitude à pas discrets, ne voulant point troubler sa méditation. Elle eut un petit sursaut. Elle décida de rester en position:

— Je m'excuse, mille pardons, je ne voulais pas...

— Non, reprit-elle, je m'habille, j'arrive. C'est peut-être à moi de m'excuser!

— Non, vous êtes dans votre petit paradis terrestre. Je venais seulement vous inviter à venir nager. Je m'en vais. Je m'excuse encore.

— Non, reprit-elle, restez, j'y songeais justement.

Elle se releva doucement, s'habilla sans presser le geste tout en se voyant observer d'un œil discret. Le mot paradis résonnait encore en lui comme le vocable Eden lui rappelait la tentation, le serpent, la chute, la nudité. Il se souvenait du passage de la Bible: *Or tous deux étaient nus, l'homme et la femme, et ils n'en avaient pas honte l'un devant l'autre* (Bib. de Jérusal, Gén., Cor 6 16, p.11). Et, dans la même page, cette transformation subite, incroyable, parabolique, après la chute. *Alors leurs yeux à tous deux s'ouvrirent et ils connurent qu'ils étaient nus; ils cousirent des feuilles de figuier et se firent des pagnes* (2 17, 3 22, Is 14 14+). Dans un autre texte en parallèle *...et se firent des ceintures* (p. 32). La femme au mitan de sa vie savait qu'elle était nue et qu'elle aurait pu à tout moment déclencher la concupiscence, ce désir très vif de la chair qui est apparue lors de la chute d'Adam et Eve. Dit-on, dans certains livres. Mais, l'homme d'un certain âge vit dans le corps de la femme nue, en se remémorant la Genèse de son enfance, qu'il avait deux aspects: l'un, celui d'un vêtement de lumière, de splendeur et de gloire; l'autre, celui de peau morte. L'homme se frotta le front avec tristesse, se remémorant toute cette histoire, cette littérature et surtout, cette belle crinoline théologique tissée par les Pères de l'Eglise à partir d'Origène jusqu'au Moyen-Age.

Il sembla entendre une voix qui lui disait: On y va!

— Oui, oui!

Elle portait un maillot brun avec une mante rose. Ce qui lui donnait, cette fois dans sa silhouette mince de danseuse, un visage de jeune fille. Comme un air heureux. Ils se rendirent au bain, plutôt, à la piscine. En chemin:

— Vous savez je nage très peu. Je ne suis pas nageur comme vous.

— Oui, peut-être. Mais depuis peu, vous avez fait des progrès fous. Surtout sur le dos. Plus loin: L'an dernier vous faisiez la piscine en largeur au moins quatre fois. C'est énorme pour un baigneur qui a peur de l'eau et qui ne se confie pas à elle. Une piscine, c'est le sein maternel. Vous disiez déjà qu'en un sens vous haïssiez votre mère, je comprends un peu cette hésitation. Personne ne se rappelle d'ailleurs cette vie utérine. Sauf la mémoire végétative. Je voulait dire: vaginative.

— Tiens un nouveau mot! dit-elle en surprise.

Il reprit la figure réjouie:

— Le dictionnaire est toujours à revoir, à compléter. C'est la raison d'être de l'Académie. Un peu comme les textes de la Bible qui sont, d'après des érudits de l'Ancien Testament une faillite presque totale de l'exégèse historico-critique.

Après la courbe qui longe le restaurant, il lui dit: Si je rencontre chez moi une émotion, c'est la grâce, la pureté, l'inédit. Alors il me faut un mot pour l'habiller. Si dans le dictionnaire, je ne rencontre pas ce mot, après avoir fait du cousinage étymologique ou analogique, sémiologique, qu'importe, et bien! j'invente un mot nouveau. Qui s'infiltre toujours, quelque part, dans un lien de parenté.

— C'est merveilleux, continua-t-elle, mais pas très régulier.

Rendus à la piscine, elle plongea tout d'un coup. Lui, rentra pouce par pouce, évitant l'éclaboussement de l'eau, le geste frivole des enfants. C'est peut-être lui qui a peur de l'eau, de la naissance. Elle revint à la surface de l'eau en grimaçant et fit tourner ses bras ainsi qu'un bateau à aube. Elle, si scientifique. Arrivé au niveau du bassin, lui se mouilla la tête, le cou et se lança par en arrière dans l'eau. Les enfants sautaient de tous côtés. Des grenouilles sur le bord d'un étang. Lui, essayait, quand les enfants arrêtaient de lui demander conseil pour une correction de style, de pratiquer une nouvelle sorte de crawl aux bras plus en avant avec un glissement sur le côté. En un mot, un mélange de crawl, avec la nage de côté. Pas très balancé, mais reposant et presque gracieux. Il pratiqua aussi le virage en culbute et quelques plongeons. Sa pédagogie ludique était simple. Avec les enfants qui l'escortaient comme une flottille poursuit un dauphin, cinq mots: regarder, nager, imiter, corriger et jouer.

— Si vous avez le corps droit, dégagez bien vos gestes et respirez largement par la bouche, vous savez nager, répétait-il. Ne pliez pas vos genoux. On part! On va jusqu'au câble et l'on revient. Un crawl, un back crawl.

Etendus sur des serviettes de bain, avec trois petites filles et leur père, plus la femme au mitan de l'âge, ils s'affaissèrent dans un long silence. Dormaient-ils? Non. Seulement une sorte d'abandon comme fleurs au soleil. Elle allait lui poser une question:

— Et la fidélité! Nous avions à peine abordé le sujet.

Il lui serra la main et dit en murmurant:

— Nous en parlerons ce soir, si vous le voulez.

Ils se turent essayant de faire le tri entre les cris des mouettes blanches et celui des enfants qui cherchaient un trésor au fond de la piscine.

De retour à la maison au fond des bois, ils se réunirent tous autour d'un souper. Elle, toujours serviable, courageuse préparait le repas. Et l'homme, tout en prenant un vin et les autres une bière, pensait en lui-même combien cette femme, celle au mitan de sa vie, s'était sacrifiée. Elle avait passé son existence au service de ses enfants (jusqu'à se priver de nourriture); des autres toujours en désespérance; de quelques hommes incapables de s'assumer. Et cela toujours dans une situation précaire, essayant de faire plaisir à tous, sauf à elle-même. Il aimait chez elle cette force de caractère, ce courage et, incompréhensible, cette envie de vivre et de refaire chaque jour un nouveau matin. Une vie nouvelle. Chancelante, fatiguée, elle avait toujours le sourire et le mot pour encourager. Qu'est-ce qui amenait cette femme à faire des triomphes au-dessus de tant de défaites? La question n'était pas simple. Il essayait, dans toute sa philosophie, de saisir le motif, le *hic* de cette existence. Il avait su, de bonne heure qu'elle vivait au-dessus de ses possibilités, de ses moyens, en-dessous de son idéal. Elle avait pris le parti-pris de la compassion. Des gens encore plus démunis qu'elle. En tous sens. Des gens lésés sur la plan psychique, intellectuel, économique. Se cherchait-elle à travers eux? Possible. Mais aussi, une espèce d'au-delà qui la lançait hors d'elle et qui l'amènerait à voir l'étincelle à travers le regard. Le regard de l'enfant, de l'adulte, du malade. Il ne saisissait pas très bien cette foi, cet appétit de vivre et de lutter quand la plupart du temps sa vie offrait l'image d'un fiasco.

Quitte à le répéter: fiasco de son enfance, de ses attentes, de son mariage, de ses liaisons et de la plupart de ses relations. Surtout, de son idéal. Elle acceptait de le soutenir. Il faut le rappeler, elle voulait devenir chirurgienne. Pas d'enfant, pas de mari, pas d'amant de qui elle se sentirait entretenue. Une seule chose: une tâche professionnelle. Qu'importe les revenus, les privilèges. Une manière de se sentir vraiment utile et de sauver le monde. Avec la vie qui la serrait par tous les flancs, rien ne permettait de croire, à l'avis de tous, qu'elle était une tête illuminée. Beaucoup de gens, de jeunes gens avaient pensé à des idéaux de vie. Peu y étaient parvenus. Elle, insistait. Au moment où la plupart des étudiants actuels, arrivés à l'âge des réalisations, trouvent une société vide, une petite population professionnelle, fonctionnariste et *affairiste*, déjà en place et profiteuse de richesses et de bien-être. Une société foutue et qui se sépare en riches et en pauvres. La classe moyenne étouffée de plus en plus entre les deux. Et vouée à une décadence économique et sociale. Le riche vivant grassement à même le pauvre.

Il y a aussi, une critique sérieuse à faire de la société, de ses gouvernements, de son économie et de sa philosophie d'ensemble. L'homme d'un certain âge croyait que la société actuelle des sept pays riches, comme les anciennes d'ailleurs, ont toujours vécu dans des situations insanes. Qu'elles ont toujours cédé aux favoritismes, aux privilèges. Qu'elles ont entretenu les élites et que l'homme lui-même, l'homme tout court, a continuellement succombé à ses propres besoins et fait passer l'individu avant la communauté. Avant, on vivait communautaire. La démarche cupide, rapace de nos jours se poursuit jusqu'au moment où l'on tombe dans le scandale. L'éternel scandale. Scandale des politiciens, des religieux, des religieuses, des médecins, des pharmaciens, des avocats, des enseignants (sans culture), des policiers infantiles et encore mal finis; des grosses sociétés, des gouvernements, des universités, et cætera, et cætera. Partout la mafia, jusque dans les classes du primaire. Mafia en pousse. Sans omettre la mafia artistique et littéraire. Le scandale a un parfum. Oui, pour les vedettes d'Hollywood, de la T.V. Mais pour les autres, c'est à cacher. Le scandale ne scandalise plus. C'est là, la belle prouesse démocratique. Et c'est là, aussi, la chute de l'éthique individuelle et sociale. Le jeu difficile entre l'éthique de la conviction et l'éthique de la responsabilité.
L'homme d'un certain âge se mit à penser à l'autre phrase de Max Weber, ce ne sont pas la fonction, les revenus, la charge charismatique qui comptent, *ce n'est pas l'âge qui importe, mais la souveraine compétence du regard.* Ou encore, comme pour purifier son esprit de toute cette immondice, à ce beau sonnet de Shakespeare prolongeant le futur humain:

> *Notre amour était jeune, alors en son printemps,*
> *Quand pour le célébrer mes lais retentissaient;*
> *Ainsi devant l'été Philomèle s'évertue*
> *Et interrompt son chant quand mûrissent les jours.*

Deux mois après, ils se retrouvèrent dans le même lieu de chaleur et d'ombre. Elle, dans la baignoire, lui, sur la table de toilette qui était là tout près, noyée sous les commodités. Comme une naïade aux gestes flottants, elle descendit dans la coupe profonde aux pattes basses et ouvragées. Elle l'invita des yeux à entrer dans le liquide chaud d'où se dégageait une mousse vallonnante.
Hérissé comme le Manneken-Pis de Bruxelles, il entra superbement dans la baignoire entouré de mains touchantes et adipeuses qui le décida, à la fin, à s'arc-bouter avec le corps de la nymphe.

91

Après un été torride où l'élément le plus recommandé était l'eau, l'homme d'un certain âge, qui avait nagé tout l'été avait conservé au bout des années le galbe d'un corps assez ferme, l'allure de lignes profilantes et déliées, une manière d'être devant l'autre jeune et saine. Tout ce corps offrait vis-à-vis le visage hors de l'eau, un contraste surprenant. La figure un peu émaciée, envahit par les rides et quelques taches non pas de naissance, mais de combat et d'expérience; le front qui dévalait jusqu'en arrière et courait partout entre les allées blanches des cheveux qui, désertées, essayaient de se regrouper en mince duvet soufflé sur le crâne, présentaient à l'œil même distrait un spectacle disparate, mais pas tout à fait discordant. Une petite fleur de cimetière poussait sur le départ du front. Sans conteste, il était physiquement plus beau que Socrate; sans doute, moins intelligent que lui. Quelqu'un à l'esprit ouvert aurait dit en le voyant: *c'est la tête d'un honnête homme, d'un type vers la fin de soixante ans environ!* Un autre, peut-être plus vrai et plus méchant, s'écrierait: *c'est un masque funèbre, un gisant!* Une seule chose sauvait le tout: le Regard. Ce regard bleu où son âme se lisait. Son âme était belle. Belle de bonté, de tendresse, d'humanité.

Mais que faisait-elle avec ce jeune homme?

La tête de la femme au mitan de sa vie, toujours hors de l'eau, exprimait en ce moment la crainte d'être submergée et la joie d'être envahie dans la barque par l'autre rameur.

Enlacés dans ce navire de fortune et voguant sur une mer de désirs et d'étoiles, s'accoudant aux rames des jambes et des bras, ils traversèrent des paysages noirs de soleils et blanc de lune dans un temps perdu, ballotté par le clapotis des vagues riveraines. L'eau coulait de ses épaules, de son cou comme rivière assoiffée de plaisirs et ses yeux chavirés éteignaient les phares, allumaient dans le ciel de géants feux d'artifices où la couleur dessinait des anges en folie, des bouquets de roses torchères, des vallées diluviennes, des planètes brûlantes où habitaient d'anciens visages incendiés de souvenirs, murés de silence. De ses seins maintenant devenus femme, devenus poire, devenus boire dansait ivre cette eau qui formait vers le creux du ventre un petit lac de repos où l'homme lampait ses rêves, abreuvait sa détresse avant de rejoindre entre les cuisses la racine dévorante de toute cette eau, la provenance de cette mer génoïdale où déjà il se tordait dans l'halètement de ses derniers soupirs.

Ils avaient vingt ans...

La nuit versait déjà ses premières larmes de neige. Le nord berçait, gêné et sec, la tête attristée des grands arbres. Une lumière braquée sur le terrain arrière trouait le chevelu un peu raidi de l'herbe qui dépassait la mince pellicule blanche. La salle de bains suait de chaleur. Le vin et la bière ne coulaient plus dans la baignoire. Les corps se laissaient choir. Dans la faim du plaisir. Au moment où *le cœur manque*. Quand la vie veut se rapprocher de la mort et jette une dernière fascination. Une sorte de mise au tombeau. Lui, se rappelait qu'il avait écrit, plus jeune, quelque chose se rapportant à la baignoire, à la mort. Il voulut malgré les vapeurs, le lui réciter. Elle ne répondit point. Il cherchait dans sa mémoire vacillante ses mots anciens, qui maintenant voguaient vers le bouchon de la cuve, faisaient des enjambées, des glissades à perdre la raison ou la définition.

— Vous aimeriez écouter ces quelques vers?

Un murmure accompagna la voix de son compagnon qui s'entêtait à réciter de la poésie.

— Je vais aller chercher le poème. Je ne m'en rappelle plus. Attendez-moi, je reviens.

Un autre murmure se joignit aux pas du baigneur qui dévalait l'escalier en se dirigeant vers la bibliothèque. Il revint en s'appuyant sur les murs, cherchant la page du poème.

— Oui, je l'ai. Vous m'écoutez. Je vous le dis, il décrit assez bien la situation de ce soir.

— Je vous écoute, chuchota faiblement la femme, les yeux fermés et la tête entre les mains.

Il commença. Se rinça la gorge. Plaça sa voix qu'il ajusta sur une note en ré mineur.

> *Coquillage à dos renversé*
> *sur le renflement de la cuve en émail,*
> *l'eau filtre vers la jonque de l'oreille*
> *les secrets liquides de la mer*
> *Les rivières jonchent l'eau*
> *trépidante des soirs de chantepleure*
> *le fond se remplit vide de pores ouverts*
> *d'algues misères des corps*
> *sédiments des tombeaux*
>
> *Chantent au loin les noyés du rivage*
> *les navires respirant avec la vague*
> *les trirèmes à trois cents esclaves*
> *les gondoliers aux portes des soupirs*
> *ils sillonnent tous l'histoire;*
> *perdus sous les couches de naufrages*
> *au bout des terres*
> *sans chemin*

des pays
remplis d'eau

J'entends le long de l'émail lisse
les naissances poisseuses
des hominidæ
l'érection des babels de civilisation
des peuples et des engeances;
j'écoute dans cette conque l'odyssée
des rois et des princes
le pas métallique des eaux
la horde flottante des chevaux
sur la marche continentale des provinces;
je les vois sortir de la mer
courir bouclier au front sur les dunes
et j'entends la marche lente des déserts
couvrant le pas des géants de la lune

Veille au-dessus des bulles
de soleil dans le miroitement
des miroirs ondulés
le globe de mon œil échancré de tulles
ouvert et muet sur les rives du passé

C'est le hublot d'un nouveau galion qui coule
dilaté au fond de la baignoire
Amis, tirez les écoutilles
fermez le rideau de sa liquéfiance
bouchez cette vieille amphore,
mon cœur maintenant chavire par dessus bord.

Mon linceul est dans le tiroir.

A peine le poème terminé, elle se leva chancelante et se dirigea dans la chambre où elle tomba lourdement dans le lit.

Il se dressa à son tour, échappa le livre dans le fond de la cuve qui, par bonheur, poussait ses derniers gloussements. Se dirigea avec peine vers la chambre et se drapa des rares couvertures laissées pendantes. C'était le naufrage. Le tombeau des Danaïdes. Seule une nuit aveugle, peu méfiante était capable d'emmailloter ce dénuement et surtout d'endormir cette orgie de paroles poétiques. Cette nuit était faite pour l'engloutissement.

94

La lune regardait pensive le paysage. Une légère pesanteur flottait sur ce jeune automne affaissé dans les branches. A peine un petit durcissement. Une mort très lente de l'été. Sans grimace au visage des verts feuillages.

Le jour vint tôt habiter la chambre. Deux corps couchés à distance s'enfonçaient sous l'épaisseur des couvertures. Au-dessus de la tête du lit, ancien d'ailleurs, lit de grand-mère, pendait un grand crucifix en bois sculpté et qui saignait suffisamment pour garantir la dévotion. Il reposait sur une draperie rouge traversée vers le haut par une frange dorée qui s'insinuait à travers deux branches de rameaux. Un immense chapelet se lovait autour du corps tordu de douleurs et descendait presque sur les oreillers. La croix du chapelet, aux grains rugueux, énormes comme des billes, se terminait par une croix dont la traverse se détachait parfois et tombait sur le crâne du dormeur. Chacun sa croix. Tout ceci formait la surface centrale de cette chambre octogonale de quinze pieds de diamètre ajourée par quatre grandes fenêtres habillées, plutôt appuyées de longues draperies de velours rouge et bleu.

Rêvait-elle? D'un œil mi-ouvert, surprise, elle lorgnait les détails de cette chambre qu'elle examinait comme pour la première fois. Etait-elle dans une autre époque, dans un cloître ou dans une petite chapelle abbatiale?

Sur l'autre surface adjacente à droite, une icône immémoriale, exécutée sur un bois vénérable et ravagé jusqu'à la fibre, se découpait à la hauteur du crucifix. Sous l'icône se brûlait maintenant un porte-lampion, venu de Roumanie, des plus bellement ouvragé. Plus bas, sur la même surface, un cadre de forme rectangulaire et creux, déjà vétuste, se produisait toute une imagerie populaire. Un Enfant-Jésus blond, bouclé et tout rayonnant; au côté, un Sacré-Cœur aux cheveux longs, châtains et qui, oh! miracle médical, soulevait son cœur dans ses mains. L'image suivante exhibait une tête couronnée d'épines qui amènait à penser *à l'anneau de mariage entre le Verbe et la Terre pouvant être fécondée*. La sainte Vierge formant la troisième image représentait non pas une jeune fille de douze ans, une sémite, mais bien une femme, une mère encore jeune, belle qui, les mains jointes dans une pose recueillie, semblait attendre un autre mystère. La dernière image de ce cadre qui par la profondeur de sa paroi plongeait le visiteur dans un genre de visuel religieux évoquait papa Joseph tenant Jésus sur son établi. A regarder plus bas, pièce apparemment surprenante dans une chambre à coucher, un grand poisson en tôle dorée (venant de Santa Fe) regardait globuleusement vers le lit et vers le scapulaire. Seule une symbolique chrétienne pouvait faire accepter ici cette intrusion. Le poisson: Ichtus (idéogramme de Jesu Kristos Theou

Uios Sôter: Jésus Christ, Fils de Dieu, Sauveur) admis dans la plupart des iconographies indo-européennes, rappelait la vie, la fécondité. Aussi la confusion, l'impur. En ce sens, si le Christ est un pêcheur, les Chrétiens sont tous des poissons. L'eau du baptême étant leur élément naturel. Sous ce signe prestigieux s'effilochait, près du bénitier qui hérite à son tour de la vertu symbolique (ancre, grappe de raisins, calice), une espèce d'étoffe noire comme de l'encre et qui formait un dessin, disons héraldique. Etrange pour le non-initié. C'était simplement une queue d'hermine stylisée. Cette hermine blanche et pure que le roi Arthur avait mise sur les armoiries de la Petite Bretagne et qui se retrouvera plus tard, sur le drapeau breton.

Non. Elle ne rêvait pas. C'était bien là devant ses yeux. Une révélation. Des stigmates d'un passé qu'elle ignorait et qui piquait sa curiosité. Un passé qu'elle avait quand même subi, mais qui avait glissé sur elle comme l'eau sur un imperméable. Il y avait donc chez lui une sensibilité religieuse qui lui était étrangère.

Sous la fenêtre côté nord, près de la tête du lit, se plaçait une petite table que surmontait une lampe rehaussée d'un énorme abat-jour rouge. Toutes les lampes de la chambre développaient ce style rococo, peut-être, baroque espagnol. Des larmes rouge vitrées qui filtraient la lumière, des anges dorés et dodus qui soutenaient avec une sveltesse étudiée, une grâce un peu mièvre la base de chacune des lampes et des cendriers. Rien de style classique. Tout était profusion, contournement, liberté, fantaisie, maniérisme, enfin, jésuitique. Cette table, sorte de crédence, couverte d'une nappe rouge et de l'amict, recevait plusieurs objets dont un cierge, une cloche, deux burettes pour le vin et l'eau dans un plat de cristal, puis, quelques linges sacrés nommés manuterge, corporal, purificatoire. Près de la console ou de la crédence s'élevait un magnifique prie-Dieu que n'aurait pas dédaigné un prélat domestique. Ayant passé devant l'étole violette jetée sur le prie-Dieu (vêtement qui signifie la puissance sacerdotale et rappelle le vêtement d'immortalité de nos premiers parents), on arrive vis-à-vis la troisième surface du mur.

Elle avait vu tout cela quand elle était jeune et qu'elle remplaçait un servant de messe. Tout était prêt pour le sacrifice. Etait-il un prêtre défroqué, un moine révoqué, se demandait-elle perplexe?

Du plafond jusqu'au plancher, trois cadres représentaient: le premier, un Jésus en croix sur le haut d'une colline. Un Jésus jeune, type musculaire, qui, sous un ciel massacré, suppliait son Père; le second, une Vierge et un enfant souriant, enjoué avec de belles fesses rondes. Elle coiffait une espèce de hidjab et tenait avec l'enfant sur son bras gauche, un livre dans sa main droite; le troisième, le cousin de Jésus, Johannes der Taüfer, soulevant dans ses bras une brebis à figure très douce, un peu moutonne comme dans les peintures de Raphaël. Voir la séparation très nette dans les Evangiles entre les brebis (moutons) et les chèvres. Les premiers sont les chrétiens, les élus (les brebis de Dieu, disait Claudel), les autres ne sont que des chèvres, de l'espèce caprine, des rejetées. Magnifique exemple de tolérance.

Elle se croyait à l'école, dans sa petite enfance où, sur les tableaux, défilait la biographie de Jésus. L'Incarnation, la Sainte Famille, la Rédemption, le mystère de l'Eglise, la Vierge Marie. Elle refaisait son catéchisme. Comment un homme de son âge acceptait-il encore d'entretenir les images d'une époque révolue?

En poursuivant le voyage de cette chapelle ardente, on peut voir un fauteuil pas très réussi comme style, de couleur violette, qui tendait les bras. A ses pieds, un joli tabouret de même couleur invitait au repos du corps. Ici, une autre lampe de sanctuaire, toujours à la manière baroque, faisait le guet devant une longue draperie, et là, un meuble supportant le tabernacle.

Avant la visite de la quatrième surface, celle où le sacré déployait toute sa dimension, où se révèlait la splendeur du mystère, on apercevait une pièce élégante nommée *vanité* qui, avec ses poteaux torsadés, ses deux cierges fins et légers et son petit miroir ovale semblait faire des poses. Elle serrait dans son embrasure circulaire une cuvette en faïence bleue et un pot à eau finement élancé. Sur un meuble centenaire règnait, devant une large fenêtre qui s'ouvrait sur le toit de la maison et plus loin sur le clocheton de la grange, un tabernacle portatif. Authentique et d'ailleurs consacré. Là se cachait derrière les canons de l'autel et sous les nappes liturgiques un calice en or et d'argent doré à l'intérieur, couvert de la palle. Près du calice (sous la patène) reposait une petite boîte en forme de cercueil qui contenait la reproduction d'un clou de la crucifixion. Sur le tabernacle portatif, une croix pattée, joliment ciselée, s'élevait sur des voiles de tristesse et de deuil et sur une bourse tissée de fils d'or. Elle surplombait le ciborium contenant quelques hosties.

Non, il n'y a plus de doute, c'est une fixation, se disait-elle. Une fièvre de l'enfance. Y aurait-il, se demandait-elle, chez lui un refoulement originaire, comme Freud aurait dit?

A droite de l'autel, quelques livres dont un vieux missel, en français, en anglais, en latin, en grec, en allemand; un Breviarium Romanum; des bibles en diverses langues; un eucologe romain (1899); aussi peut-être, deux livres de théologie, un de philosophie dissimulé sous un dernier livre: *Préparation à la mort* de saint Alphonse de Liguori (1885). Ils attendent sans doute là une main pieuse. Un candélabre avec cierge en cire et non en stéarine ferme la marche religieuse des objets.

La quatrième surface de cette chambre, petit sanctuaire domestique, dressait un confessionnal portatif dans lequel s'emboîtait un grand lavabo où, derrière les deux chantepleures, s'élèvait sur le mur intérieur du confessionnal une longue pancarte couverte de mica sur laquelle se lisait: *Ordo ad faciemdum aquam benedictam* qui mène à une prière d'exécration: *Exercizo te, creatura salis, per Deum vivum...* Sur le rebord du confessionnal, côté droit, pendait un manipule violet qui, porté sur le bras gauche, servait au prêtre comme de serviette ou de mouchoir. Symbole de travail et de la douleur, le manipule a pris l'étoffe, la couleur de la chasuble. Vers le haut du meuble pénitentiel un très beau cadre, à la manière ancienne, présentait une *Mater gratiae*. Ici la sainte Vierge devenait une véritable reine avec des vêtements d'apparat et une couronne digne de la reine Victoria. Un petit Jésus princier se manifestait droit et ouvrait les bras au monde. Un avant-signe de la croix. A la droite de ce cadre, à la même hauteur, un autre cadre du Sacré-Cœur le montrait mais, cette fois, le cœur toujours sorti et en suspension, dans une tunique romaine sénatoriale.

Entre le confessionnal (piscine probatique) et le meuble de la cinquième surface surgissait sombre, lugubre, à la portée de *l'agenouillant*, une sainte Face dantesque. Elle crevait de trous, de remords le rêve libidineux de tout dormeur. Sur le meuble toujours centenaire s'élançait une immense statue qui rejoignait presque le haut du grand miroir. Statue du Sacré-Cœur, en plâtre écaillé, avec tunique blanche et long manteau rouge que l'on voit, que l'on a vu dans toutes les églises de soumission romaine. Assez vieille pour faire un salut de la main au visiteur de la chambre. Fait compréhensible, lorsqu'on sait qu'une broche secrète soutient le bras meurtri de la statue. Une lampe dans le style de ses compagnes éclairait le tout: des nappes d'autel violet, une autre bourse, des lampions, de petites croix. Elle jetait sur le plafond une lueur discrète et mettait en valeur la sixième surface de la chambre qui, en fait, était une entrée vers la chambre ou une sortie vers le corridor.

S'il était orphelin de père, comme j'ai su, peut-être que tous ces visages, ces cadres, ces personnages évoquaient la figure auréolée du père? Une famille adoptée avec idéalisation du Père, raisonna-t-elle.

Vers le haut de cette porte, dans un médaillon ovale, se distinguait une Vierge jeune, belle, très belle avec de grands yeux italiens doux et amoureux. Elle supportait un petit Jésus presque nu sur une serviette. Rond, rubicond, gras comme une volaille et dont le pénis reposait endormi dans la graisse des cuisses charnues. Il parait son bras contre le cou de sa mère et tentait de vouloir sortir de cette possession amoureuse maternelle. Le tableautin, dans la manière de Verlaine et de M.

Coppée, suintait une chair heureuse. Un rassasiement se traduisant par une pose tout à fait espiègle.

Si l'on se dirigeait vers la porte extérieure de la chambre, une icône, cette fois bombée, aussi vieille que l'autre, sortait du mur et nous offrait l'art subtil de ces œuvres byzantines. Ici, la sainte Vierge engluant du regard les petits yeux écartelés de l'Enfant. Une petite lumière rouge, étrange, attirait l'œil quand le visiteur traverse la partie de l'épaisseur du mur entre la feuillure et le parement extérieur. Elle mettait en valeur un buste de Bouddha en or jaune qui recueillait une prière douce et timide. Ce Bouddha *pharmacon*, aux paupières assidûment fixes, tenait dans sa main droite un pilon et dans sa main gauche, un mortier. Il était assis là pour l'éternité dans le silence de la maison devant une tenture rouge ornée d'un chapelet festonné de boules d'or. A regarder le long du corridor menant à d'autres chambres, on apercevait d'abord à gauche, une longue et majestueuse draperie rouge servant de porte de chambre; à droite, une grande peau de daim au poil fin couvrant une bonne partie du mur avec, à sa tête, des fouets, des lanières aiguës qu'accompagnaient deux grandes photographies végétales japonaises. La nuit, de son lit, le monsieur d'un certain âge voit sur l'une des photos, ces fleurs globulaires se tenant sur une tige étroite qui ressemblent à des hommes, à une procession d'humains passant la rive.

Maintenant assise droite dans le lit, après avoir jeté un coup d'œil sur les peaux de renard posées sur tous les fauteuils dans chacune des chambres et avoir examiné la figure énigmatique du Bouddha, elle regardait les photographies japonaises. Elle paraissait embarrassée. Jésus, Bouddha l'un près de l'autre, c'est étrange, se disait-elle. Je saisis tout, mais je ne comprends pas.

En revenant vers la chambre, on observait sur la patère une quinzaine de robes de chambre entremêlées d'habits religieux dont les soutanes, les surplis, l'amict, l'aube, le cordon, le manipule, l'étole plus les habits de dominicain. A un poteau-mère, auquel s'attachait un escalier circulaire montant au troisième étage, pendaient à un crochet un feutre classique religieux, une barrette de curé, un chapeau breton, un casque d'escrimeur que traverse un fleuret (fioretto) innocent, muni de sa garde fourrée d'un tissu intérieur d'un rouge écarlate. Derrière les vêtements religieux et profanes se dressait un très beau crucifix en bronze. La position droite, classique du corps révélait la finesse des traits, le découpé athlétique de la poitrine et rehaussait par le fait même la splendeur du crucifié. A un crochet presque caché par cette lingerie délirante, s'apercevait un instrument maintenant disparu de nos églises: la crécelle. Au quatrième siècle, on employait les trompettes. Avant, chez les Hébreux, les cymbales et la crécelle; aujourd'hui, les cloches auxquelles s'attachent six fonctions dans la vie chrétienne qu'on pourrait traduire avec la foi des anciens: *Laudo Deum verum, —Populum voco, —Congrego clerum; —Defunctos ploro; —Fugo fulmina; —Festa decoro.*

La septième surface était pleinement occupée par un escalier en bois naturel longeant le mur et passant devant deux fenêtres superposées. Il menait à l'étage de la lecture, de l'écriture et de la méditation. Non loin du lit et de ses lourdes couvertures, un gentil fauteuil rouge sang capitonné acceptait de recevoir, parfois, une visite insoupçonnée dans cette chambre dite cardinalice. Sans doute une dévote, une âme sensible qui viendrait comme autrefois, dans certaines chambres de prêtres laïcs ou non, distribuer le viatique de nuit.

Le huitième et dernier plan de la chambre offrait, par son miroir mural qui avale la personne et le paysage intérieur et extérieur de l'alcôve, une mise en glace, une mise à nu, une mise en face. C'est lui qui nous traversait. *Je m'apparus en toi,* dira Mallarmé, *comme une ombre lointaine.* Une longue tenture bleue drapait et séparait la petite fenêtre au milieu de l'escalier et du miroir. Vers la base du miroir où se reflétait déjà la tête d'une vieille lampe et le regard azuré d'une statue de sainte Cécile, se posait une crédence en marbre à deux étages. Sur le premier, derrière la lampe d'un rouge moins agressif, ressortaient, dans un cadre doré, les trois éminentes figures des tétrarques: saint Basile, saint Jean Chrysostome et saint Grégoire de Naziance. Cette peinture illustrait d'une façon saisissante la dignité épiscopale de l'époque byzantine, celle des Pères de l'Eglise grecque (IVe siècle, ap. J.C.) sous les empereurs Julien l'Apostat, de Théodose et d'Honorius. Saint Basile le Grand (329-370), évêque de Césarée en Cappadoce, qui par son style d'orateur rappelait Platon et Démosthène. Il régla la vie monastique. Saint Jean Chrysostome (345-407), (bouche-d'or), le plus grand orateur de la chrétienté. Un orateur complet pour qui un discours devait toujours instruire, plaire, toucher. Enfin, saint Grégoire de Naziance (319-390) siège épiscopal de Naziance (374), qui se disait un paysan cappadocien. Il fut le seul poète chrétien de cette époque et qu'on se plaît parfois à rapprocher de Lamartine.

Près de ces trois figures auréolées d'ascétisme, se dressait un vieux carton venant de Quimper sur lequel on lisait: *Litanies de saint Joseph.* Ici, un lampion, là, une clé entourant un crucifix doré. Derrière, la statue de sainte Cécile tenant selon la tradition un instrument de musique. Un sistre selon Paul Véronèse, un orgue selon Rubens, une harpe selon Pierre Mignard, une basse de viole selon Dominiquin. Elle avait demandé à son païen de mari de respecter sa virginité. Valérien se fit chrétien et devint martyr. A l'étage inférieur de la crédence, un cendrier du même style. Les lampes recevaient de son plateau et de ses glands rouges tous les flamboiements du soleil. Près de lui, un cadre reproduisait la sainte Face: *Vraie image de la sainte Face de Notre-Seigneur Jésus-Christ. Qui est conservée et vénérée très religieusement à Rome en la Basilique de saint Pierre au Vatican.* Et plus bas: présentée par l'Adoration nocturne de Montréal.

Sur la même surface, la huitième et la dernière, se logeait une commode avec ses poignées de bronze et sur cette dernière une longue statue de la sainte Vierge se profilait, se mirait dans la glace du meuble. En avant d'elle, un lampion bien ouvragé avec au milieu, un objet peu commun, un aspergès en bronze dans son bénitier portatif et son goupillon appelé au moyen âge, anceaux ou aiguebenoistier. Près de la statue maîtresse qui retenait son cœur dans ses deux bras contre les élans d'en-Haut, une autre statue qu'on aurait pu imaginer autre et qui faisait par sa hauteur un effet d'enfant de chœur, portait le nom de saint Gérard de Magella. Il était vêtu d'un manteau blanc céleste aux franges rose attendrissant. Ce type italien né à Muro en Italie (1726) fut appelé le Thaumaturge de son ordre, la Congrégation du Très Saint Rédempteur. Ordre sévère, étroit. Non loin du village, un autre village charmant et peu éloigné porte le nom de saint Gérard de Magella. Sur le meuble s'ajoutaient plusieurs images illustrant quelques figures dominicaines, dont, bien sûr, celle de saint Thomas d'Aquin ou le docteur angélique qui faisait le ravissement des jeunes oreilles universitaires à la faculté de philosophie sur la montagne vers les années cinquante, soixante.

Sur l'image, on voit saint Thomas d'Aquin, l'index sur les lèvres, dans une pose méditative. Au bas de l'image, copie d'une peinture des Fra Bartolomeo à Rome, cette phrase touchante du Seigneur s'adressant au grand bœuf muet de Sicile: *Tu as bien écrit de moi, Thomas, quelle récompense veux-tu? —Je n'en veux pas d'autre que vous Seigneur.* Les traducteurs de saint Thomas d'Aquin, nous l'ont présenté comme un étau. L'église a serré la vis. On l'a trahi. Joseph Juste Scaliger (1540) avait raison de dire: *L'église entrave la voie de la vérité!*

Pour achever le portrait de ce voyage autour de la chambre (en rappel à l'ouvrage du comte Xavier de Maîstre, *Voyage autour de ma chambre* (1794)) une sorte de petit meuble ressemblant à un coffre, et même à une vieille pharmacie, permettait d'entrevoir, sous vitre, une Pietà. Une des œuvres remarquables de Michel-Ange. Copie ici hautement vulgaire qui ne rendait pas la douleur dramatique, la musculature nerveuse des personnages de la Pietà de Buonaroti.

Entre le dernier et le premier plan, une belle lampe de sanctuaire éclairait encore quelques menus cadres anciens, une clochette, des lampions et une vieille lampe à l'huile qui accueillait la rougeur de l'abat-jour. Un calendrier breton indiquait le saint du jour: saint Jezekael. Tous ces objets, enfin, ces derniers objets, affrontaient maintenant à droite le regard du dormeur.

La femme au mitan de l'âge descendit ses oreillers et chercha à recevoir à travers les lattes une lampée du soleil de l'avant-midi. Lui, le dos tourné, continuait à flâner. Comme il le faisait depuis sa retraite. Il y a bientôt six ans. Elle songeait. Songeait à quoi? Peut-être à cette chambre ésotérique, peut-être à l'ancienne vocation religieuse de son ami, peut-être aussi à tous ces petits riens qui font partie de la détente matinale. Après une nuit orageuse. Elle se mit encore et avec un sérieux inaccoutumé à jeter un regard sur toute cette panoplie religieuse. De droite à gauche. De gauche à droite. Elle se demandait à quoi rimait ce *dressage* religieux, cette vision picturale des murs comme dans les musée. Il ne pratiquait pas. Et cela, depuis fort longtemps. Elle le savait. Voulait-il prouver quelque chose ou simplement se moquer des gens. Elle écarta cette dernière hypothèse. Parce que dans son for intérieur, elle ne l'avait jamais vu narguer, se rire des gens. Ce n'était pas dans son caractère. Il offrait lui-même trop la cible aux autres. Il était toujours prêt à rire de lui-même. A comprendre que chacun, malgré l'associationnisme général, plutôt, le conformisme social, demeure particulier, individuel, personnel. Malgré cette grande tentation continuelle de faire comme tout le monde.
Elle revint à sa première hypothèse. Celle de prouver. Mais prouver quoi? Elle se proposa de le lui demander dès son réveil.
A peine avait-elle jeter un dernier coup d'œil, qu'elle sentit soudainement des mains furtives glisser le long de son corps. Sur les bras, les seins, les jambes, le sexe. Mais d'une façon si douce, à peine effleurée que le désir de son compagnon risquait de l'emporter sur son désir de savoir au sujet de ce reliquaire dans lequel elle venait de vivre la nuit durant.
— Comment faites-vous pour dormir avec tous ces cadres, ces crucifix? Vous n'avez pas peur de coucher ici chaque soir?
Il écouta à peine la question. Il l'embrassa sur les lèvres et but ses derniers mots. Il savait que le matin elle aimait plus ou moins faire l'amour. Qu'elle était sèche et qu'elle voulait d'abord se laver les dents, se réveiller après une nuit, après chaque nuit, coupée par les rêves, les malaises habituels.
— Vous ne m'avez pas répondu, dit-elle, en se dégageant un peu de lui.
Il envahit de nouveau sa bouche, son cou, essayant de ramener son corps près du sien avec des gestes délicats. On aurait dit une séance de massothérapie qui lui faisait arracher quelques plaintes douces, quelques hoquets, mais qui la débarrassait un peu de ses geignances. Elle

se tourna sur le côté gauche et fit semblant de dormir. Il arrêta quelques moments son manège amoureux.

— Quoi! Vous vous levez?

— Non, je dois aller dans la salle de bain. Et puis, continua-t-il: Je ne veux pas forcer la volonté des gens, je ne suis pas un barbare.

— Bon, allez, mais revenez! dit-elle avec un petit regret.

Au retour, il s'installa au lit du côté droit et fit mine de dormir à son tour. Elle se retourna vers lui, enlaça de ses deux bras le corps de son compagnon et lui donna un baiser sur l'épaule. En se retournant lentement vers elle, il l'embrassa de nouveau. Pressa son corps contre le sien et sentit subitement que les mains de la femme entourait sa hampe, égrenait ses *génitales*. Ce fut le départ fougueux de deux corps vers un vouloir d'explosion délirante. La rencontre du jour (l'amitié) et la rencontre de la nuit (l'amour).

A cette heure où le soleil défaisait les toutes dernières étoiles, c'était l'amitié amoureuse. Plus, c'était l'amour en délivrance, l'être en pavoisement, le cœur en érosion, la chair en brûlure soutenue par la vertu de l'amitié veilleuse et fidèle. Les corps, tantôt se chevauchaient, se braquaient, s'effondraient; tantôt se glissaient, dansaient, se pénétraient, dans la texture humide de leur chair, dans le cri silencieux de leurs veines.

Leur visage lançait un cri, leur bouche des rires, leurs mains des passions pour, à la fin, s'achever dans le grand soubresaut final où la vie se console avec la mort et fait accepter à l'homme une phrase comme celle de Georges Bataille: *tout exige en nous que la mort nous ravage*. Pour un moment, lui était devenu le berger, elle, la Nymphe dans le Titien; lui, Hercule, elle Déjanire dans Spranger. Lui, Mélidore, elle, Phrosine dans P. P. Prud'hon où le couple dans Michel-Ange, Dürer, Matisse ou Picasso.

Ils restèrent couchés un certain temps l'un près de l'autre sans mouvement. Le soleil perçait leurs paupières et le cœur cherchait une nouvelle respiration, le calme au bout d'une passion assoupie. Le lit à crucifix exhalait l'odeur d'un champ de bataille et le parfum d'un chant d'amour. Toute la beauté de la terre se tournait vers ce regard amoureux et maintenant paisible des deux êtres. Une pensée volatile se promenait dans la chambre et dans la pensée de la femme au mitan de l'âge. Est-ce quelqu'un nous a vus? Tous ces cadres à figures graves, à saveur parfois de grâce et de pardon n'ont-ils pas été témoins de notre belle folie amoureuse? Et ceci faisait rejaillir la question: le pourquoi de cette chambre monastique où suintait la religion. S'il était possible de résumer cette chambre en une seule consonne comme on ramène un air d'opéra à quelques airs, quelle serait cette voyelle ou cette consonne vis-à-vis cette pièce, se demandait la femme? Selon moi, se disait-elle, tout-bas, ce serait la consonne S, S pour sainte, sexe, solitude, salive, sacré, sagesse, sang, sanctuaire, santé, savant, scandale, scrupule, sécheresse, seigneurie, sœur, secte, sentiment, sérénade, siège, soif, soleil, soubrette, souffrance, soupir, soutane, soutien-gorge, spasme, succion, sueur, symbole, syncope et peut-être, oui, sans doute, surnaturel. Elle faisait d'une façon quotidienne des mots croisés. De là cette imagination fertile devant les mots.

— Etes-vous maintenant en état de me répondre?

— Hum! Il l'embrassa en ouvrant ses lèvres en les refermant sous les siennes.

— Ce n'est pas une réponse! C'est charmant, mais dites-moi, pourriez-vous, s'il vous plaît, me dire pourquoi vous dormez comme cela dans votre enfance, dans votre passé?

De nouveau, il tourna son corps contre le sien et l'étouffa de désirs. En baisant ses seins, son ventre, son sexe, ses cuisses et ses pieds. En les massant avec ses mains chaudes et fermes. Elle connaissait chez lui toute cette chaleur manuelle qui lui faisait tellement de bien. La vertu du massage amoureux. Voulait-il garder un secret? Ensevelir son enfance? Décidé, il accepta de répondre. Penché sur le coude gauche et tourné vers elle, il commença à vouloir expliquer les raisons de ce petit sanctuaire qu'il essayait de cacher, mais que tout le monde avait visité. Enfin, quelques intimes. Et d'autres...

— Une chambre pour moi est toujours un lieu secret, une âme au jardin des songes. Et sans vouloir être populaire ou trivial, la chambre c'est le clitoris de la maison comme la cuisine en est le ventre. Parce que loin et caché. Elle est un territoire où l'esprit se plonge, où le corps se vautre dans les replis de la nuit. Elle est un espace limite, fermé où l'on ne doit que coucher seul, parfois à deux, mais seul dans son lit. Une chambre a toujours ses secrets, aussi sa *ventralité*. Parfois cellule, chambre secrète; parfois chambre ouverte, chambre en ville, chambre d'hôtel, la chambre demeure toujours un lieu sacré, un lieu d'initiation. Le profane doit rester à la porte et davantage le voyeur comme dans le tableau de Poussin au Louvre: *Le couple et le voyeur*. La présence de tous les articles religieux, cadres, crucifix, statues, leur regard, ici, sont l'œil projeté, l'âme reflétée du dormeur. Il y aurait quelque chose d'impur d'y faire entrer la vie quotidienne et ses bricolages. La place du lit où coule la mer de rêves, les oreillers (ces nuages de douceur), où nagent des îles flottantes, ces couvertures qui nous serrent comme une main maternelle, tout cela appartient à la nuit et doit délaisser la fausse clarté du jour. Une chambre, toujours pour moi, n'est pas une chose, des murs vides, des planchers et des meubles cirés, mais une personne avec ses parures, sa teinte, son allure. Comme telle, elle devrait avoir sa réputation, ses émotions, une manière d'être, une image qui ne peut souffrir d'avoir d'autre personnage que le possesseur lui-même.

— C'est une belle dissertation, constate-t-elle émue, après cet exposé. Elle ne manque pas, j'en conviens, d'éloquence et de poésie. Mais au juste pourquoi cette chambre? Représente-t-elle vraiment votre image?

— Elle est mon contre-visage. Celle d'une adolescence bannie, celle d'un âge adulte flétri, trompé. En un mot, si vous voulez le savoir, cette chambre est d'abord un exercice, une dialectique entre le présent et le passé; c'est ensuite, un exorcisme, c'est-à-dire un refus, une manière de chasser un tourment, une angoisse. C'est un jeu entre ce que j'ai cru (piété de l'enfance) et ce que j'ai vécu (pitié de l'ignorance et du despotisme humains) c'est-à-dire, le saut affreux entre la plate crédulité et une certaine connaissance. Entre la vérité et le mensonge. Tout cela s'est traduit par un souvenir qui s'est inséré en moi comme une longue cicatrice. Et que vous pourrez appeler, avec Freud, une fixation. Fixation qui *a pris image et qui s'est transformée en conduite de régression, de refoulement et de colère.*

Après un long silence, la chambre apparut soudain sombre. Une amertume flottait le long des tentures. Le sentiment d'un abandon, d'un vide. Il reprit d'un ton brisé:

— Enfin, c'est le drame d'un homme qui essaie de reprendre sa mère disparue qu'il voudrait maintenant remercier, adorer. D'un homme qui tente encore de retrouver la Mère ecclésiale et qui ne la cherche plus à cause de son indignité. D'un homme qui aurait voulu aussi, et surtout, connaître son père qu'il n'a jamais connu et qui passe sa vie à vouloir retracer, à travers les autres hommes, les traits de l'absence et de l'invisible. *Ne pas connaître son père, c'est, dit un romancier récent, ne pas connaître sa propre histoire.*

Il disait cela d'une voix nouvelle et douloureuse. Les yeux rivés sur la peau d'ours noir au pied du lit. Il resta là pensif les yeux pleins de larmes. Il se mit à pleurer, se cachant le visage entre les mains. Elle l'entraîna vers elle dans ses bras en le caressant sans trop vouloir comprendre.

— Vous savez ce que j'ai perdu, murmura-t-il tout bas, dans des mots convulsifs, c'est la foi en l'homme et dans Dieu.

Elle le berça tendrement en retenant avec peine ses larmes. Elle balbutiait des sons que la mère chante à l'enfant, au fils qui vient de voir s'effondrer le grand mirage. La... La...

Le soir s'abreuvait déjà aux sources vieillissantes de la nuit. La neige saupoudrait le paysage.

Partie III

La mort moins réelle que la vie

I

L'hiver s'était installé. Aujourd'hui, il se taisait dans le silence des saules. La neige, lentement, préparait la fête de Noël en faisant des maisons des bonbonnières blanches. La nuit ne pouvait pas jouer avec ses ombres. La terre éclatait comme du lait. Tout s'enveloppait. Il n'y avait plus de jeu, de contraste. L'été avait laissé des traces, des combats, des déchirements. Maintenant, plus rien. Une seule ligne droite pure et soutenue: la courbe. L'enroulement des corps. L'achèvement des âmes.

L'homme d'un certain âge attendait dans la voiture la femme au mitan de sa vie qui assistait à un cours de philosophie. Il était là depuis quelques minutes quand il la vit traverser la cour du collège avec une compagne de classe.

— Tiens, vous êtes là, s'étonna-t-elle le visage éclairé de bonheur.

Il lui ouvrit la portière, lui tendit la ceinture de sécurité. Elle était joyeuse, mais inquiète. Elle revenait aux études après une longue absence. Il la rassura en lui disant que la philosophie se comprend après les cours. Au fil de la vie. Plus tard. Ce qu'on appelle le discours philosophique, un étudiant prend six mois pour le comprendre. Pour une science pointue, un mois et demi. Le Petit Robert, le Larousse, etc. ne sont pas d'un grand secours. On s'attache trop au dictionnaire. Le moyen devient une fin. Comme dans les mots croisés ou le jeu de scrabble. La philosophie est une science aride. Il y a des termes dont l'homme cherche encore le sens... Parce que ces mots n'ont pas de corps, d'enveloppe charnelle. Elle le regardait un peu effaré.

— Et vous, vous avez compris tout ça? d'une façon enjouée et triste à la fois.

— Non. Je cherche encore. Prenez, continua-t-il, les mots immanence, paradigme ou transsubstantialité, on peut chercher toute notre vie le sens, le contre-sens, les nuances de ces mots qui appellent la ferveur ou l'indifférence selon les époques. Vous allez me dire que c'est de la ratiocination, de la gymnastique mentale, du *shadow boxing*. Non, ce sont des vérités qui ont été fouillées jusqu'à la racine. Il y a des esprits qui peuvent passer une vie entière à s'escrimer sur une seule pensée, un seul mot. Si on vous demandait, chère amie, ce qu'est la vérité? Ce qu'est l'amour? Ce qu'est Dieu? On vieillirait sans fin pour en lever l'énigme.

— Mais, vous voulez me décourager!

— Non, dit-il, je veux simplement vous dire que les études ce sont hélas! un moment. Moment de jeunesse, d'adulticité où l'étudiant adulte se conforme à des notions pour répondre plus tard à des examens. On apprend. Est-ce que l'on comprend?

Elle se pencha vers lui et pressa son épaule. Elle s'aperçut qu'il était sur une rue à sens unique.

— Oh! Oh! s'écria-t-il.

— Attention à la police, elle est très vigilante dans ce coin-ci. C'est un quartier achalandé par la prostitution. Tiens là, vous voyez, à droite, cette fille avec des bottes noires et le haut des cuisses découvertes, c'est une femme libre comme on dit.

— Très jolie, en effet.

— On ne vous a jamais sollicité? reprit-elle, un point d'interrogation dans les yeux.

— Non, pas vraiment. J'admets que tout homme peut être sollicité. J'admets aussi être moins jeune et faire un peu trop classique. Pensif, fouillant dans sa mémoire: Oh oui, je me rappelle dans l'armée, en Angleterre, en Allemagne, ensuite: deux fois. Oui, deux fois. La première disait qu'elle voulait nourrir son enfant; la deuxième qu'elle faisait cela pour aider les soldats qui allaient mourir. Après quelques minutes il crut que c'était une façon de rendre la mort plus perméable. Les délices de Capoue...

— Et puis? avec des yeux perplexes.

— Je leur ai donné de l'argent, c'est tout.

Plus ou moins convaincue, elle lui signifia qu'ils étaient rendus à la maison, qu'il y avait là, en face, une place pour le stationnement. Il comprit qu'elle avait émis quelques doutes.

— Non mais, vous semblez ne pas me croire. Sachez, madame, qu'en sortant de l'armée mon but premier était d'étudier, d'étudier sans arrêt pour la seule raison de trouver réponse à toutes les questions qui me pressaient au sujet des guerres, du pourquoi de l'existence humaine, etc. Mon deuxième objectif, quoique encore mal dessiné, était d'entrer en religion. Alors, il me fallait une certaine probité intellectuelle, morale, non?

— Ça répond un peu à mes doutes, coupa-t-elle avec un mince sourire en coin, tout en fermant la porte de la voiture.

Ils arrivèrent au logis. Philémon vint les accueillir en faisant des ronds de dos. Il était habitué à lui. Dès qu'il entrait, c'était pour le chat une folle récréation. L'homme d'un certain âge se faisait un plaisir, presque un devoir de jouer avec ce qu'il considérait comme un jeune prince de la lignée des lions. Il était le lion de la femme au mitan de sa vie, l'animal de la maison comme Bouddha était le lion des Shakya et Jésus, le lion de Juda. Comparaison peut-être audacieuse, mais qui dévoile le respect, l'admiration de l'homme pour tout ce qui était vivant. De l'humble violette aux plus gros mammifères. Il avait déjà fait quelque écriture sur le chat. D'ailleurs, ne l'appelait-on pas *mon gros chat* et, plus souvent, *minou, mi-nous*? Ce dernier mot prononcé d'une façon coupée, en mettant l'accent sur le Mi. Cela voulait peut-être dire, et, ce serait acceptable, mon nou, faire partie de nous, il est avec nous.

— Faites attention à ses griffes, disait-elle d'une voix nerveuse, je vais être obligée de vous soigner.

Après ces jeux innocents avec le chat, l'homme s'approcha de la femme, la serra contre lui, inonda son visage de baisers et termina cette ferveur par un massage des épaules, du cou et du dos. C'était un rite. Ses mains fermes arrachaient à la femme quelques cris, facilitaient la digestion, la respiration. Même si la main a la même racine que manifestation et est signe de puissance, de domination, elle savait bien que ce monsieur respectable et respecté n'aurait jamais griffé les femmes. Plus jeune, peut-être, quelques hommes. Les mains possèdent un langage depuis des siècles. Celles de l'homme d'un certain âge se ramenaient à quelques gestes caractéristiques personnels: bien tenir sa raquette, son stylo et sa tête sous le menton. Il y avait bien aussi une main d'eau.

— C'est ce livre-là que vous devez lire pour la session? Siddharta? demanda-t-il prestement en l'examinant.

— Oui, en poussant un soupir, c'est mon travail pour la philo 201. Vous l'avez lu? Tout à coup, elle porta sa main droite sous son aisselle gauche, non loin du sein, et émit une sourde plainte: ma bosse se fait sentir. Cela m'inquiète un peu. Ma mère est morte du cancer. Mon père aussi. Mon oncle. Mon grand-père.

— Il faudra surveiller cela.

Oui. Siddharta, je l'ai parcouru il y a déjà un certain temps. Je dis parcourir parce que les études universitaires nous amènent à courir, à parcourir rapidement les livres. Sauf, pour les ouvrages de fond, de références. C'est une culture de comptoir.

— Mais je dois rédiger une dissertation d'une dizaine de pages. Je n'ai jamais effectué ce genre de travail. Aussi, il y a la date de remise. Cela m'ennuie beaucoup.

— Vous avez quinze jours pour le remettre?

— Oh, ma bosse! Je crois que je n'y arriverai pas.

— Voyons, voyons. D'abord, il faut lire le livre. Crayons, papier, notes et une place de travail. Avec aussi, une aire de silence. Je m'excuse, je dois partir. Je vous reverrai si possible mercredi prochain. S'il y a une urgence, appelez-moi!

— Prenez soin de vous, dit-elle, en l'embrassant.

— Oui, oui répondit-il, en l'encerclant de ses bras. Je vais peut-être le relire moi aussi. Si je le trouve. Vous savez chez moi, il y a de tout, mais je ne trouve rien.

Dehors, le froid rapetissait les gens. Leurs yeux fouillaient les trottoirs mal dégagés et leur corps tanguait sur leurs pieds mal assurés. Un hiver précoce, indécis. Une joie secrète naissait au cœur de l'hiver. Noël approchait avec une rapidité effarante. Les commerces sonnaient déjà les cloches. Le ciel n'avait pas de visage, avait l'air triste, les lèvres closes comme une jeune fille au sourire mince. Tout en conduisant sa voiture, l'homme d'un certain âge pensait à Siddharta. Livre qui l'avait jadis impressionné, qui l'avait amené à des réflexions, à des chemins de pensées hors du livre.

Lorsque l'homme d'un certain âge avait repris plus tard la lecture du livre de Hermann Hesse, il avait revu à travers les lignes émouvantes du récit cette quête vers l'absolu, vers la sagesse. Aussi la fossilisation de cette sagesse par la tradition et par la sublimation d'une doctrine et par la recherche d'un Maître. Ce visage de Siddharta qui avait reçu toutes les larmes, toutes les joies et qui cherchait du regard non pas une doctrine non pas un Maître, mais la Sagesse. La Sagesse qui ne se communique pas; le sens de la vie, de la vie qui est l'Amour. L'homme d'un certain âge, qui conduisait toujours avec distraction, faisait jaillir les klaxons. Il ne pouvait pas ne point mener ce parallèle entre ces Samanas, ces Brahmanes et notre clergé. En passant devant des commerces d'où sortait le flot des chants de Noël et devant une église où l'orgue s'essoufflait à pratiquer le *Minuit, Chrétiens*, il pensait que la sainte Eglise catholique québécoise nous avait bien eus. Elle nous avait fabriqué une doctrine étouffante. Elle s'était érigée de belles églises et d'énormes presbytères, souvent à la sueur du front de ses fidèles. Elle s'était grassement installée au centre des villes et des villages. Son clergé, souvent sans comprendre, avait imprimé dans une évangélisation oppressive, ignorante, la figure d'un Dieu toujours absent, le visage historiquement allégorique d'un Jésus né d'une vierge et fils de Dieu. Ce clergé avait dispensé une doctrine chrétienne soigneusement triturée par la sainte Eglise catholique. Le mystère de l'incarnation et de la divinité de Jésus est un nœud gordien pour l'Eglise. Il n'y a pas encore d'Alexandre pour le dénouer. Bouddha, fils d'un souverain de la tribu des Sakya, un homme, était devenu un dieu et Jésus, fils de Dieu était devenu un homme. Pour ce Sage, ce Sauveur, le Sublime, ce Saint, ce Sakyamuni qu'était Bouddha ou Siddharta, l'homme était Dieu et était à la fois fils de l'homme. Tout homme qui au fond était Fils de Dieu était à la fois le fils de l'homme. Pourquoi, l'homme se demanda-t-il? Pourquoi l'Eglise a-t-elle toujours eu peur de la laïcisation, de la sexualité, des femmes, du préservatif, du mariage des prêtres, de la décentralisation, *et cætera*? Complexe, Pouvoir, Peur!...

L'homme d'un certain âge qui voulait pousser la logique de Siddharta croyait que les membres du clergé, les institutions religieuses masculines et féminines devraient faire comme ce fils de Brahmane, c'est-à-dire quitter leur robe, leurs maisons, leur confort individuel, leurs richesses collectives, leur Doctrine, leur Maître et devenir pèlerin comme lui. Etre soi. Devenir un homme libre, qu'ils devraient cesser de rester dans la tradition, dans l'historicité, le ghettoïsme, l'intégrisme, la hiérarchie, l'indexisme, *et cætera*.

Ce soir-là il se coucha avec une certaine amertume. En dépit de l'affairement joyeux des gens et du tintement des cloches. Sa dernière constatation avant de dormir fut de penser que les Samanas prenaient un bol de riz par jour et que notre bon clergé attendait avec avidité la fin des trois messes basses. Cela lui rappelait Alphonse Daudet.

Treize jours plus tard, Jésus naissait *inter foeces et urinas*. C'était le plus beau bébé du monde... Il revint saluer la femme au mitan de l'âge, qu'il surprit en pleine crise de larmes. Elle se jeta angoissée dans ses bras et pleura longuement.

— Je ne suis pas capable de faire le résumé. Je dois remettre mon travail demain après-midi, dit-elle, en sanglotant.

Il l'a prise dans ses bras et appuya avec fermeté son corps contre le sien. L'embrassant et essuyant ses larmes. Elle reprit avec colère:

— J'abandonne mon cours. Je laisse tomber la session.

— Voyons! Après une minute d'accalmie, il chuchota d'un air pensif: Ce n'est pas la mer à boire. C'est un ouvrage qui raconte le périple spirituel d'un hindou.

— Oui, je sais.

— Tout est là dans le livre.

— Je l'ai lu.

— Alors!

— Qui me dit qu'une idée est principale et l'autre secondaire?

— Ce livre est bien écrit. Ici, il n'y a aucun doute, Hesse a obtenu un prix Nobel pour cet ouvrage. Une proposition principale est celle qui est complétée par une autre et la proposition subordonnée serait celle qui en complète une autre. Tout cela, balisé par une ponctuation classique.

— Oui, j'ai vu cela, continua-t-elle, en se séchant les yeux. Oui, mais c'est pour demain après-midi.

— Avez-vous le livre? Avez-vous souligné, pris des notes en le lisant?

Elle lui tendit le livre et une pile de feuilles plus quatre plans bien ordonnés, écrits avec une calligraphie soignée.

Il regarda attentivement les plans et la progression du dernier par rapport au premier. Il s'écria:

— Mais c'est très bien chère amie, vous l'avez! Qu'est-ce que vous attendez pour écrire cette dissertation?

Encouragée mais encore foudroyée, elle dit:

— Je ne peux pas écrire, j'en suis incapable. Et puis, c'est trop tard!

Il regarda à nouveau les plans et lui dit subitement:

— Donnez-moi un quart d'heure et tout sera fini.

Au bout de vingt à trente minutes, l'homme assis à la table remit à la femme six pages d'écriture d'une calligraphie aliénante.

— Je ne veux pas que vous fassiez mon travail. Ce n'est pas honnête!

— On en est à l'urgence, ma chère. C'est pour demain. Mon but, expliqua t-il, en la tenant par les épaules, se ramène à une chose, celui de renverser cette situation. C'est très courageux de faire ce que vous avez fait. De reprendre les études après un grand nombre d'années, de suivre les cours assidûment, de dépenser des heures et des heures à produire vos travaux, à affronter le coût des études...

— Ce n'est rien, trancha-t-elle. J'aime les études et cela donne un sens à ma vie. Moi, continua-t-elle, la figure un peu décomposée, les yeux encore pleins de larmes, j'aurais passé ma vie à étudier. Le milieu ne s'y prêtait pas. On a tout donné à l'aîné. Les filles ne comptaient pas. Lui, on lui a toujours dit qu'il était intelligent, plus fin que tous. A moi, on disait qu'on gonflait mes notes et que je n'étais pas faite pour l'université. Elle retenait encore ses sanglots. Lui, il avait presque envie de pleurer avec elle, de serrer son corps flanelle entre ses mains suppliantes, d'enjôler le feuillage de ses cheveux, d'aller chercher dans l'éclair obscurci de ses yeux, dans l'échancrure de ses hanches cette douleur au fond de l'être, d'extirper cette opacité qui empêche le cœur de jubiler. Dans le silence des larmes qui creusaient sa joue blanche, il tenait ce corps tremblant. Il voulait fixer à jamais cet instant dans l'éternité de ses bras. Il la désira mais il ne voulut point offenser sa douleur. Il rejoignit son visage humide et lui dit de sa voix basse et chaude: Je vous aime.

Il se faisait tard. La nuit préparait des glissades dans la neige. Elle dansait dans les arbres. S'accrochait à tout. Elle ensevelissait le pignon des toitures, étouffait les derniers cris avant de se répandre douce dans la joie des vallées. L'hiver, ce soir, se réchauffait aux yeux brillants des bambins. On entendait encore la musique sautillante de: *Il est né le divin Enfant* dans les parcs, au-dessus des patinoires et des traîneaux ivres d'avalanche. Le monsieur revint chez lui avec le cri des Fêtes et les larmes de la femme. Il se demandait si elle allait remettre son devoir. Sinon, s'il n'irait pas rencontrer le professeur de philosophie en cas d'abandon de l'élève en crise.

Il revint vers sa demeure, à la campagne. Dans sa chambre. Y avait-il quelque chose de faux, d'impur et de pur à la fois dans cette chambre à visage de chœur d'église? Cela lui était apparu comme un éclair. Une fois, il s'était mis à rougir, comme quelqu'un qui avait été berné et qui, à un âge avancé, s'obstinait à garder dans une vieille armoire les hochets de son enfance. Il chassa cette idée et se dit qu'en fin de compte c'était une manière, pour lui, de faire un lien avec l'autrefois dans son vivant actuel. Sans le savoir, peut-être était-il un prêtre sans autel, un samana sans robe.

Tôt vers le midi, il se rendit chez elle pour connaître la fin de cette lutte. Elle lui ouvrit la porte avec un air triomphant.

— J'ai fini! s'écria-t-elle de joie, mon travail est fini!

Elle mit entre ses mains cinq pages bien dactylographiées et se jeta ensuite à son cou et le remercia avec tendresse.

— Mais vous n'avez pas utilisé ma composition?

— Non, je me suis permise de m'inspirer de la vôtre.

— C'est encore mieux, dit-il, avec contentement. Voilà du cran. Je suis fier de vous.

Elle lui offrit un verre de vin, emplit le sien et dans la maison, on entendit le choc joyeux de deux verres. Leurs bouches humides se rejoignirent avec ferveur. Et lui ne s'arrêtait pas de l'attirer vers son cœur. Il y a un beau moment d'émotion quand celui-ci est signe d'amitié, d'amour et surtout d'audace et de courage. Un quart d'heure passa, ils étaient dans le lit à se dévorer d'amour. Tout y passa. N'étaient-ils pas déjà de vieux amants? Elle n'avait pas honte de son corps et l'amour pour elle était aussi naturel, aussi sain que se nourrir, boire et manger. Elle lui exprima souvent le désir de faire l'amour et actualisait sa convoitise par des gestes à faire rêver la lune. Lui, malgré son appétence et sa délicatesse répondait avec chaleur en inventant de petits menus. Il n'osait pas directement faire les premiers pas. Il signifiait seulement. Pour lui l'amour, faire l'amour était une chose de tendresse et de délicatesse. Du point de vue de l'amitié, n'était-ce pas une brèche, une raison devenue inutile? La passion existait bien.

Une question cependant le tenaillait. Pourquoi cette crise, cette peur de l'écriture, des examens, ce refus d'extérioriser son moi? Pourquoi? Il y avait là un indice, un événement, quelque chose qui l'arrêtait. La paralysait. Il se mit à jongler à cette difficulté émotive qui faisait irruption à chaque examen. Bref, pour lui, il y avait une sorte de raisonnement à faire qui devait tenir compte de la matière ou du professeur ou de l'examen, ou de son enfance et de son milieu actuel. Surprenant et vrai. Elle affrontait avec un peu plus de calme et de plaisir quelque examen référant aux sciences pures surtout ceux en mathématiques. Ne dit-on pas d'ailleurs que le cerveau féminin est plus efficace en mathématiques que le cerveau masculin; qu'il fait moins d'efforts que celui de son confrère.

Un soir, il entreprit de cerner le problème. Enfin, d'essayer de... Sans vouloir jouer au psychologue, l'homme se demanda quel était le nœud central, la cause première de toute cette conduite. Plusieurs mots lui vinrent à l'esprit. L'enfance. Le père. La mère. Les frères et sœurs. Le milieu social. Le tempérament. Le caractère. Il ne sentit point qu'il était nécessaire de remuer toute une bibliothèque pour sortir des ouvrages sur l'enfance, pour se documenter sur ce cas. D'ailleurs, il savait très bien que l'enfance était la moelle épinière sur laquelle s'enregistraient à chaque instant tous les phénomènes. Du simple vent qui folâtre jusqu'au désastre séismal. Il n'ignorait pas que tous les individus sont anormaux. Cela, de l'échelle minérale, végétale, animale et à celle humaine surtout. Avant et dès la vie utérine tout est chahuté, tourbillonné. On vit sans cesse en bascule, un peu comme l'enfant sur la balançoire attachée par des cordes à la branche d'un arbre. On est le produit du chaos qui joue entre le hasard et le déterminisme. A la fin, ce chaos semble être une bouffée, une saute d'humeur dans ce calme cosmique apparent qu'on appelle l'Ordre. Tout en jonglant avec les idées et en faisant des dessins imaginaires sur des pages du journal Le Devoir, il avait lu dans une revue scientifique populaire que l'être vivant c'est du quantique. *L'être humain est le résultat d'une détermination quantique* (chaîne de l'ADN) *et des facteurs extérieurs (...) tout être présente un lieu privilégié où communiquent en permanence les mondes microscopiques et macroscopiques qui donnent comme résultat une cohérence unique (...) L'une des propriétés principales de l'être humain, c'est de montrer une cohérence sur à peu près deux mètres* (un peu plus de six pieds), et *les êtres vivants montrent une structure fractale à deux mètres.* Selon Laurent Nottale, astronome à Paris-Meudon, qui essaie, par sa théorie espace-temps fractal, de marier la mécanique quantique à celle de la relativité générale. Il continue, en les dépassant, Héraclite, Copernic, Gallilée, Einstein. *Tout est bousculé, mais tout est conservé.*

Mais pourquoi, se demandait l'homme remué qu'éclairait maintenant, par la fenêtre du bureau, un soleil d'après-midi, luttant contre le froid venu se réfugier près des murs des habitations et sur l'oreiller des branches? Pourquoi toute cette émotion, cette crise de larmes, ce découragement de la femme au mitan de l'âge? Il y avait, à n'en point douter, un chaos, un désordre sérieux. Si l'univers paraît si constant, si serein comme disent les savants, il ne devrait pas y avoir sur terre tant de dérangement, de déséquilibre à la grandeur d'une personne, d'un continent. Il est facile de croire et d'avancer que chaque être humain est, à sa manière, une petite planète en soi qui vit le chaos. Ce chaos serait-il contrôlable? Apparemment, oui. Alors, chassons, si possible les attracteurs chaotiques, pensait l'homme, et ce sera le paradis sur terre. C'est-à-dire, la famille, la société, la génétique, la vie quoi? L'homme s'aperçût assez vite de l'absurdité de son raisonnement et se mit à sourire la tête de côté. Le monde est là. C'est tout de même gênant de l'annihiler. C'est un grand jeu. Un manège qui joue toujours. Entre le plus petit espace atomal, 10^{-23} cm et le plus grand (la constance cosmique), soit 10^{28} cm. Ainsi demander à l'enfant qui joue, c'est une toute petite pièce qui joue dans l'Univers. L'infini joue avec lui.

Il ne fallait pas divaguer , mais plutôt revenir au problème, se disait l'homme d'un certain âge. Il ne faut pas déroger. Il s'agit en fait d'un certain désordre causé par des circonstances présentes et antérieures. D'abord la société, ensuite la famille, aussi la génétique, enfin, l'individu lui-même. Il fallait éviter de faire une longue dissertation ou un interminable plaidoyer. L'idée était de mener quelque réflexion qu'il partagerait avec elle. N'avait-elle pas elle-même laissé quelques notes personnelles, un jour qu'ils discutaient au sujet de l'amour et du sentiment qu'elle entretenait pour lui? Il avait donc en main les facteurs, disons, les attracteurs pour l'aider à comprendre ce chaos.

La société des années d'avant-guerre jusqu'à mille neuf cent soixante, soixante-dix (plus de cinquante ans) n'était pas des plus saines. Elle souffrait d'un vice qu'on reproche aux populations dites primaires où les lignes horizontale et verticale se rejoignaient en croix au transept et symbolisaient l'immobilisme qu'on observe chez les statues, favorisant ainsi le monopolitisme politique et religieux. Dans ce décor roide, rempli de tabous et de préjugés à cause justement de cette géométrie plane (qui existe encore chez les générations dernières, mais qui semble s'estomper) vivait la famille. Celle dont il est question et qui n'était point unique, hors de tout modèle, vivait dans l'amour, mais était constamment déchirée par la violence, l'incompréhension. Ce qui amena jeune, chez la jeune femme au mitan de l'âge, une attitude de défense, de détachement. Un désir très fort de liberté, d'accomplissement par soi-même. Un sentiment de culpabilité, d'échec vis-à-vis de sa famille, face à ses relations futures. A trois ou quatre ans, elle avait crevé sa bulle d'idéal. En regardant la télévision, elle voyait le reflet de la télé sur la vitre de la cuisinière. Elle se regardait et se mettait à pleurer. Elle n'était nulle part. Le rêve était crevé. Sa maman venait encore de se faire battre. La survie... Elle avait aimé déjà son mari, le suivant et d'autres hommes. Déceptions à répétition. Retirée de la famille, (cela a déjà été dit) elle resta avec ses enfants qui, eux, brisèrent vivement les liens pour fonder dans la misère et les avanies une autre famille. Elle n'avait plus de larmes pour eux. La terre devenait un point de chute et non plus un tremplin. Ayant été mal aimée, elle ne savait pas l'amour. Epuisée, souvent malade, sa santé toujours cahotante et fragile, elle supportait avec crainte l'arrivée de quelque maladie possible. Le cancer pointait-il à l'horizon? Cette bosse qui venait, disparaissait. Cette faiblesse continuelle. Ces maux de tête constants, de ventre. Elle s'était fait attacher les trompes de Fallope d'une façon définitive, disait le médecin. Sans retour. Le monsieur croyait que c'était là une des causes premières de tous ses maux et qu'elle aurait dû...

— Pourquoi avoir d'autres enfants si je n'ai pas réussi à garder, à aimer les miens, pensait avec justesse la femme? Pourquoi aimer, m'engager à aimer si je n'ai pas reçu d'amour, du moins, selon ma part, selon mon besoin? A un moment propice?

— Vous n'avez pas oublié quelque chose?

— Quoi? dit-elle, surprise.

— Ceci ne me regarde pas particulièrement, mais ne vous a-t-on pas donné une note pour votre devoir sur Siddharta?

— Ah oui, j'avais oublié! C'est une note plus basse que ma moyenne. Parce que j'ai remis le travail en retard. Je n'en suis pas certaine.

— Combien?

— Devinez?

— Il risqua un chiffre, 82%?

— Non, 86%! s'écria-t-elle en tournant sur place. Elle se mit à chanter. *Il est né le divin Enfant, jouez hautbois...*

— C'est bon, c'est extraordinaire!

Ils se mirent à danser autour de la pièce. Elle, ravie comme libellule au soleil; lui, heureux, étonné d'une telle performance. Lui, qui dans toutes ses études classiques et universitaires avait rarement atteint une note de 80%. Parfois, tout de même.

— Mais, vous ignorez ma note finale pour le dernier trimestre?

— Je n'ose plus y penser.

— Essayez! Osez, osez! reprit-elle, avec l'air d'une reine.

— Disons 90%, 91%.

— Vous l'avez presque. Elle lui montra le papier sur lequel s'inscrivait en chiffres majuscules la note de 96%.

— C'est renversant, incroyable. Mais, vous faites exprès!

— *Il est né le divin Enfant...* ainsi continua-t-elle seule en valsant et tenant la feuille en main.

Plus loin:

— On fête ça!

— Oui, cela s'impose. C'est un jour de victoire.

Solennel, il ajouta:

— Aujourd'hui vous venez de vous détacher des hommes, de vous rapprocher des demi-dieux. La civilisation maintenant s'avance en vous. Telle, la muse Clio, couronnée de lauriers s'élance avec ses sœurs et vous accorde, en cette année d'études, de labeurs et de grande réussite, la Renommée.

Elle exultait. Sachant bien au fond que l'amour fait commettre parfois de petits mensonges joyeux. Elle mit la table. Ils firent venir des mets chinois. Vingt minutes plus tard, la porte s'ouvrit et la chandelle vacilla. Philémon sauta sur le divan et se coucha avec confiance sur le gilet et le foulard du vieux monsieur. Les lampes du logis allumées de toutes parts faisaient renaître les couleurs de la salle à dîner. Une fête! Elle but, cette fois, du vin avec lui. De quoi allait-il parler? Ce n'était pas le moment de faire des diagnostics. Leur conversation habituelle, après quelques minutes de mots appâts, c'est-à-dire de banalités normales, de mots d'approche, glissait toujours vers des sujets à contenus sérieux. La discussion se cherchait jusqu'à ce qu'un des partenaires morde à l'hameçon, accroche l'intérêt de l'autre. Rien n'était ciblé. Dans cet échange, il n'y avait ni vainqueur ni vaincu. Rien à gagner. La femme débutait le plus souvent la conversation. Ils s'étaient dits qu'il fallait être honnête. Etre soi-même. La franchise était au centre. Le souper invitait à la détente, à l'insignifiance des mots, des gestes. Le bruit du silence. Le bonheur se contentait en ce moment de déguster. N'était-il pas, ce bonheur, un état de conscience pleinement satisfait? C'est ce qu'il venait d'entendre à la radio. Etait-il d'accord avec cette assertion lapidaire? Non. Oui, en un sens; non, dans un autre. Mais, davantage oui que non. Pour le moment. Ils ne bougèrent point. Ils recevaient ce bonheur des yeux, des gestes, le regard parfois de côté pour éviter les yeux de l'autre qui s'appuyait sur l'épaule comme une main bienfaisante. Un bonheur raisonnable, écrit Yves Beauchemin dans son dernier roman. L'amour était en ces minutes pensives plus grand que la terre et la vie plus forte que la mort. Dans la pensée du monsieur se lisaient ces phrases qui s'inspiraient du *Cantique des cantiques*:

Je vous en conjure,

filles de Jérusalem,
par les gazelles, par les biches des champs,
n'éveille pas, ne réveillez pas mon amour,
avant l'heure de son bon plaisir.

Le son de l'horloge fit sursauter les deux rêveurs à la lune. Déjà huit heures. Ils se regardèrent subitement. Leurs rêveries se confondaient avec la nuée des cigarettes. Ils décidèrent de finir la bouteille. En passant par la cuisine, elle fit roucouler la chantepleure qui répandait, par son jet d'eau abondant, la richesse des rivières. Il se dégageait aussi un certain bonheur qui coulait dans l'oreille comme un vin qui chute lentement dans un verre. Quand elle revint, elle s'assit nettement à cheval devant lui, sur ses genoux, et entoura, en comprimant la bouche de l'invité, cette fenêtre à baisers. Il la retint longuement entre ses bras et ses mains essayaient de ramener ce corps fluet et frileux près du sien. Il murmura à son oreille cette phrase que toute femme aime entendre dans le secret de la nuit: Je vous aime. Elle rejoignit l'autre oreille et répondit avec douceur: Moi aussi, je vous aime.

La neige glissait le long des fenêtres. Une rémission du froid en ce dur mois de février préparait, avec galanterie, la saint Valentin. Personne ne sait trop pourquoi la date de la mort de ce prêtre de Rome qui mourut martyr vers l'an 161, devint, depuis le XVe siècle, la fête des amoureux. Elle ouvrit le téléviseur. Le film déjà commencé montrait à ce moment-là, un homme nu, frustre mais amoureux, invitant une femme muette, vêtue d'une façon sévère, à venir le rejoindre sur sa couche. C'était *La leçon de piano*. Et ce piano au fond de la mer qui prêta sa propre voix à cette femme malheureuse. Et ce doigt en fer qui claquait sur les notes. Très beau film. Mauvais pays que cette Nouvelle-Zélande des années 1850.

Avant de partir, il était tard, elle lui dit en tendant une lettre: J'ai un petit cadeau pour vous.

— Ah! qu'est-ce que c'est?

— Deux lettres que j'avais écrites pour vous il y a un an et demi et que j'avais oublié de vous donner. Enfin j'attendais pour vous les remettre. Avez-vous le temps de les lire? Préférez-vous...

— Non, hésitant un peu.

Plus loin:

— C'est un contrat de mariage ou (en pâlissant un peu) une lettre de révocation?

— Lisez, vous verrez.

Il prit la lettre, s'approcha de la lampe et lut. Il avait à peine jeté les yeux sur les premières lignes qu'elle l'interrompit en disant un peu rougissante:

— Ne regardez pas les fautes.

Il haussa les épaules. Il lui dit qu'il était habitué, que l'enseignement se posait comme le lieu privilégié pour commettre des fautes: fautes de conduite, fautes de grammaire, etc. Il souligna la peine qu'il éprouvait quand les copies, après avoir été délestées des manquements à la grammaire, à la langue française en général, copies qui ressemblaient à des fausses couches, étaient jetées sans même un seul regard dans la poubelle. Le nombre d'heures passées sur des centaines de feuilles. Il fallait beaucoup de vertu. Il comprenait fort bien, cependant, au-dessus de ce labeur presque héroïque et hebdomadaire, qu'une fausse couche ne pouvait aller ailleurs que dans la bassine scolaire.

— Mais, ce n'est pas votre cas, je crois. Le peu que j'ai lu m'a récompensé.

— L'important à savoir ici, dit-elle, ce n'est pas tant les injures à la grammaire, à la langue, c'est plutôt de se rappeler la date des deux lettres (presque deux ans) et le moment de son écriture. Autre temps, autres mœurs, dit-on.

— Oui, je comprends.

Plus loin:

— C'est un document dans les archives amoureuses. Il reprit la lecture des deux lettres avec curiosité.

Montréal, le 12 octobre 1992

Bonjour cher ami,

Là, assis au creux de mon ventre, chaudement recroquevillé, détendu et confiant, dort Philémon. Pour calmer quelques soubresauts, je le caresse et voilà que le petit moteur repart. Et ses pattes veloutées frôlent le menton.

Je crois que nous nous aimons bien. Qui reçoit, qui donne l'affection, je ne saurai le dire. Il vient à moi, je vais à lui. Curieusement, la méthode est similaire. On se cherche. Lui, caché sous mon lit, tout au fond, je le regarde et il me regarde. Je tends doucement la main gauche vers lui pianotant légèrement sur le plancher en disant: Viens voir Karène, Philémon! S'il le veut, il vient; sinon, je repars et le laisse se reposer tranquille. Assise occupée à quelque activité, il vient s'asseoir à mes pieds, me regarde et attend là doucement que je sente sa présence. Puis, si je suis trop lente à m'occuper de lui, il lance un léger miaulement comme une plainte, une demande. Ensuite, il se laisse cajoler.

Chaque fois que je le prends ou que je le vois gambader, je pense à vous. Vous me faites penser à un chêne. Ce chat, j'aimerais le garder très longtemps. De plus, je me suis créée des attentes vis-à-vis lui. Je crois qu'il est fort possible qu'il soit un des seuls mâles ou êtres vivants avec lequel je puisse cohabiter. C'est comme cela que ce chat a reçu ce nom de Philémon.

Gwenn, merci pour ce chat, j'en suis très heureuse, je l'aime et je n'en ai pas peur. Il est incroyable et affectueux, doux et présent, calme et enjoué... il aime aussi quelques-unes de mes plantes!

Passons à autre chose...

... j'ai peur de vous perdre...

Bien que je sache que cette crainte ne soit pas récente, l'événement suivant n'en serait-il pas un nouvel attiseur?

Lors de la pause-café à une rencontre sociale et culturelle, au moment de reprendre les lectures, un homme dont je pourrais retracer le nom si vous le désireriez, m'a demandé mon adresse qu'il a inscrite sur une carte. Je lui ai demandé la raison de sa demande. Il répondit: Je désirerais vous envoyer une invitation pour mon exposition de peinture. Sachant qu'il ne pourrait retracer mon numéro de téléphone et curieuse de voir le genre de peinture de ce nouveau peintre pour moi, je lui ai donné toutes les informations. Serait-ce ce geste qui aurait réveillé votre crainte?

... j'ai peur de vous perdre...

Malgré que vous sembliez croire qu'il vous serait impossible de rencontrer une autre personne, moi je crois la chose tout à fait possible et normale. Nous en sommes donc au même point tous les deux. En plus, il y a les accidents, la maladie, la mort... Nous sommes, je crois, égaux devant toutes ces possibilités. Etes-vous fort en maths! Calculez-en les probabilités. Par contre, n'oubliez pas ces facteurs: vous êtes peut-être plus âgé que moi, mais il y a moins d'hommes pour une femme qu'il y a de femmes pour un homme! Et puis, et puis et puis...

... j'ai peur de vous perdre...

Je vous ai accueilli, vous êtes entré dans mon cœur doucement, vous ne pourrez jamais plus en ressortir. Que vous partiez d'une façon ou d'une autre, le lien est créé, il y sera pour l'éternité. C'est le cercle de l'Amour, on n'y peut rien, absolument rien. C'est ainsi pour chaque personne, même celles qui ne peuvent le voir ou le reconnaître. C'est une sorte d'énergie, de mémoire des cellules, l'empreinte est prise d'une façon ineffaçable, indélébile.

J'aimerais ajouter ceci: la seule personne à qui j'appartienne, est premièrement Dieu et deuxièmement, moi. Je regrette pour les autres personnes, j'en suis incapable.

... j'ai peur de vous perdre...

Gwenn, je comprends ce que vous ressentez et je vous remercie de m'en faire part. Vous rappelez-vous que j'ai pris un temps de recul suite à votre proposition de vivre une amitié-amoureuse? Lorsque je vous ai rappelé, je vous ai dit oui, que j'étais prête à m'engager. Je me suis engagée à apprendre à vous aimer... sans garantie de succès. Puis, j'ai toujours quitté par le passé. Je les ai mis dehors. Je vous ai également dit que je n'étais pas très douée pour l'Amour, que je n'étais plus très certaine d'y croire. Ce n'est pas en l'Amour que je ne crois pas, Gwenn, je doute plutôt de ma capacité à bien aimer.

Je veux toujours apprendre à vous aimer. Je n'ai pas l'intention et ne m'apprête pas non plus à choisir quelqu'un d'autre. Aussi, je vous ai dit que je vous le dirais. Si je me rapporte à mon vécu antérieur, pas une fois je n'y ai failli. Pas une fois, je n'ai pu commencer une nouvelle relation sans clore nettement avec la dernière. Il me serait difficile de ne point vous en parler. Nous devrions, et c'est normal, en discuter l'un et l'autre. Pour moi, c'est une question d'honnêteté, de franchise, de respect, de santé mentale, envers moi d'abord, puis envers mon partenaire, qui se trouve être vous, actuellement.

... j'ai peur de vous perdre...

Gwenn, je ne suis pas le genre de poisson que l'on attrape. Je me laisse attraper. C'est voulu jusqu'à un certain point. Par contre, j'aime ma liberté. Si l'on essaie de m'enfermer dans un bocal, j'étouffe. En plus, je ne sais pas très bien nager. Je ne meurs pas, je choisis de vivre, alors. Je pars.

Gwenn, je reste aussi longtemps que j'aime et que je peux faire croître positivement l'amour. Aussi longtemps que je peux apprendre à aimer une personne. Si je ne le peux pas, je quitte.

J'essaie d'aimer avec respect, en acceptant l'autre et nos différences. En restant honnête, franche et fidèle envers moi-même et envers l'autre. Cela, dans l'échange et la réciprocité. Ce n'est pas étonnant d'avoir si souvent raté le bateau, n'est-ce pas? C'est un programme *assez chargé. Au centre, c'est l'amour, oui, mais avec de la responsabilité.*

Gwenn, cette méthode n'est pas facile, c'est la seule pourtant que je connaisse et que j'aie pu construire à force d'années. Bref, j'ai souvent échoué. Est-ce parce que je ne me sens pas à la hauteur ou parce que je ne suis pas douée?

... j'ai peur de vous perdre...

N'auriez-vous pas plutôt envie de me perdre maintenant ou encore de m'égarer quelque part! Ha! Ha! Ha!

... j'ai peur de vous perdre...

Gwenn, je ne m'en vais pas, je suis là. La distance ne change rien, les autres non plus.

... j'ai peur de vous perdre...
... je vous aime...
... je n'ai plus peur de vous perdre...
... je vous aime toujours...

Je vous aime toujours aussi égoïstement,

Karène.

P.S. J'ai hâte de vous revoir.

Il tenta de lire la première page.

Il s'arrêta quelques moments, frotta ses lunettes avec l'auriculaire droit. Songeur, après un moment:

— A faire la comparaison avec aujourd'hui, on penserait que cette lettre sort des catacombes.

— Non, reprit-elle, mais de mon coffret à bijoux.

— Pourquoi ne pas me l'avoir confiée le lendemain?

— Je croyais vous faire de la peine. Il faut dire que nos chemins venaient à peine de se croiser.

— Il y a dans cette lettre beaucoup de franchise, d'énergie. Un vouloir énorme d'indépendance et aussi d'amour au-delà d'une possible incapacité d'amour. Si j'ai pu montrer quelque crainte vis-à-vis cette nouvelle connaissance, ce n'était pas par jalousie. Non. D'abord, je hais ce mot et, deuxièmement, il ne fait pas parti de mon vocabulaire, ni de ma nature. J'étais déjà attaché à vous et l'idylle était neuve. Il y avait peut-être une légère alarme. L'an dernier, vous aviez eu une

124

relation courte mais pressante avec un homme qui était prêt à vous sacrifier sa vie. Et j'étais là. Cette année même, encore hier, un autre homme ne manque pas de se souligner à vous par différents manèges. Et je suis là. Alors, l'amour chez moi est loin de ressembler à cet attachement vif et ombrageux qu'on appelle la jalousie. Ou encore, de ce dépit provoqué par la constatation des avantages ou des succès d'autrui. Non. Rien de tout cela. J'ai même encouragé cette relation. Peut-on avouer ici, de ma part, une certaine ouverture d'esprit, une générosité? Vous ne trouvez pas? Je me suis mis à l'épreuve.

Elle l'arrêta:

— Je sens que je vous ai fait de la peine, je m'en excuse, dit-elle, en lui caressant le bras.

— Bien non. C'est vrai que l'on dit que *l'amour sans la jalousie, n'est pas l'amour.* Moi, je veux tout à fait me détacher de cette misère de l'esprit, de cette mesquinerie. J'ai suffisamment de courbatures mentales, physiques et spirituelles, pour endosser ce péché capital qu'on nomme la jalousie. Si jalousie il y avait, ce que je n'admets toujours pas, ce n'était que zèle envers vous qui méritiez enfin d'être un peu heureuse. C'est ce à quoi je me suis appliqué depuis le début de notre rencontre. Cela sans fatuité. Sans penser, un instant, que je pouvais tenir en quelque sorte votre bonheur entre mes mains. N'avais-je pas moi-même mes propres misères?

— Vous cherchez à vous défendre? Vous êtes un peu irrité?

— Oui, un peu. Je pense à quelque autre chose. Enfin, passons. Il se fait tard. Je m'excuse. Je dois rentrer.

Le chat les regardait. Ses yeux qui, quelques minutes auparavant, se fermaient avec la douceur d'un édredon ouaté clignotaient droits et pointus. Savait-il quelque chose? Ils le regardaient en pensant que ce félin, entouré de soins et d'amour avait, comme tous les félins, derrière son silence une infinité de questions dans l'éternité de son regard.

— Minou! murmura-t-il, lui jetant un œil sourcilleux.

Ce chat surprotégé n'avait jamais entendu de discordes et, lorsque sa maîtresse faisait l'amour, il venait s'asseoir dans toutes ses rondeurs en face d'eux et voir s'écouler la fluidité des cœurs et l'émiettement du temps.

— Auriez-vous le temps de lire la deuxième lettre, lui dit-elle tendrement? Il se fait un peu tard, il est vrai, mais elle est très courte.

Il acquiesça gentiment.

L'indignation qu'il avait ressentie tantôt disparut comme un mauvais nuage. Il prit la lettre, se frotta les yeux et lut à haute voix: Bonjour, cher ami, et continua tout bas la lecture:

125

Montréal, 12 octobre 1992.

Bonjour, cher ami,

Hier c'était le 11, vous recevrez donc deux lettres datées du 12. Voyez comment se vit le temps! J'ai de la difficulté avec les dates, les mois, les années et parfois même avec le nom du jour. C'est bien normal puisque je ne suis pas toujours toute là où mon corps est. Ce n'est pas de la distraction, c'est autre chose et je n'en connais pas le nom.

En conclusion à:

... j'ai peur de vous perdre...

j'aimerais ajouter ceci:

Il est presque certain, Gwenn, que je partirai un jour, puisque je suis toujours partie antérieurement. Ce n'est pas que le comportement ne soit pas modifiable en soi, ce semble être autre chose, quelque chose de non-identifié. Avant, je n'ai jamais désiré partir, pourtant j'en suis venue à choisir de partir pour moi, pour la vie, pour l'amour, pour l'autre aussi.

Peu à peu j'en suis venue à croire que je n'étais qu'un être de transition et, avec le temps, j'ai commencé à penser que je n'étais vraiment pas douée pour l'amour, pour vivre à deux et peut-être même, tout simplement, pour aimer. Je reste malgré tout ouverte pour comprendre et pour apprendre à aimer et même à aimer tout simplement comme je suis et avec ce que je suis.

Par contre, Gwenn, la seule garantie que je puisse donner est celle que lorsque je suis partie, je me suis toujours expliquée. Et finalement, j'ai toujours fini par choisir de partir.

Que perdriez-vous?
Qui perdriez-vous?

Et si vous choississiez de partir maintenant Gwenn?
Que gagneriez-vous?
Qui gagneriez-vous?

... ce serait très raisonnable...

Bonjour Gwenn, je vous aime toujours aussi égoïstement,

avec affection,
Karène.

Il sourit faiblement. L'embrassa et partit avec la nuit.

La lumière des phares creusait des chemins, débusquait des haies, réveillait les arbres, surprenait la neige qui, au beau milieu de février, pleurait douce dans les failles de la rue. Les lettres revenaient à sa mémoire, s'enveloppaient d'une petite mort qui attristait son âme. L'homme d'un certain âge venait-il de comprendre que le cœur a ses raisons... qu'on ne peut rien contre l'âge, contre l'amour, contre la mort. Il pensait avec Spinoza que la vue de la mort rend la vie impossible.

Et pourtant, tout n'était pas que ruines, il y avait de l'espoir. Ces deux lettres dataient bien de deux ans environ. Karène, imagina-t-il, ne l'avait point encore abandonné. Elle était toujours là. Qu'y avait-il donc à se chagriner à ce point? Il se crut un moment presque heureux.

Il arrêta la voiture sur le bord de la route et regarda la Nuit. Au-dessus du faîte des arbres, les nuages entreprenaient une valse lente, formaient des cryptes profondes, aussi des baies de lumière jeune qui s'engloutissaient parfois dans quelques puits profonds de ténèbres. Le froid léger voulait délier les formes de la voûte céleste, dérider ce grand visage muet, figé comme pour une photo de nuit. Il y avait une clarté, ce soir-là, comme jamais. La neige reflétait la lune jaune qui à son tour se maquillait d'une crème de fond blanche. Les étoiles, avec leur capeline papillonnante de lumière, se mirent à danser dans le grand carré du ciel, firent des quadrilles, rejoignant aussi, dans leur visite, les quatre points cardinaux qui recevaient, dans le grand salut final, leurs célestes révérences.

Les limites de la nuit s'étendaient immenses telles les ailes d'un vautour sur un nid. Il sentit soudain que la nuit devenait plus noire, plus funeste. Il songea un moment à revenir vers la voiture, à se claustrer à l'intérieur. Il tendit encore son regard vers la portière où quelques minutes auparavant toute cette absence était habitée de hanches invitantes, de bouches ouvertes sur un sourire. De corps, de bras, de jambes à souvenances. Etait-ce l'image de Karène qu'il venait de quitter dans le désir et l'inquiétude? Comme la nuit rapproche l'être de soi-même. De sa conscience. Le voyageur nocturne s'était promis, après la lecture dissolvante des deux lettres, de lui écrire un poème. De lui jeter des mots câble au-dessus du vide, de lancer des aveux passerelles pour éviter la dérive. Pourtant qu'est-ce qui pouvait faire vaciller ce beau château d'amour d'à-présent aux tours poignantes, aux courtines victorieuses? Ce deux ans, par après, ne formaient-ils pas une allée des rois plantée d'arbres, de massifs et de verdure? Mais l'amour, pensa-t-il, est toujours périssable, en quête de changement, de visage comme si l'homme ne pouvait tenir entre ses mains qu'une mince étincelle de ce feu dévorant qui le torture depuis sa naissance, depuis des siècles... Il vit pour la dernière fois la lune se pencher au-dessus d'un nuage et reprit la route avec le sourire d'un initié, la joie d'un catéchumène. Oui, j'écrirai pour elle un poème, je lui dirai que... se disait-il dans son for intérieur.

Trois jours après, il revenait chez elle. Il tenait une feuille dans sa main gauche. Elle le reçut avec mille gestes heureux, lui demanda le contenu de ce mot qui se glissait déjà entre ses mains.

— C'est un poème, dit-il.

— Bon. Je peux le lire?

— Bien sûr. Il faut vous dire qu'il a été composé il y a une douzaine d'années, continua-t-il, en hésitant. J'ai reçu de la visite depuis deux jours, je n'ai pas pu... je m'excuse.

— Ça ne fait rien. D'ailleurs, je ne connais pas votre écriture. Je sais que vous écrivez, vous me l'avez dit, mais je n'ai jamais lu de vos livres.

— Je vous en donnerai la prochaine fois. Et puis, est-ce nécessaire?

— Non, j'y tiens, s'empressa-t-elle de lui dire. D'où vient ce petit complexe d'infériorité?

Il était quatre heures. Moment où le soleil visite une dernière fois les demeures, dépose sur chaque objet le secret de sa lumière. Elle prit la feuille et se mit à lire lentement.

AMATA ERIS

Pour tes longues mains de silence dévorées
de travail et d'absence
appuyées à mon bras comme la jetée
d'une nacelle cramponnée de patience

pour les tristes yeux que tu me donnes
le soir au fond luisant des désirs
prolongés dans ton regard et comme toujours
prêts à partir

pour les longs chemins arrachés de nos pas
vers des routes sans refrain
où les paroles de pain jetées aux oiseaux
creusent nos silences

pour tes gestes dessinés au bout des heures
de faim et maltraités
d'oublis de visages incertains
au fil des soirs de fouillis

pour les joies de lune blanche accrochées
aux doux virages de février
cueillis dans tes lits à baisers
aux neiges coupoles de tes hanches

pour toutes ces nuits déchirées, tous ces jours
à vivre
aux heures chaudes des sapins
aux ors veinés des rampes
ivres
dans le hameau perdu de nos vies
et sculpté à la main

mon amour

"à ma vie"

mon amour
je t'aime...

Elle resta pensive quelques instants. Reprit le poème, s'appuya sur certaines strophes. Son visage posait dans ses sourcils une interrogation calme, méditative. Il y avait en arrière de ce poème une certaine souffrance et beaucoup d'amour. Le titre même du poème l'inquiétait un peu. Il lui expliqua qu'il signifiait un moment fort de l'amour sans qu'il évoquât une rupture dans le temps. Une sorte de cessation. *Amata eris* voulait dire, dans une traduction grammaticale: *tu auras été aimée.* Donc, un long périple amoureux maintenu par les mains du silence, les tristes yeux, les longs chemins, les gestes dessinés, les joies de lune, les nuits déchirées. Oui, tout cela. Tout cela. Appuyé par une devise bretonne qui venait consolider le sens d'une existence, du moins, une de ses portées essentielles: *A ma vie.*

Elle avait toujours ce regard soucieux sous les paupières. Ne venait-elle pas d'apprendre à travers ce poème toute l'histoire d'amour du monde et aussi de la fidélité. Malgré tout.

— Vous l'avez vraiment aimé cette femme, dit-elle, en s'arrachant à elle-même.

— Oui, répondit-il, en retenant son émotion.

Plus loin, avec cet air qu'elle lui connaissait parfois et sa voix basse:

— Je l'aime toujours...

II

Depuis un certain temps, il était là: dans une chambre d'hôpital. Il ne le savait pas. Ses yeux étaient encore fermés. On venait parfois. On le regardait dans l'entrebâillement de la porte. La lumière de la chambre changeait. Il ne le savait pas. Le jour, la nuit passait. Il ne le savait pas. Tout lui échappait. Il s'échappait à lui-même.

Dehors, le printemps faisait déjà de petites siestes. Quelques ruades de neige. Encore quelques rafales gloutonnes. Des cris d'oiseaux. Un soleil fort. Des sursauts de lumière sur le lit et sur le visage. Des bruits sourds qui s'arrêtaient comme à une sortie de messe. La soif des champs devant l'écuelle prochaine de l'été. Et là-bas, le fleuve soulevait avec lenteur son suaire de glace, le sépulcre de l'hiver.

Il ne le savait pas. Son voisin de chambre ne gémissait plus. Ici et là, quelques pleurs sourds. Un glissement de civière. La mort était passée. Elle avait signé. Quand le monsieur d'un certain âge se réveilla, c'était en pleine nuit. Il pouvait à peine bouger. Deux jeunes infirmières l'enduisaient de ce qu'il aurait appelé de la farine. Elles étaient rendues au sexe qu'elle soulevèrent avec précaution et se mirent à enfariner le reste, se donnant en riant, des coups de coude. Cela le réveilla complètement. Il sentit en lui une espèce de colère venant de la réprobation. De sa voix faible, il leur servit avec véhémence de vifs reproches. Sans trop comprendre par après l'objet de son discours. Pudeur naturelle, vieux fond de religion ou droit au respect des individus? Elles se mirent à rougir et partirent aussitôt. Il se recoucha épuisé.

Quelques jours après il se retrouva seul dans une chambre aux murs blancs comme de la cire. Pas une image. Pas un crucifix. Il chercha un calendrier... aucune date. Qu'est-il arrivé? Comment? Un médecin s'approcha. C'était une femme, on le suppose, agréable, au ton dur, autoritaire. Elle était en charge du service et avait pris l'attitude d'un homme. Elle lui dit qu'on changeait sa consigne médicale et qu'il serait transféré dans une autre chambre. En disant cela, elle lui prit le bras et lui donna une injection. Le faisant d'une façon imperturbable, il lui dit fermement:

— Rappelez-vous, Madame la chef de service ce que disait Ivan Illich: *le malade ne doit pas devenir la chose de la médecine.*

Elle le regarda droit dans les yeux et partit en tournant les talons.

Il ajouta:

— Danke schön, Docktor Frau Muller!

Il tomba sur ses oreillers en tenant son coussin protecteur, nommé bébé.

Une semaine plus tard, à l'heure de visite, tandis qu'il dormait, quelqu'un entra à pas feutrés dans la chambre. Elle s'assit dans le fauteuil et attendit en silence son réveil. Il est incroyable de voir combien ce malade si malade reprenait sa vigueur. Il avait une force de récupération inimaginable. Toujours de bonne humeur et prêt à sauter, la mort ne semblait pas vouloir l'attraper de sitôt. Elle tenait, prête pour lui, la faulx sur son épaule et attendait. Destin ou malentendu? Il ignorait la mort. La mort l'ignorait. Il se disait depuis longtemps qu'il vivait chaque minute de sa vie dans la conscience de vivre, de faire quelque chose. Ne serait-ce que de penser à la vaginité de l'orchydée ou au rapport très étroit entre le mieux et le bien. Il vivait dans l'instant. Donc, il vivait à temps partiel, sachant que la vie offrait peut-être de longs moments de repos, de peine ou de plaisirs mais jamais de permanence. La meilleure façon pour lui de vivre était de se mettre dans la pensée, et même, de se convaincre que chaque soir, en se couchant, était la dernière nuit et que ses lourdes couvertures servaient de couvercle pour son tombeau. Quelques prières apprises dans son enfance pour apaiser les mânes et c'était fini. Chaque matin il se réveillait dans la surprise de la vie, dans la puissance d'un jour nouveau. Pressé par les projets à réaliser, le devoir à accomplir, il n'avait même pas le temps de remercier le ciel. Il se levait joyeux, grisé même d'être en vie, fou de s'atteler encore à l'équipage. Il ne pensait pas à la mort; la mort ne pensait plus à lui. Pourtant, elle lui avait souvent fait sentir sa présence. Le nombre de séjours à l'hôpital, sa jambe droite qui enflait comme un gros saucisson de Bologne, son cœur qui se nécrosait vers la pointe. Il souffrait quand la douleur était là. Absente, il redevenait un bon vivant. Fou et magnifique. Déjà, il pensait, entre deux pansements, à rejouer au tennis, à traverser la piscine sous l'eau, à regarder les femmes, à admirer l'écoulement du temps dans les branches ou à saisir la nécessité du non-être. Bref, il vivait dans une certaine absence du corps, dans une insouciance de la nécessité. Nécessité qui rend les visages bas, les joues creuses et la main pendante. Cela, tout en acceptant sa responsabilité de vivre et d'en faire même davantage pour les plus démunis.

Il ouvrit lentement les yeux. Il lui semblait qu'une voix retenue par la douceur prononçait son nom.

— Gwenn, Gwenn, je suis là!

Il aperçut dans l'ouverture de la porte une taille mince, féminine qui tenait une rose. Il se souleva de sa couche et, s'appuyant sur ses oreillers, ils s'embrassèrent dans l'odeur du chloroforme.

— Je m'excuse. Je n'ai pu vous souhaiter la bienvenue.

— Ça va bien?

— Oui. Oui. Et d'une voix toujours voilée: Je suis *désternumisé*.

Elle essayait de comprendre.

— Je veux dire qu'on m'a scié les côtes, qu'on a sorti mon cœur, qu'on l'a lancé dans les airs pour lui redonner vie et qu'on l'a replacé ensuite dans son cercueil.

— Vous parlez trop, coupa-t-elle, d'une voix triste. Reposez-vous.

Il s'étendit de tout son long avec un soupir languissant. Elle lui toucha la tête, les cheveux et les bras en lui caressant les mains.

Nous dépassons notre corps, songeait-elle en elle-même. On se regarde, on se nourrit l'un de l'autre et soudain, ce corps, objet de désirs, disparaît pour laisser voir un autre corps diaphane à travers lequel surgit notre douleur, notre masse intérieure de souffrance, notre air de pitié. Et c'est là, vraiment là que peut résider l'amour entre deux êtres. Il l'entendait marmonner. Il la regarda d'un œil et vit qu'elle s'approchait avec une tendresse infinie pour lui donner un baiser. Il se mit à verser quelques larmes en cachant son visage. Cri étouffé sous l'absence. Mourir de renaître. Seule la rose souriait dans l'embrasure de la fenêtre.

— Gwenn, dit-elle tout bas.

Il ne répondit pas. Ses yeux se fermèrent comme un évent. Sa bouche semblait vouloir dire: Je... m'ex...cuse. Elle le laissa et, après l'avoir bordé, s'assit sur le large fauteuil jaune safran.

Une robe blanche entra. L'infirmière venait vérifier le soluté. Figure mince, pâle avec un air doux, un peu crispé. Elle se voulait des gestes doux mais ne pouvait les appuyer. Elle était pressée. Le patient avait-il perdu sa miséricorde? Non. Lui pouvait à tout moment craquer; elle, s'effondrer à chaque instant. Elle était dans le système ambulatoire. Vivre ou mourir, mourir en vie... Seul le médecin pouvait grassement continuer à vivre, à s'égrener dans sa piscine, à s'assurer d'une pension scandaleuse comme celle des députés ou les retours au travail tout en percevant une pension, à recevoir considération, prestige et même à aller chercher son million dans sa spécialité aux Etats-Unis d'Amérique, alors qu'un pourcentage élevé de ménages moyens vivent avec l'écrasant salaire de vingt-cinq mille dollars par année. Privilèges. Abus. Manque d'égalité sociale, salariale et d'honorabilité.

En partant, l'infirmière se tourna vers la femme assise dans le fauteuil avec un air de compassion. Dans son visage semblait flotter maintenant une lueur d'espérance. Elle s'approcha de la visiteuse et lui dit tout-bas en lui tapotant la main:

— Il va s'en tirer. Il est très en forme, vous savez, pour son âge!

Elle, reste, s'esquive, se dissimule pour mieux affronter, faire face.

La porte s'ouvrit de nouveau. Trois nouvelles figures apparurent dans le cadre. Affligées, mais sereines. Le malade se sentit entouré: d'affection, de respect. Il leva les yeux et aperçut sa compagne presque en pleurs. Deux de ses fils, en se retenant, lâchaient des mots drôles, des mots pour faire rire comme pour se moquer de la mort, l'éloigner en se riant d'elle. Le malade riait à son tour et retrouvait ce bel esprit, ce bel optimisme qui caractérisait sa famille. Devant le bouquet de fleurs qui inondait la table, il se mit à dire avec ses grands yeux bleus presque imbéciles:

— C'est pour les funérailles!

Tous éclatèrent de rire, protestant avec une gêne dans la voix. Le patient riait de plus en plus, s'étouffa presque en cherchant son bébé qui était tombé par terre. Une infirmière, la même, entrouvrit la porte et dit avec beaucoup de gentillesse:

— Notre patient à l'air bien mais je pense, je m'en excuse, qu'il ne peut trop longtemps subir d'émotions. Il est encore fragile.

Elle accompagna la visite à la porte avec des marques d'attention presque maternelles pour cette belle petite famille. La dame à la fleur était disparue discrètement. La rose souriait encore. L'étoile du soir s'appuyait contre la fenêtre. La nuit descendait sur l'hôpital, sarcophage des vivants. Seuls, les postes de garde offraient leur lumière furieuse et bavarde. Le bâtiment restait muet, ensevelissant quelques contractions et les derniers soupirs.

Vers cinq heures, le malade, assis sur le bord du lit, absorbait son repas au milieu de quelques journaux installés de côté sur le lit. La porte s'ouvrit. Il vit apparaître le chirurgien qui l'avait opéré. L'œil pétillant, la main large et chaude, l'air surpris. Etonné de voir un monsieur de cet âge si enjoué, si en dehors de sa maladie, il se demanda en lui-même s'il n'existait pas une formule, un secret...

— Vous avez l'air bien. Ça fait à peine une semaine que vous êtes ici. On dirait que vous sortez d'une longue convalescence, disait-il en souriant.

— Oui, oui, ça va.

— J'espère, dit le médecin qui s'était assis dans le fauteuil, que vous allez arrêter de fumer?

— Oui, peut-être.

Plus loin:

— Enfin, je vais certainement diminuer.

Un peu à vif mais sans cesser d'être aimable, parce qu'il était naturellement bon vivant et agréable:

— Vous savez, reprit-il, j'aurais dû vous poser un *zipper* à ce que je vois, un fermoir éclair.

Le malade se mit à sourire, accompagné par le visage rougeot et franc du médecin qui lui tenait maintenant les deux mains. Il avait vu, lui, spécialiste de la chirurgie vasculaire, comment cet homme maintenant vivant et batifolant devant lui, était à peine sept jours plus tôt, presque en pièces détachées sur la table d'opération. Il avait sorti son cœur de sa cage, l'avait tenu dans ses mains et avait replacé les côtes, cousu ce corps et remis en branle la circulation.

— Je vais regarder ça un peu.

Il ouvrit la jaquette, examina les points de suture. Il s'arrêta ensuite à sa cuisse droite où une suture semblait tarder à guérir.

— Il faut voir à cela, immédiatement.

Il appela une infirmière et écrivit sur un carnet quelques indications. Il regarda à nouveau la plaie et le malade l'entendait parler:

— C'est pas très beau ça, c'est même vilain!

Reprenant son sourire, il fixa le vieux monsieur et s'apprêtait à dire...

— Docteur, j'ai un petit cadeau pour vous.

— Ah!

Il lui remit entre les mains quatre livres dont il était l'auteur.

— C'est peu de choses, poursuivit-il avec un sourire retenu. Au lieu de vous donner du chocolat, j'ai pensé que...

— C'est vous qui avez écrit tout ça?

— Oui, un peu timide.

Il examina les livres avec attention et le remercia en se levant du lit.

— Je vais lire ça.

— Ah, non! Ce n'est pas nécessaire, reprit le malade amusé. Bon! si un soir ou une nuit vous souffrez d'insomnie...

Le médecin partit à rire largement les bras levés en hochant la tête en guise de protestation.

— Bon, je dois partir. Je vous reverrai demain.

En se dirigeant vers la porte, il pensait en lui-même à ce petit monsieur (on lui avait raconté l'histoire) de la chambre 417 qui se rendait au bloc opératoire et avait sauté en courant sur la civière. Il avait chanté, avec les malades tristes l'accompagnant: *C'est le grand jour, bientôt l'ange mon frère....*

Les jours qui suivirent, reprenant du mieux, d'une façon même inquiétante, il retrouva ses amis, ceux à opérer, ceux déjà pourfendus, et se plut déjà à fumer une demi-cigarette avec des complices. De sa chambre, il avait observé une très belle tour se dégageant de l'hôpital. Une tour comme dans un château (chastel). Une tour large et ronde, flanquante, chapeautée d'un cône droit en creux, admirable. Une tour qu'on aurait pu la rapprocher, non pas de la tour d'ivoire ni de la tour Eiffel, mais de la tour du château du Verger en Anjou, du château de Josselin en Bretagne, mais moins large que celle de Pontivy dans le Morbihan. Un matin emporté par ce monument extérieur qu'il ne voyait qu'à travers la vitre de sa chambre, il décida d'aller voir à l'extérieur le profil orgueilleux de cette tour, sa prestance pierreuse. Il sortit de l'hôpital avec sa jupe fendue à l'arrière et une robe de chambre bleue. Peu de temps après, le service de sécurité de l'hôpital courait après lui, lui enjoignant de revenir et le menaçant même de l'encercler. Il décida d'aller voir le premier qui gueulait à tout fendre et lui dit très poliment:

— Monsieur, mais c'est la révolution française! Qu'avez-vous à courir après moi? Je ne viens que visiter la magnifique tour de votre hôpital, l'examiner, en supputer les dimensions.

— Vous ne devez pas sortir de l'hôpital. Vous êtes un malade et vous devez rester l'intérieur. C'est le règlement.

— Ne vous fâchez pas, général, je regarde et je rentre.

Cela avait causé un léger émoi dans l'hôpital. Quelques-uns se réjouissaient de cette audace, d'autres l'accusaient de folie. Toutefois, on avait trouvé cela formidable. On le surveillait. Après trois ou quatre jours d'accalmie, on le négligea. Une visite inattendue se produisit vers la fin de la journée: l'aumônier. Il arriva dans sa soutane longue, mince et noire. Un bout de ceinturon volait sur le côté. Il avait en main un livre. Peut-être le *Monita secreta Societatis Jesu* ou Instructions secrètes des jésuites. Ce fameux livre de la Compagnie qui se résume en deux maximes: *1re sacrifier tout, Dieu et les hommes, son âme et le ciel, au bien temporel de la Compagnie; 2e employer toutes sortes de moyens pour arriver à la domination universelle.* On a dit (1881) que c'était l'œuvre d'un faussaire... Il s'avança vers le lit à pas lents et fixa le futur pénitent dans les yeux comme pour creuser son âme.

Oui, oui, c'est bien un jésuite! Un cagot, un hypocrite, un astucieux. C'était bien ce que tout dictionnaire accole au mot jésuite. Et je n'invente rien, se disait le malade en lui-même. Je suis tombé dans un jésuitière.

— Mon fils, dit le père sur un ton doux et caverneux, Dieu a voulu vous éprouver dans son amour. Il me demande si vous ne voulez pas recevoir, dans ce moment difficile, le saint sacrement de la Pénitence.

Le vieux monsieur malade eut un sursaut. Il reprit ses esprits et fit, d'une manière courtoise, la même réponse que celle à l'abbé de la reine Marie-Antoinette montant à l'échafaud:

— Mais, je ne vous ai rien demandé!

La figure du bon père se fripa un instant. Le profès du Général venait de constater, sans doute, qu'un pioupiou apparemment catholique, dans un hôpital catholique de la très sainte province catholique, venait d'obtempérer à la grâce, de s'insurger contre l'imposition d'un sacrement, la magistrature cléricale, la liberté de conscience d'un pécheur et même, contre un manque de convivialité spirituelle. Le bon père tourna les talons et atteignait la porte à grands pas lorsque celle-ci s'ouvrit lentement et fit apparaître, radieuse, la femme au mitan de l'âge. Le fils d'Ignace de Loyola regarda la femme, aussi, le monsieur d'un certain âge et baissa la tête en s'éloignant.

— Qu'est-ce? demanda-t-elle, surprise.

— C'est la visite de l'aumônier. Un jésuite. Un autre Robert Bellarmin... Vous savez? Le consulteur du Saint-office, (environ 1590), l'examinateur des évêques. Enfin, un inquisiteur de Rome.

— Je ne comprends pas ce que vous voulez dire.

— Qu'importe...

Assis dans son lit, l'homme pensait à ses souvenirs, d'une lecture disant que *l'aveu des péchés à un prêtre, sous sa forme actuelle, n'est pas attesté dans le Nouveau Testament.* Aussi il préféra plutôt s'en remettre à Dieu pour ses péchés plutôt qu'à un intermédiaire. Il se rappela que le Saint-Siège avait éradiqué l'Ordre des Jésuites une quarantaine de fois et que le *Monita secreta* ne fut peut-être pas si faux. C'est une *Eglise dans l'Eglise.* Un Ordre sur le Monde comme *Big Brother* qui lorgne d'un œil, avec une sorte de pudeur hypocrite. Ainsi pour toutes les communautés féminines, masculines, ce clergé québécois qui...

— A quoi pensez-vous?

Il sortit de ses pensées en secouant la tête. Il s'excusa auprès d'elle de son absence. Il était visiblement secoué, il avait cru voir le *pape noir.* Torquemada en noir. Manière de clore cette conversation chargée de silence, de vide, il dit tout à coup:

— Vous connaissez le proverbe espagnol qui dit *ne confie pas ta femme à un moine ni ton argent à un jésuite*?

— Non, c'est nouveau pour moi. Mais intéressant.

Elle s'approcha de lui, essaya de le calmer et s'engagea à lui faire venir un peu de café. Il acquiesça avec joie, lui prenant les mains avec une lueur dans les yeux.

— Non, pas maintenant, l'infirmière peut entrer.

— D'accord.

Le soir venait à la fenêtre. La journée heureuse et chaude prolongeait ses *printaneries*. Un baume sur la peau après la cravache de l'hiver. Un printemps surprenant. Qui vire capot. Qui sourit. Qui toussote. Avant-hier, une sale grimace; aujourd'hui, un naïf sourire. Un hiver qui avait couché tout le monde, un printemps qui se levait tard.

L'infirmière vint le surlendemain lui annoncer une bonne nouvelle. Il attendait ce jour depuis une semaine. Elle lui donna de bons conseils et une pharmacie de pilules. Vous devez rester au lit encore une semaine. N'oubliez-pas vos médicaments. Ne forcez pas. Surtout, pas de cigarettes.

On vint le chercher. Le taxi ronronnait devant la porte. On prit très soin de lui. Dans son lit, il avait commencé à lire, à jeter quelques notes sur une tablette. On attendait son roman pour la fin de mai au plus tard. Un premier roman, une nouvelle manière d'écrire et l'effroyable difficulté de ne pas trop s'impliquer dans les personnages. Etait-ce possible? L'éditeur, un ami, lui avait dit de ne pas s'en faire, d'écrire selon son cœur. Lui qui, habituellement, s'était acharné sur des essais, des livres presque savants que peu de gens semblaient comprendre et qu'on acceptait avec une joie mêlée de politesse. Pourtant, son premier livre fut bel et bien un livre de poésie! Enfin...

Quinze jours plus tard, il revit chez elle la femme au mitan de l'âge. Elle arrivait de voir le médecin. Il n'arrêtait pas de lui dire qu'elle n'avait rien, que c'était psychosomatique. Un mot qui dit tout quand on ne sait quoi dire ou que faire. Ces maux de tête continuels, cette circulation sanguine, cette bosse qui se promenait, ce manque de sommeil, cette éternelle crainte du lendemain, cette pâleur du visage. Elle était, à tout prendre, malade et en bonne santé.

— On va siroter un café? Vous voulez?

— Je ne dis pas non. Ça va me distraire. Et vous, comment vont votre opération, votre cœur?

— Mais ma chère, très bien! D'abord, il faut vous dire que je ne suis pas malade et que je ne l'ai jamais été. En disant cela, il passait souvent une main sur son sternum, ses poumons, en se frottant comme pour remonter une horloge.

Ils prirent la voiture et s'arrêtèrent à un marché. La nature entière était dans ses couleurs équatoriales et jouait sur les fruits et légumes sa gamme chromatique. Il aimait aller à cet endroit. La foule peu nombreuse qui se prélassait autour d'un café, le cri soleil des oranges, la rumeur roulée des pommes de terre, le bruit feuilleté des pâtisseries, le chant vermeil des piments forts; cette décontraction des gens qui ne travaillent pas et attendent le prochain repas. Ils demandèrent un café. Elle eut le luxe de s'offrir des beignes au chocolat qu'elle mangea avec dévotion. Quand elle se leva de la table, elle sentit ses jambes crouler sous elle comme de la flanelle. Il eut juste le temps de la retenir dans sa chute. Il la déposa sur la chaise.

— Qu'arrive-t-il? Vous êtes malade?

— Non. Je ne sais pas ce que j'ai. Je ne peux pas tenir sur mes jambes.

— Bon. Passez votre bras gauche autour de mon cou. Je vais vous aider.

Elle chancelait de tous côtés. Un type qui tenait commerce à deux pas vint prêter main forte. A deux, ils la reconduisirent à la voiture. A la maison, elle se dévêtit, se coucha. Il passa ses mains le long de son corps, la frotta avec vigueur et pour finir l'embrassa. Cette friction étudiée la fit gémir quelque peu. Tout en traquant le mal pour l'extirper, il cherchait la cause de cette défaillance soudaine. C'est tout de même plus que psychosomatique, se disait-il, en la massant encore.

— Je suis plus vieille que vous. Je ne me sens plus les os, répétait-elle, en tournant la tête sur les oreillers.

Après lui avoir apporté des biscuits, du thé et tout ce qu'elle voulait, le chat y compris, le samaritain pensa à partir.

— Je communiquerai avec vous ce soir.

Plus tard dans la soirée il lui téléphona avec hésitation. Il ne voulait pas la déranger. Il appréhendait une mauvaise nouvelle. Elle répondit d'une voix assurée, remplie de rires. Surpris et heureux, il se demanda bien la cause de cette résurrection subite, de ce changement impromptu de la nature qui semblait relever du miracle. Elle, chutante cet après-midi; elle, exubérante ce soir. Il pourrait appeler cela le flou de la vie. Rien n'est fixe, on n'est jamais situé, on n'est même pas une branche mère ou charpentière. Dire que toute la vie l'homme cherche à se brancher de peur de perdre ou de s'éloigner de ses racines! Nous sommes tous des boutures dans un géantesque jardin, une sorte d'asperge dans une grande assiette.

Le mardi suivant, c'est-à-dire deux jours après, il se rendit chez elle. Il la trouva dans la cuisine au milieu de ses livres et de ses exercices de mathématiques. Le front brûlant, les yeux anxieux, elle préparait un examen. Le chat pontifiait comme le père-maître dans une salle d'études. Il n'était pas sur la table comme l'aurait voulu l'homme d'un certain âge qui, lui, acceptait de voir ce jeune bouddha-chat s'étirer entre les feuilles couvertures et les dictionnaires oreillers, à défaire ce que le maître était en train de fabriquer. Ce soir, un examen s'annonçait. Il comprit vite la situation. Il était de trop. En mathématiques, il n'avait jamais rien compris. De plus, elle s'était toujours débrouillée seule; elle voulait ne rien devoir à personne.

— Non, restez, dit-elle, j'ai presque fini mes devoirs.

Plus loin:

— Vous soupez avec moi?

— Non, continua-t-il hésitant, je dois partir. Mais, je peux aller vous reconduire au Collège si vous le voulez.

— Alors, prenez une bouchée... Je dois rencontrer le professeur avant le cours, il y a quelque chose, un mot que je ne comprends pas dans les logarithmes, c'est le mot paradigme.

— C'est simple. Un paradigme, c'est un exemple. Un modèle comme le mot type dans une conjugaison. Un ensemble des termes qui peuvent figurer en un point de la chaîne parlée, selon la linguistique, si je me rappelle. En philosophie, ce serait, chez Platon, le Mondes des idées et du pur intelligible, le prototype divin du...

— Ah non! Vous êtes en train de tout bousiller! En reprenant enjouée: Ah! je vous dis, je vous dis, ces philosophes.

— D'une autre façon, un paradigme, c'est une manière particulière d'expliquer un phénomène. Dans les logarithmes, par exemple, les exposants exprimant la puissance à laquelle il faut élever un nombre constant sont, en quelque sorte, des paradigmes.

— J'avais compris, avec cet air moqueur sur le coin.

Après un souper léger, style *fast food*, ils prirent la voiture et se dirigèrent vers le Collège. Lieu, pour elle, de toutes les extases, où son âme reprenait sa fraîcheur enfantine, sa ferveur d'antan, ses rêves d'autrefois: entreprendre des études, comprendre enfin ce qu'elle n'avait qu'appris. Chemin faisant, il reconnut sur le trottoir la péripatéticienne de l'autre jour qui faisait l'acte charitable (peut-être lucratif) de soulager les hommes. Il lui envoya la main, manière de dire *Bonne chance!* Elle baissa les yeux et ne répondit pas. L'automobile s'arrêta dans la cour arrière du Collège où un flot d'étudiants de tous âges, surtout des jeunes, envahissaient la lumière jaune des corridors. Elle le remercia, vola un baiser et se fondit inquiète mais heureuse dans la cohue. Foulée par des grappes d'humains qui voulaient devancer l'heure, il lui vint à l'esprit cette idée de fidélité. Elle avait vu, en voiture, le geste de son compagnon à l'attention de la jeune *respectueuse*. Un doute lui vint, elle le chassa aussitôt.

La saison s'ouvrait depuis une quinzaine de jours sur le deuil, le penchement pleurnicheur des nuages, la tristesse des ciels, la morosité de la campagne; sur le lent dévidement de la fin de l'hiver qui persistait en place comme un long navire brisé qui écoule peu à peu une cargaison maussade. Le fleuve ce matin a mordu ses givres, chassé ses gerçures, guillotiné ses stalagmites. Il coule au loin, lentement comme une main fluide. Le soleil avait déjà, en chemin, ramolli le visage de la plaine. Il avait décapuchonné la plupart des arbres enchâlés jusqu'à la tête. Aussi, le profil des vieilles maisons dont le toit penchait jusqu'à terre et détroussé les vieilles lucarnes qui retenaient encore la magie des Fêtes, la féerie des cloches du Jeudi saint.

Le paysage tout entier bougeait chaque matin. L'homme d'un certain âge, par les fenêtres de la cuisine, du salon et des chambres suivait les progrès de la sculpture et entendait sous les sapinages le pouls lent et certain du printemps. Un frisson se dégageait des êtres qui manifestaient, sous leurs yeux longtemps fermés par l'éclat des neiges, une petite impatience entretenue. Le printemps était arrivé, mais l'hiver somnolait encore dans ses bras mouillés.

Il vint au début d'un après-midi. Elle résolvait encore des problèmes de mathématiques. Ce qui l'agaçait n'était pas qu'elle étudiât (il avait été une part indéniable dans sa décision du retour aux études) mais le nombre incroyable d'heures consacrées à ses études, sa perte d'énergie et sa fébrilité presque maladive à préparer ses examens. Il voyait là une manière de revanche, disons, de réponse à son passé, à sa famille qui la destinait au poste jugé optimal de secrétaire. Elle qui possédait en soi une intelligence supérieure et cultivait, à juste titre, l'ambition légitime d'études universitaires et de haut travail en techniques chirurgicales. Elle réussissait à merveille. Elle se tenait aisément entre quatre-vingt-treize et cent pour cent. Quand les moyennes de groupe affichaient avec une certaine fierté (groupes d'adultes) soixante-dix pour cent. Mais, quel travail! Quels efforts! C'était, il est vrai, des études à la carte, un programme menu. Qu'aurait-elle fait, c'est la question que se posait intérieurement l'homme d'un certain âge? Elle, également, pour comptabiliser ses crédits et ses semaines travaille de dix-huit à vingt-cinq heures semaine? Il y avait là, sous-jacent, un certain problème. Il aurait fallu qu'elle renonce à l'idée de perfection, d'absolu qu'elle avait acquise de sa mère, de ses parents, (des parents, de tout le monde à cette époque), qu'elle arrive à bien saisir la différence entre le mieux et le bien, que la perfection n'est pas de ce monde et qu'elle consente à apprendre au lieu de vouloir tout comprendre. Sans doute, est-ce très important, d'avoir à témoigner devant sa mère mais tout comprendre est impossible. Tout apprendre également. Alors que faire? C'est une punition terrible, pour un être, le moindrement intelligent, de savoir qu'il ne peut tout apprendre, tout comprendre et même, qu'il n'a pas appris grand-chose dans la vie et qu'il n'a rien compris. Y avait-il ici, chez elle, de l'orgueil, une volonté de revalorisation ou de la naïveté? Cette idée d'être la première de classe... Il avait déjà lu un livre là-dessus: *Pitié pour les premiers de classe*. Voilà ce que se demandait l'homme d'un certain âge en arrivant chez elle, dans les prémisses du printemps. Il l'embrassa, l'attira vers lui, frotta son dos, ses reins et sa nuque. Il l'a trouva belle d'intelligence, d'idéal et aussi de corps. Ce corps négligé pour les ouvrages de l'esprit. Cet amour qui, à leur insu, peut-être, s'étiolait. Usure. Distraction. Qui sait? Une fleur qui meurt penchée au-dessus du vase.

— Je vais aller vous reconduire au Collège, dit-il, de façon soudaine, en sortant de sa rêverie.

— Je vous sers quelque chose?

— Oui, si vous le voulez. Un tout petit souper. L'autre jour c'était bien.

— Mon examen final est dans un mois. Je crois que je vais avoir une bonne note.

— J'en suis certain.

La météo comme d'habitude s'était fourvoyée. Elle avait annoncé des jours fastes de soleil. Hier encore, les outardes avaient laissé leur cri au-dessus des cheminées, les chats s'étiraient sous les porches, les gens hantaient la joie des rues. Ce matin une langueur traînait sous les larmiers, le paysage pleurait comme les érables dans les chaudières creusées des chemins. Et même le soir, un orage insoupçonné vint incendier le ciel, engloutir le fleuve d'eau, résonner de tonnerres jusque dans l'arrière-ban de la forêt. L'homme, un moment, songea au-dessus des toits, aux vers de son enfance, au poète amoureux d'Elvire:

Roulez dans vos sentiers de flamme,
Astres, rois de l'immensité!
Insultez, écrasez mon âme
Par votre presque éternité!
Et vous, comètes vagabondes,
Du divin océan des mondes
Débordement prodigieux,
Sortez des limites tracées,

Et révélez d'autres pensées
De celui qui pensa les cieux!

— Mais, où étiez-vous passé, avec une voix mi-inquiète?

— Nulle part...

— J'aurais une petite question à vous poser, si vous me le permettez, évidemment.

— Laquelle? Est-ce urgent?

— Non. Seulement, je veux savoir...

— Un interrogatoire, dit-il, en souriant.

— Non, une mise au point, reprit-elle avec un air contrarié.

— Vous êtes fâchée?

— Du tout. Il s'est glissé chez moi une petite préoccupation. Oh!, toute petite.

— Je ne comprends pas.

— Je ne suis pas jalouse. Il s'agit de la petite, il y a deux jours, à qui vous avez envoyé la main. Vous savez, la fille de rue, vous vous rappelez?

— Ah oui! Je me rappelle. Alors, c'est quoi?

— Un soupçon, peut-être, risqua-t-elle en évitant de le regarder.

— Mais, c'est ridicule! Puis la question? reprit-il en prenant place sur le divan.

— Je vais être franche avec vous. Avec une respiration plus nerveuse, elle dit un peu gênée mais décidée: Y a-t-il quelqu'un d'autre dans votre vie? A part évidemment...

— Non, je vous assure, non.

— Je tiens à le savoir. Vous comprenez? Ce n'est pas une question de jalousie, c'est une question de savoir plutôt... Aussi, de nos jours il ne faut pas oublier le fameux problème de la maladie, du sida.

— Oui, je comprends. Je saisis tout cela. La petite dont vous parlez, c'est un accident. D'ailleurs, je vous ai raconté. C'est moi là-dedans qui risque d'être ridicule. La plupart des hommes en auraient profité.

Après un instant de silence et voyant sur la figure de la femme une certaine accalmie, même une ouverture souriante, il reprit la parole:

— Vous vous souvenez, lorsque je vous ai connue, nous avions fait une espèce de pacte qui se ramenait à ceci: le premier d'entre nous qui aurait une aventure devrait immédiatement en avertir l'autre. C'est une question d'honnêteté. Pour moi, c'est naturel. Et puis, toute femme, le moindrement sensible, comprend d'instinct cette chose-là, je veux dire le changement de partenaire.

— Oui, en effet, poursuivit-elle en s'asseyant près de lui et en le serrant dans ses bras.

Ils se caressèrent un moment et entre deux baisers, il lui dit en remontant vers l'oreille:

— Vous savez, fit-il avec un air un peu dépité, je ne suis plus un jeune poulain.

— Oui, oui, mon beau jeune homme, vous êtes encore un jeune homme, un jeune poulain, rit-elle de plus en plus belle et en se frottant davantage.

Quelques minutes s'écoulèrent, puis ils se retrouvèrent nus au pied du divan. Ils célébraient une réconciliation. Le chat, non loin d'eux, dans sa pose habituelle de Sphinx, avait suivi la dernière Cène dans un ronronnement séraphique.

Une semaine s'était écoulée. Chacun vaquait à ses occupations. Lui, au roman à finir; elle, à son bénévolat. Quand ils se revirent, souffrante, elle se plaignit de maux de tête, de ses reins, de sa bosse qui, selon elle, se promenait de l'aisselle jusqu'à la base du sein. La parole se promenait vague entre les deux, sans sujet fixe.

— Nous avions parlé, si je me rappelle, il y a un an, un an et demi de la notion de fidélité.

Il sentit que la pensée de la femme au sujet de la péripatéticienne ne l'avait pas quittée. Elle pouvait même, non pas la tourmenter, mais l'inquiéter. L'homme, la nature, la grâce des fleurs, le printemps, la force des lunes, qui peut résister? Peut-on accorder à l'homme la vertu de fidélité? Trois choses peuvent faire obstacle: l'inclination, la raison, la religion. La vie entière cherche à se renouveler, à se multiplier. Voyez les animaux, les plantes, etc, ils n'ont qu'un but, remplir la nature de beauté et amener de nouveaux cadavres. Il y a, pensait l'homme d'un certain âge, le Destin universel et le destin particulier. Le premier promet au bout une chute énorme vers la fin de l'homme et de la civilisation; le second, l'illusion de choisir sa liberté, de dé-cider. Quand on est promu, non pour le meilleur, mais pour le pire: la Mort, à tout prendre, n'est pas si tragique. Elle est même préférable, si l'on écoute les Stoïciens et qu'on atteint l'an 2000.

Ce qu'elle voulait, c'était un bonheur à soi, pour soi, ajusté à ses besoins, en fin de compte, un accomplissement avec et à travers l'autre. Un égoïsme acceptable qui pouvait se justifier et même donner sens à la vie. Dans cette vie.

Il fallait répondre à la question: qu'est-ce que la fidélité? Elle semblait déterminée cette fois. Elle voulait avoir, sur la question, une réponse définitive. Celle qui traverse les siècles, les cultures, les li-vres. Malgré une certaine sagesse, malgré ses études et ses quelques réflexions sur la vie, l'homme d'un certain âge pouvait-il donner une réponse définitive, coranique ou christianique. Il en doutait fort. Il ne pouvait produire que le résumé d'une civilisation actuelle, un moment de l'humanité. Une des faces de l'éternelle sagesse humaine. Il essaya de répondre avec mille réticences, tenta même de s'esquiver, sachant bien que les philosophes sont loin de détenir toute la vérité, toute la sagesse humaine. Et même, s'il pouvait apporter une certaine réponse et la dernière, en se tournant vers d'autres civilisations et celles premières, il ne pouvait que constater la contradiction flagrante, la déroute de l'affrontement. Cependant, il savait déjà une chose, du moins la prévoyait dans le *cursus* de la civilisation actuelle et de celle à venir: la fidélité se ramène davantage à l'individu qu'à l'institution. Il peut se glisser une sorte d'aberration dans le couple moderne, soumis à une obligation religieuse ou autre, qui s'obligerait, toute la vie durant, à rester fidèle. Ce serait la mort de l'amour. Le musellement de l'instinct de vie. La fin du romantisme, de l'élégance, de la courtoisie amoureuse. Alors, comme l'écrivait un auteur, il y a plusieurs années: *l'amour durable suppose le risque de l'infidélité. Et un amour qui n'accepte pas le risque de l'infidélité, un amour sans la liberté, ne peut pas être un amour durable.*

Elle le pressait de questions, voulant hâter une réponse.

— Je vous ai déjà, si vous vous souvenez, donné quelques éléments de réponse.

— Oui, je me rappelle.

Plus loin, les yeux tournés vers la fenêtre et fouillant sa mémoire:

— Vous disiez que la fidélité conjugale était un cas particulier, que... avec des formules savantes: *la fidélité n'était pas un fait rationnel ou un fait de conscience*, ah! je ne m'en rappelle plus. Il faut que je vous pose encore la question.

— Comment vous expliquer, reprit-il anxieux, la prise en main, la prise de conscience d'un individu vis-à-vis sa vie affective et sexuelle? Cela, au-delà de l'histoire, de la sociologie, de la psychologie, de la génétique, de l'économique et de la morale sexuelle. Et même, des rôles masculins et féminins.

— A continuer votre exposé, vous allez bientôt me dire qu'il n'y a ni homme ni femme fidèle, capable de continuité, de durée dans le mariage.

— Du tout. Je n'ai jamais avancé cela, chère amie. Votre question touche au cœur du problème. Elle est générale, mais intéressante et d'actualité.Pour bien situer le problème, essayons d'abord de dire sur la fidélité et l'infidélité. C'est là votre question?

— Oui, ajouta-t-elle satisfaite.

— Ne m'en voulez pas si j'arrive, à la fin de notre discussion, à une notion très libérée de la fidélité ou quelque peu restreinte de l'infidélité.

— Non, ne craignez pas. J'ai confiance en vous, mais moi aussi j'ai quelques idées là-dessus. Mon expérience personnelle au sujet du couple, de la famille, du divorce et même de l'infidélité, disons occasionnelle, me permet de croire qu'elle est plus large que la vôtre.

— J'en conviens.

— De plus, je viens de lire quelques lignes du moraliste japonais Haïbara qui disait, au XVIIIᵉ siècle (il n'y a pas si longtemps), que *la femme doit regarder son mari comme un Seigneur et qu'elle doit le servir avec toute l'adoration dont elle est capable. Le grand devoir de la femme, écrivait-il, est d'obéir. Ses relations avec son mari, son maintien et son langage doivent respirer la déférence, la docilité, l'humilité.* C'est choquant. C'est à vouloir tuer tous les hommes.

— Dans le christianisme, c'est la même chose. Lisez saint Paul, de même que les Pères de l'Eglise et vous verrez.

— Je continue. Ecoutez bien: *quand le mari donne des ordres la femme ne doit jamais désobéir. Elle doit considérer son mari comme le ciel lui-même. Jamais elle ne doit se lasser de songer comment elle pourrait le mieux lui être soumise, afin d'échapper au jugement de Dieu.*

— C'est aberrant.

En reprenant le livre ouvert sur la table comme un doigt qui accuse, une main qui frappe, elle lut au hasard quelques lignes d'un moraliste persan, auteur de *Téédid-el-Nisvan*. Elle lut: *il faut que la femme soit docile aux ordres de son mari sans demander ni comment, ni pourquoi et qu'elle se dise tant que j'aurai un souffle de vie, j'accepterai tout ce qui me viendra de toi, même les injustices.* Plus loin, reprenant son souffle, elle cita presque crispée une pensée chinoise: *Vous avez tort de mériter des réprimandes, vous avez un nouveau tort de ne savoir pas les supporter.* Quel sadisme! pensa-t-elle.

Pensif, il reprit la parole en lui disant qu'il n'était pas nécessaire de fouiller les siècles passés pour découvrir dans les esprits la servitude, l'infériorisation de la femme vis-à-vis l'homme. Tout le monde (enfin, dans les milieux plus scolarisés) sait cela, ne serait-ce que depuis l'avènement des mass médias. Cette forme de quasi soumission, d'esclavage existe encore de nos jours. Toujours, au nom de l'Eglise et de l'Etat. Si les gens prenaient en mains leur conscience comme ils prennent à bout de bras leur besace pour travailler, il n'y aurait plus d'Eglise. Il ne resterait qu'un Etat fantôme... Et peut-être fantoche. L'homme d'un certain âge avait lu et retenu la phrase écrite en grosses lettres, sur le pan d'une maison près du métro Sherbrooke à Montréal: *Vous êtes pas tannés de mourir bande de caves!*

Il se leva, essuyant ses yeux fatigués. Regarda distrait les voitures. Se versa un verre de limonade. Alluma un cigare. Demanda à faire une promenade.

Chemin faisant, lui marchait avec nonchalance, les pieds avançaient d'une façon mécanique. Elle, elle le retenait par la manche. Il buta contre un lampadaire et dit:

— Excusez-moi.

Elle se mit à rire d'un éclat à faire sourire les balcons et regardait l'ecchymose qui se violaçait sur le front. Se frottant, il se mit à rire à son tour. Quelques enfants s'étaient arrêtés, avaient vu la scène et se cachaient le bouche pour grimacer un rire. Il était ailleurs.

Le soleil liait les surfaces et les visages, descendait le long de la rue, s'attachait aux pas, effaçait les ombres pour enfin s'illuminer dans le regard d'une Vietnamienne qui, à son tour charmait les regards, dénouait les mains, formait des vœux, chuchotait des promesses. Elle se tenait là devant son dépanneur, dans la chaleur nouvelle du printemps. Elle aussi était au mitan de l'âge. Son port de tête, son maintien, dignes et graves rappelaient la figure méditative de Bouddha.

Ils décidèrent de rentrer à la maison. Elle avait respecté son silence. Le silence avait des mots qui circulaient dans l'effroi de dire. A quoi pensait-elle, se demanda-t-il alors? Il vit en arrivant à la porte que l'arbre préparait des frisettes pour les fiançailles de l'été. Il n'y avait rien à dire, sauf sentir dans ses veines la mort chaude du jour, la naissance ruminante du printemps.

En ouvrant le discours, sans avertir, il poursuivit la conversation déjà amorcée dans sa tête.

— Vous connaissez Gabriel Marcel, l'existentialiste chrétien, le philosophe de la fidélité?

— Non, avoua-t-elle. Pas vraiment. A vrai dire pas du tout.

— Ni moi, répliqua-t-il. Pour adoucir une certaine gêne. Bien que j'aie succombé ou presque, à rédiger une thèse sur lui à l'université. Justement sur la notion de fidélité.

— Que disait ce monsieur? Demanda-t-elle avec un air détaché.

— Ce monsieur comme vous dites (et, c'est drôle votre expression), appartient tout de même au monde moderne. Il écrivait encore en 1951. Eh bien! ce *quidam* comme vous seriez tenté de le nommer, a dit des choses intéressantes. Des choses qui dévoilent aujourd'hui tout leur sens. Il a fait voir la figure hideuse de l'Avoir sur le visage creux de l'Etre. Aussi, le problème de l'engagement de l'homme dans le monde, la rencontre de l'homme et de Dieu, etc...

Elle l'accompagnait des yeux. Curieuse et en même temps sceptique. Elle le croyait, mais elle se disait que tout ce qu'il avançait faisait toujours référence à, au discours de l'autre. Il comprenait mieux maintenant, chez elle, ce petit effarouchement intellectuel, ce repli sur soi lorsque quelqu'un aborde un sujet inconnu!

— Je saisis un peu ce que vous pensez de moi quand je discute. Vous devez vous dire que je vis d'emprunts, que je suis rarement moi et que je pratique constamment mes gammes intellectuelles.

— Non, pas exactement. C'est que, lorsque vous discutez, on croirait toujours que vous êtes en conférence ou dans une salle de cours. Vous cherchez à défendre votre opinion à coup de citations, de noms d'auteurs. Avec, cependant, un ton naturel comme du digéré.

— Oui, en effet. On appelle cela de la probité intellectuelle. Il y a tellement de piratage dans le monde et à tous les niveaux. Très peu de gens ont des opinions, des idées vraiment personnelles. Je crois avoir, sans prétention, quelques idées à moi. Même une certaine originalité qui m'a souvent nui. Elle sort lorsque je perds la mémoire pour me diriger vers le chemin de l'imagination. Là, il peut y avoir une possible authenticité.

— Une des belles créations chez l'homme, dit-on, est celle de l'Art. Là, l'artiste, le poète, l'écrivain, le concepteur, le philosophe, continua-t-elle, affiche sa valeur d'homme. Le reste n'est que répétition. Ou presque...

Devant la fenêtre du salon, ils regardèrent les lueurs vieillissantes de l'astre. Elles se faufilaient à travers les pores des maisons, elles susurraient entre les bourgeons. Elles gorgeaient de lumière le miel des fleurs énamourées. Le jour tombait sur la pente douce. Ils se tenaient la taille comme un lasso. Il y avait entre eux, au-dessus de l'infidélité (selon le langage du commun), une sorte de fidélité basée sur une prise de conscience, une recherche du besoin, un moment d'espérance. Se laissant un peu, il reprit son discours.

— Vous savez, ce Gabriel Marcel avait, pour son époque, un peu vers la fin de la guerre, des idées assez...

— Mais vous ne lâchez pas! Vous me faites penser à une araignée. Elle tend sa toile et attend. Vous avez une patience d'ange, une tête de... Je ne le dirai pas. Chez moi, tout sort, chez vous, tout rentre. Comment faites-vous pour ...

Sur un ton plus bas, il dit:

— J'espère que je n'ai pas une araignée dans le plafond, comme on dit habituellement?

D'un ton mesuré, le visage renfrogné par le doute et laissant percer une voix nasillée entre les dents, il ajouta:

— Bien...

Il se dressa d'un bond, prit la figure d'un vieux fauve et courut après elle dans toutes les pièces. Feignant de s'accrocher à chaque meuble, il glapissait:

— Ah! Ah! une araignée... une tête de... un ange... une tarentule...

Elle courait de tous côtés avec des cris aigus essayant d'échapper à ce minotaure improvisé, riant à gorge déployée. Elle fut rejointe dans la pièce où l'ordinateur gardait jalousement les premières pages du roman. Ils s'emmitouflèrent chacun dans les bras de l'autre et reposèrent sur leurs épaules tous les espoirs de la terre, tout l'amour du monde. Je vous aime, se disaient l'un et l'autre dans leurs cous offerts aux baisers, longuement médités.

Elle se ressaisit et, reprenant ce petit air souverain qu'elle affirmait quand elle commandait au royaume du cœur, elle dit:

— Vous restez quand même mon beau jeune homme. Puis continuant avec une voix proche de la plaisanterie: Il est vrai que parfois vous flottez. Votre discours ne ressemble pas à celui des autres et puis, on sent que vous vivez dans la lune, sur une autre planète. Il l'embrassa. Non, ce n'est pas ce que je voulais dire.

— Oui, c'est cela, dit-il souriant, mais continuez.

— Je voulais d'abord m'excuser d'avoir coupé votre discours. Elle ne pouvait s'empêcher de pouffer de rire, même en se retenant. Il l'enveloppa d'affection. Je ne sais pas ce que j'ai. Peut-être mon travail de bénévolat. Ah oui! Hier, savez-vous ce qui m'est arrivé?

— Non. Racontez, laissez faire le discours.

— Je prenais une meringue et un café au restaurant quand, levant les yeux du journal que j'avais dérobé sur une autre table, et je remarquai une femme qui insistait du regard depuis, je pense, un bon quart d'heure. Elle se mit à me sourire. Je lui ai rendu la politesse et lui ai fait signe de venir à ma table, ne serait-ce que pour causer, boire un autre café. Elle s'approcha avec douceur et s'assit près de moi. On a fait connaissance. A peine dix minutes, elle me tenait les mains, trouvait des occasions pour me toucher, m'embrasser. Elle était très gentille. Exubérante. Un peu plus jeune que moi, cheveux longs, très noirs et de beaux yeux. Je venais de saisir le manège.

— Vous l'avez imitée, j'espère?

— Non, hélas!

— Pourquoi hélas!

— Parce que je n'aime pas blesser les gens, leur faire de la peine. Et ce n'est pas dans mes habitudes. Ces gens-là souffrent comme tout le monde. Ils sont suffisamment maltraités comme ça, par leur entourage, la loi, la mentalité arriérée du monde. Je pense que vous l'auriez aimée.

— Si l'on revenait à notre discussion sur la fidélité? Après tout, c'est moi, trancha-t-elle, qui voulais obtenir une réponse. Elle ne pouvait s'empêcher d'esquisser un petit sourire. Ils se mirent à rire pour de bon, se bécotant entre les secousses.

— Vous êtes sérieuse?

— Oui, en se cachant la figure, en fermant les yeux pétillants de bonheur et de coquinerie.

— Alors, Gabriel Marcel, comme vous savez...

Là ce fut comme une explosion. Penchée, elle étouffait de rire. Quand elle reprenait sa respiration, elle le voyait encore, l'air sérieux, le doigt en l'air, crevant la bulle des essences. Il comprit vite qu'elle se moquait ou de lui ou de la philosophie.

— Je m'ex...

— C'est ça je m'ex... dit-il, en voulant garder son sérieux. Ce qui faisait encore plus drôle. Après plusieurs minutes, ils osèrent à peine se regarder.

— Je n'ai jamais tant ri de ma vie. Je dois être très fatiguée. Je m'ex...

— Ah! non, vous n'allez pas recommencer... De toutes façons il est tard, je dois partir. Si vous le voulez nous en reparlerons demain.

— Oui, gémit-elle tout bas en se comprimant de toutes ses forces. Il l'entoura et se mit à faire un gentil sourire.

Le soir plongeait sur la ville. Quelques gouttes de pluie berçaient les arbres. De petites dentelles dans les nuages autour d'une lune presque aveugle. Le printemps soupirait aux fenêtres. Les cafés étaient bondés malgré l'heure prochaine de la fermeture. Avant de rentrer chez lui, il lui vint l'idée de s'attarder dans un petit restaurant. On jasait ferme près de sa table. Deux couples de jeunes avec, au fond du regard, une impatience inquiète, dans les gestes et dans les échanges, un dynamisme à ébranler le roc de Gibraltar. Ils étaient beaux ces jeunes! Ils virent que le nouveau client lorgnait discrètement de leur côté, qu'il écoutait poliment leurs propos et partageait leurs rires. Un des jeunes hommes allait même lui poser une question:

— Monsieur, qu'est-ce qui est le plus important dans la vie: l'amour, le travail ou la constance?

Le monsieur d'un certain âge vit bien que la question était philosophique, mais mal posée. Question de paramètre. Il se mit à réfléchir vivement et se tournant vers eux, il dit posément:

— Le travail ne vaut pas l'amour, l'amour ne tient pas sans la constance. Le plus important des trois, c'est d'abord l'amour; le second, c'est l'amour; le dernier, c'est l'amour. Continuant et sans vouloir jouer au prophète: Selon moi, il faut accrocher sa vie à un Projet.

Avoir suffisamment de constance pour s'y tenir et beaucoup d'amour pour l'habiter. Enroulez le tout dans un jeu et votre vie vient de trouver un sens.

Ils se mirent à taper des mains, à jubiler comme des jeunes à la sortie d'un cours. Une fille du groupe, mignonne comme Blanche Neige, demanda timidement:

— C'est de qui ça!

Surpris, le monsieur d'un certain âge n'osait pas répondre. Enfin, dans l'hilarité générale et pour enfreindre les lois d'une fausse modestie, il dit tout bas et en rougissant:

— C'est de moi!

— Ouais! s'exclama le groupe en chœur.

Le garçon de café, ramassant la vaisselle signifia que c'était l'heure de la fermeture. Alors, tous se saluèrent et promirent de se revoir.

Revenant à pied, tout en vérifiant la formulation de ce qu'il venait d'affirmer, l'homme ne s'arrêta pas de penser combien une certaine jeunesse pouvait encore vibrer de cette joie de vivre. Combien il était possible d'exercer cet appétit d'apprendre, d'entretenir l'enthousiasme, aussi d'allumer des incendies au-dessus d'une terre de glace et de souffrances. Elle est belle encore cette jeunesse! se disait-il. Ils se sont peut-être moqués? Tant pis. Et puis: tant mieux!

Au bout de trois jours, il entendit au téléphone une voix angélique. C'est Gabriel Marcel qui appelle!

— Oui, vous désirez maître?

— Un petit entretien. Il devinait déjà ce demi sourire à la Joconde et reprit gentiment: Si vous me le permettez je finis ma phrase et j'arrive.

— Bien.

Une heure plus tard, il naviguait dans le jardin de ses bras.

— Je m'excuse, la dernière fois...

— N'en parlons plus, reprit-il, en souriant.

— Au contraire, il faut en parler. Non pas de la scène qui était drôle, mais de la question que je vous ai posée sérieusement au début. Le problème de la foi, de la fidélité, si vous le voulez, est hautement crucial aujourd'hui comme il était essentiel au début des civilisations modernes. Quand on dit les fidèles, c'est une religion, une politique, une attitude, un engagement. Fidèle au Parti québécois, au fédéralisme, au Temple solaire, etc. Elle poursuivit en disant: J'ai lu un peu depuis ce temps-là, et je trouve que la question n'arrête pas de se poser.

— C'est vrai. Si je me rappelle bien, il s'agissait de la chasteté conjugale pour les personnes non mariées, surtout de la fidélité conjugale pour les personnes unies dans le mariage.

— Oui, c'est cela.

— La fidélité, disons conjugale, n'est pas un vœu, un enchaînement sur la galère du mariage, une non-reprise éternelle. Je peux m'enchaîner à la fidélité par la fidélité dans l'état matrimonial, mais je ne peux renoncer d'abord à la fidélité à moi-même. Ensuite, ce lien par la fidélité doit trouver sa résolution par la libération de ma liberté.

— Mais! C'est grave ce que vous dites-là, constata-t-elle.

— Si la fidélité se ramène à une soumission, à un étouffement, à un devoir conjugal, à une obstination, à un enfermement ou à une habitude, on peut vraiment croire qu'il y a dans le couple un petit problème. Et ce problème joue sur deux temps: le passé et le présent ou sur la fidélité à faire revivre et la fidélité à vivre.

— Est-ce qu'un homme ou une femme peut rester fidèle toute leur vie, disons, vingt, trente, quarante ans en couple sans aucune infidélité, disons, conjugale? demanda-t-elle avec un ton explorateur.

Il baissa les yeux, les rouvrit, les baissa de nouveau. La question était directe. Il y avait ici un feu rouge. Il fallait s'arrêter. Répondre d'une façon honnête. Que dire? La question était simple et complexe à la fois. Elle attendait une réponse. C'est ce qui créait chez lui un vif embarras. Non pour lui, mais pour elle. Ses grands yeux pers posés sur lui (en ce moment, ils étaient d'un beau bleu rivière, habituellement, ils étaient malades), l'attente et la confiance pesaient sur lui comme une écharpe de plomb.

— Je crois que Non. J'en suis certain. Pourtant, il existe des couples fidèles. J'en connais. Des amis et d'autres qui vivent cette belle formule: ne pas oublier, ne pas mentir, ne pas tromper. Une fidélité longue, aveugle. Il y a, peut-être, quelque chose de suspect. Pour la plupart des hommes, la fidélité à la famille, à l'ami, à la patrie, aux morts, à Dieu demeure; mais la fidélité conjugale n'existe pas ou peu depuis le début de l'humanité. Par ailleurs, avec l'égalité des sexes, on peut s'attendre à... On ne rencontre la *haute-fidélité* que dans les appareils stéréos et les téléviseurs. Et encore!

— Mais pourquoi? interrogea-t-il pressentant les réponses.

— Parce qu'on vit dans le présent et qu'on nous demande de répondre pour l'éternité. Même, avec la foi la meilleure (et elle est, je crois, au moment de la cérémonie du mariage devant le prêtre ou devant le magistrat), un homme peut-il préjuger de lui jusqu'à sa mort, jauger son crédit à l'aulne de l'infini?

— Assez difficile, en effet. Seul l'Amour véritable peut accomplir un tel miracle. Et là, on dépasse amplement l'infidélité occasionnelle, ce petit aller-voir-ailleurs.

— Aussi, il faut ajouter la nature même de l'homme. L'homme est projets, soucis, angoisses. L'histoire sociale, religieuse, morale et économique du mariage et par le fait même du concept judéo-chrétien de la fidélité (société patriarcale, relations entre sexes et règles de parenté (L. Strauss)); la mentalité de l'an 2 000 (l'individu face au collectif, à l'institution); la notion de relativitisme devant la pérennité ancienne (la mort du dogmatisme), etc.

— Ne faut-il pas, reprit-elle, devant toutes ces conditions, entrevoir et accepter une fidélité non pas aveugle, mais ouverte, intelligente, tendre, fraternelle et même généreuse?

— Vous voulez dire un: je-vous-aime-bien...

— Oui, c'est cela, une espèce de maturité qui permette de comprendre que l'infidélité devrait même être mise au service de la fidélité pour éviter les éternels conflits, la brisure du couple, pour permettre aussi l'ajustement entre les partenaires. Le renouvellement, quoi!

— C'est surprenant d'entendre ce raisonnement dans la bouche d'une femme, dit-il, en la regardant, étonné.

— Oui, je sais que la fidélité est expressément féminine. Pour la femme l'infidélité ou l'adultère sont toujours un affront, une injustice. Il y a toutefois la loi et le fait, le code et la vie. La loi, le code ce sont le feu rouge. La vie, les événements, ce sont le même feu rouge, sur lequel on peut tourner à droite dans certains pays ou à certaines occasions.

— Savez-vous ce que disait ce Gabriel Marcel avec lequel nous avons amplement ri tous deux? Enfin, surtout vous.

— Non, j'aimerais savoir, ironisa-t-elle en prenant un visage narquois.

— Il disait, et c'était osé vers 1942, que *je dois tellement aimer l'autre que je dois accepter qu'une troisième personne même (le trio classique) puisse entrer dans l'aimance.*

— A cette époque, c'était audacieux. Même scandaleux, un peu effarouchant.

— Oui, en effet. Pour un existentialiste chrétien. Je soupçonne même qu'il ait marié la sœur de sa femme défunte, par fidélité. En un sens, il avait renié sa tante. J'avais recueilli deux textes à ce sujet, je me rappelle. Il dit très bien lui-même que les mots: *être fidèle* signifient pour la plupart des gens: à se conformer à, ne pas s'écarter de. Il répète que *la seule fidélité véritable est la fidélité envers soi-même.* Plus loin, *que c'est à travers la fidélité envers soi-même que je puis déployer la fidélité envers autrui.*

— Il est très bien ce type-là. Très articulé, murmura-t-elle. Cependant, je suis étonnée que pour un philosophe chrétien, il soit, surtout vers le milieu de la deuxième grande guerre, d'avis contraire et même en opposition flagrante avec le Magistère de l'Eglise.

— Admettons qu'il ne soit pas conforme, il est certainement d'avant-garde, reprit-il. Il faut dire que c'est un philosophe... Et à ce titre, je le remercie d'être fidèle à sa pensée. Et vous allez voir plus loin qu'avec sa notion de Fidélité créatrice c'est-à-dire, une espèce de co-création du je et du toi dans le nous, dans l'amour. Gabriel Marcel intensifie la notion. C'est le philosophe de la Fidélité.

— Je comprends un peu moins.

— C'est un vous créez dans la vie, au-delà de la vie, vous comprenez?

— De moins en moins.

— Voyons, vous qui êtes forte en mathématiques, cela devrait être facile pour vous. Vous savez, et c'est élémentaire, que $a \times b = ab$, donc Albert multiplié par Marie donne Albert-Marie. Albert est je, Marie est toi. Les deux multipliés font un nous.

— Mathématiquement, je comprends.

— Eh bien moi, je ne comprends plus. Comment, j'y pense, Albert peut-il multiplier Marie et devenir Albert-Marie? A mon esprit $a + b = a + b$ est plus rationnel que $a \times b = ab$. De bonne heure à l'école, je ne saisissais pas que $1 + 1 = 2$. Oui, un objet plus un autre objet faisaient deux objets. C'était le monde concret, additionné. Mais que Marie devienne Albert! C'est impossible. En plus, avec cette altération qu'on appelle le sexe! Qui vient changer toute la figure du monde. Le Yin et le Yang. Raison, passion. Mais au fond, cette figure de la multiplication plaît beaucoup. Albert multiplie Marie qui à son tour multiplie le monde. Oui, cela est poétique et très concret à la fois.

Un peu lasse, elle lui proposa de souper avec elle. Il accepta sous condition d'acheter quelques victuailles. Il revint avec quelques aliments de base et une bouteille de vin. Chaque fois qu'il passait près d'elle, de ses deux mains, il lui frottait la nuque et le dos avec fermeté jusqu'à la base du bassin. Cela lui prodiguait un bien immense. Elle le remerciait de ce bien-être par un baiser.

— Si je ne vous avais pas, qui prendrait soin de moi? disait-elle parfois d'une façon émue.

— Ce serait un autre! répondit-il de façon un peu détachée.

Pour ne pas être en reste avec cette réplique cinglante, elle rétorqua:

— Si je n'avais pas été là, à un moment que j'avoue providentiel, cela aurait été une autre.

— Possible. Je ne sais pas. Il continua: ce n'est pas d'avoir été là ou non, c'est d'être restée. Et je vois là une sorte de fidélité.

— Mangeons!

Sa voix jouait entre deux idées, à savoir si le bonheur actuel tenait du Destin ou d'elle-même et, quelle était la qualité de l'amour qu'ils vivaient ensemble depuis plus de quatre ans? Son regard mijotait dans ses plats. Durant ce temps, il jouait avec le chat qui l'invitait à son tour à venir jouer. Dos rond, démarche avec cabrements sur le côté, yeux attentifs et défiants. Puis, course vers l'autre côté du lit où il attendait, au-dessus de sa tête, le vol à saisir de la ceinture de la robe de chambre.

— Tout est prêt. Si vous voulez vous approcher. Ils mangèrent en silence. La chandelle sur la table sautillait de bonheur. Toute l'expression de la figure de la femme au mitan de l'âge embrasait les lieux, donnait vie aux plats et reflétait un bonheur où il n'y avait rien à dire.

Vers la fin du repas, ils allumèrent une cigarette. Se regardaient à l'échappée, chacun pris par le mystère de la réflexion.

— Vous devez être lasse de mon discours sur la fidélité, en rompant tout à coup le calme des lieux.

— Non, non, au contraire! s'exclama-t-elle, j'y ai pris goût. Au début, j'admets que j'ai vu le problème avec moins d'ardeur et même comme déjà réglé. Vous savez, avec les hommes! Mais avec cette approche, cette manière de cerner la question, cela m'a amenée dans un ailleurs. Je sais que vous regardez la télévision et que vous y cherchez toujours le sens d'un film et qu'il vous plaît souvent de dire: *Ce film se ramène en une phrase. A une idée fondamentale.* C'est merveilleux. Quelle concision! Vous avouerez que la plupart des films sont centrés sur l'amour-raison, l'amour-passion, l'amour-dévouement, l'amour idéalisé, l'amour-violence, etc. Il y a toujours, et j'y pense de plus en plus, en arrière-plan, une question de jalousie, de possession, d'immaturité psychologique. A moins qu'une force céleste, extérieure ou intérieure revienne comme dans la tragédie punir un héros ou appeler toute l'humanité contre un envahisseur extra-terrestre. Dans tout cela (prise par l'enthousiasme de son énoncé), ne faut-il pas toujours se demander si l'homme, la femme ou le héros qui agit, qui vit sa vie devant nous, va rester fidèle à lui-même ou changer de camp?

— Question de fidélité quoi!, ajouta-t-il, émerveillé par la démonstration de sa compagne.

— Oui. Toujours la question de savoir: que vais-je faire? Que dois-je décider? Est-il mieux de ... ou de ... En un mot, le décrochage ou l'ancrage?

— Il reprit: Je crois que nous commençons un peu plus à comprendre le sens du mot fidélité. Nous continuerons à débattre, à creuser la notion, si vous acceptez.

— Bien sûr. Mais pas ce soir. Je suis un peu fatiguée. Vous aussi. Elle bâillait sans presque se retenir.

— Demain, je ne pourrai pas venir, je dois aller à un lancement de livres. Un cinq à sept. Peut-être après, si je ne suis pas trop...

— Oui, je comprends. Faites attention à vous. Bye!

— Au plaisir...

La lune traînait dans la rue. Le soir pâlissait sous les étoiles. Elles dessinaient des figures, prodiguaient des symboles pour des gens qui ne les regardaient même pas. Pourtant, tout est inscrit dans ce firmament noir, la vie, la mort, les songes, les guerres, le sourire de l'enfant et l'allégresse des cerfs. Le ciel commençait à faire sa ronde autour de la terre et narrait à chaque heure de nouvelles légendes. Une horloge céleste où se déroulait la marche solennelle des dieux et des déesses. Tandis que le fleuve dormait là-bas sous le passage lent et lumineux des navires et que la nuit se couchait sur le soir frileux, l'homme d'un certain âge reprenait sa litanie de lecture et d'écriture. Ce roman qui lui donnait tant de soucis, coulait en lui comme la sève d'un arbre, grouillait déjà dans les plaintes d'un enfant à venir. Allait-il le finir à temps? Non, se disait-il, je n'irai pas chez elle avant quelques jours. Je dois ramasser mes idées, faire la cueillette des pensées. Il était un peu inquiet, même si la grande ligne directrice du roman était déjà tracée. Elle suivait la vie. Pas nécessairement la sienne. Une vie qui pouvait toutefois d'un bon écart ressembler à la sienne. Il se rappelait les mots prononcés par son éditeur deux jours plus tôt: *Mon cher, écrivez selon votre cœur, soyez vous-même*. Il s'endormit sur ses paroles consolantes qui l'ouvraient vers la promesse.

Quatre jours après, il sonna à la porte. Elle vint ouvrir les traits tendus mais l'air radieux. Le soleil faisait l'offrande de ses ors. Les nuages, très discrets, s'amincissaient un peu vers la gauche des arbres formant un cadre de mousseline. Le fleuve d'un printemps rieur coulait serein, déposant ici et là des bosquets, des maisons, une verdure, duvet de la naissance saisonnière.

— Comment ça va? questionna-t-elle en tenant un sac de livres de mathématiques qu'il avait apporté. C'est pour votre examen final de mercredi prochain. Il y a des manuels de trigonométrie, de géométrie plane et de logarithmes.

— L'examen de maths ne m'inquiète plus. Même le prochain qui est le dernier. Je suis prête, sourit-elle largement, en longeant la cuisine. Vous avez faim?

— Non merci. Depuis trois jours, je n'ai rien pris. On dirait que je sens une fatigue en moi qui ronge mon énergie.

— Votre figure est pâle. C'est à cause de moi, de l'écriture, questionna-t-elle?

— Non. Je ne sais pas. Une torpeur. En souriant: Il est certain que vous n'y êtes pas pour rien.

— C'est ça, je suis la cause de vos maladies.

— Oui, la maladie de l'amour. En voulant la taquiner: Le changement de saison, le changement de bras, la couleur des roses, etc.

— Oh vous! s'exclama-t-elle. Voulant à son tour le narguer: Vous savez, je suis très indépendante. Une femme peut tout. Il n'y a qu'à le dire si...

Elle disait cela, malgré tout, avec une pointe de chagrin, mais n'osait pas le laisser paraître. C'est vrai, elle pouvait opposer une farouche indépendance face à un cœur déjà épris, mais non enchaîné à jamais. Peut-être jamais pris.

— Si vous avez bien compris la notion d'infidélité, une diversion ne devrait pas vous troubler?

— Oui, c'est vrai.

Plus loin, en traînant sa phrase:

— Pour une femme, l'infidélité fait toujours mal. C'est une lésion au cœur, une blessure au corps.

Il s'approcha d'elle, l'entoura de tout son visage et l'embrassa sur les cheveux, les joues, les seins pour arriver vers les cuisses où il posa sa tête sur le sein des saints. Elle le laissa faire et même elle le tint fermement contre elle en marmonnant dans un début de larmes: Gwenn, Gwenn.

Quelques moments après, l'eau de la douche giclait dans son dos comme une chute drue, inattendue. Ils venaient follement, dans des étreintes nouvelles, de rendre hommage au dieu Eros. Le chat, sur le lavabo de salle de bains, avait pris sa pose et devinait, derrière le rideau les derniers mouvements des mains lentes multipliant les eaux amoureuses autour des corps en vapeur.

— On se réconcilie?

— Oui, reprit-elle la figure ravie et en même temps les yeux un peu inquiets.

En dégustant son vin, l'homme d'un certain âge avait quelque peu perdu et ajouté à sa nostalgie, à sa fatigue.

— Je sais, confia-t-il, le corps a sa propre fidélité. Le cœur a ses raisons que... Mais, ne peut-on échapper, parfois, à l'intelligence. Cette intelligence pose dans le fait réel que la fidélité inconditionnelle est impossible et que celle *à soi-même est difficile à pratiquer et à discerner*. La fidélité à soi-même *n'est pas plus intelligible que ma fidélité à autrui*. Je ne suis qu'une liane suspendue à une branche, enfin, un être vain et vide. A favoriser une expression populaire souvent entendue, je dirais: *si je ne m'appartiens pas, comment voulez-vous que j'appartienne à un autre*. C'est désolant, mais c'est cela. Est-ce possible d'exiger de l'amour ou de la vie une inconditionnalité éternelle? Sur le plan humain, impossible.

— Alors, la fidélité authentique, immuable, n'y pensons plus, reprit-elle, un peu déçue.

— Je ne dis pas que c'est foutu à jamais. J'avancerais que la fidélité demeure toujours attachée à un serment. C'est une forme de garantie qu'elle est toujours à refaire; donc, qu'elle doit être méritée. C'est, en un sens, une fidélité créatrice qui est rattachée à une éthique et qui doit tendre, je dis bien, tendre vers l'Absolu.

— Serait-il possible de résumer toute cette question en quelques mots? Vous qui avez, apparemment, une facilité pour la synthèse?

— J'adore l'adverbe apparemment. Il est justifiable parce que je n'ai pas, comme on dit, des clartés sur tout. Essayons, malgré tout.

Elle sourit. S'assit devant lui. Pour faire sérieux, elle prit des feuilles, un crayon.

— Un cours, quoi?

Elle ne répondit pas. Elle voulait simplement faire le point sur la question. Elle avait déjà tout compris. Elle désirait boucler le nœud, que le tout lui arrive dans un emballage succinct et coloré. Un emballage comme chez Birk's.

— Je savais que nous aurions encore à discuter. C'est pourquoi j'ai apporté quelques notes que je vais vous donner. Ce sera le point de départ de cette finale.

Elle commença à lire le texte de Jankélévitch. C'est un nom qu'elle avait déjà entendu. C'est lui, pensa-t-elle, en son for intérieur qui écrivait sur le thème du je-ne-sais-quoi et du presque-rien. Elle hésitait, se demandait si c'était un philosophe russe, finlandais, peut-être français, malgré le *itch*. Lire cette sale écriture devenait toujours pour elle un acte de haute vertu. Elle reprit la lecture et lut tout haut pour faire mémoire à son oreille.

Qu'est-ce que la bonne fidélité?

Trois caractères:

1. La fidélité est une mémoire qui est un attachement affectueux du cœur fidèle à la personne de l'Autre, c'est-à-dire au toi ou à une idée aimée comme toi et située avec moi dans un rapport d'allocution et de tutoiement.

Elle s'arrêta court. Elle voulut lui parler. Où êtes-vous? Il était parti d'une façon précipitée. Après avoir constaté sa disparition soudaine, elle relut encore une fois le texte. Et se dit à soi-même: Gwenn ne sera pas d'accord avec le mot tutoiement. Je devrais lui en parler.

Deuxième caractère.

2. Ceci amène la gratitude qui est un sentiment. La fidélité est un régime de toute l'âme et une vraie diète morale. La fidélité est la vertu du temps. Fidélité à quelqu'un dans le temps. Fidélité + gratitude = fidélité - vertu. Gratitude = fidélité close et fidélité au bout de la pensée devenant fidélité-vertu qui est fidélité ouverte et amour.

Elle se fit un thé et s'assit à l'aise.

Troisième caractère.

3. La fidélité est résistance à la facile ingratitude, à l'oubli; elle est un attachement *malgré*.

La fidélité est une volonté ou plutôt une nolonté, c'est une *Constantia sapientis*. La fidélité n'est pas inertie du mouvement, la fidélité comme le courage, comme la sincérité, le pardon et l'altruisme. La fidélité est une contention ou contraction intensive du vouloir, un effort continué d'instant en instant, une reconquête quotidienne sur la répugnance et le dégoût. C'est la volonté protestataire de l'uniformité.

Elle s'arrêta quelques instants. Ce qu'ils sont compliqués ces philosophes. Prit une gorgée de thé et poursuivit sa lecture.

L'intérêt du groupe suppose, commande la fidélité, elle impose non pas la gratitude du cœur ni l'attachement de toute l'âme; elle (société) impose un certain minimum <u>social</u> de fidélité par l'interdiction de se dédire ou de se contredire.

Fides signifie: confiance
                        confidence
                        foi
                        fidélité

Sitôt la lecture achevée, elle entendit la sonnerie. C'était lui; il revenait. Sans attendre la question:

— J'étais allé chercher des cigarettes.

— Sans m'en avertir, dit-elle. J'étais inquiète, vous auriez pu avoir un malaise, une crise cardiaque.

Il se mit à exhiber un air malade. Et sourit.

— Vous avez lu le texte?

— Oui.

— Et puis?

— Oui, j'ai saisi. Je ne croyais pas que cette vertu, si elle en est une, pouvait avoir tant de dimensions. En définitive, c'est un principe de cohésion, un ferment social.

— C'est vrai. Mais l'accent n'est plus mis sur le groupe, la nation, l'institution. Elle part désormais, dans nos temps contemporains, de l'individu. Un exemple devrait aider. Si j'appartiens à une église donnée, méthodiste, baptiste ou catholique, ce n'est pas parce que je suis né, ai été baptisé dans une église que je suis méthodiste ou catholique et que je doive me lier par atavisme ou par un serment même pas réfléchi à l'une de ces dénominations religieuses. La vrai fidélité n'est pas cela. Elle doit toujours tenter, au nom de ma liberté, de risquer l'infidélité. Parfois, par fidélité. Pour éviter la sclérose. Des phrases comme *Tu es mon seul amour! Je n'aimerai jamais personne d'autre que toi* deviennent alors les plus belles métaphores au monde, mais aussi, à notre insu, les plus beaux mensonges. Non, ces mots, continua-t-il, si beaux et si sincères soient-ils, sont des vœux pour s'affranchir du manque. De la précarité. Lorsque je lis encore sur les stèles des cimetières de village: *A mon époux fidèle...*, je me sens attendri par le souvenir de la petite vieille et en même temps presque coincé dans un sourire discret. Il y a des pertes chez l'homme comme dans l'Univers. On peut même ajouter que la fidélité, de nos jours, *ne coïncide pas avec l'acte sexuel hors du couple*. Pour s'aimer, faut-il absolument poser la condition de la fidélité? Non. Cela appartient au discours amoureux. Il y a certaines fidélités qui ressemblent étrangement à l'entrée dans les ordres avec des vœux.

— Il est sûr que, si la fidélité devient une besogne comme les soins du ménage, cela devient une vertu-devoir, répliqua-t-elle.

— Vous connaissez le cas de Pénélope? Quand on dit, la toile de Pénélope?

— Je ne m'en rappelle pas très bien. Ah, oui! la guerre de Troie. C'était la femme de...

— D'Ulysse, le grand guerrier qui s'absenta vingt ans, durant la guerre de Troie et revint dans sa patrie pour retrouver sa femme son foyer et pour chasser les prétendants autour d'elle.

— Oui, je m'en souviens un peu. J'ai vu dernièrement un film. C'est lui dans le Cheval de Troie qui...

— Oui, dit-il, réjoui. Ce type-là, Ulysse ou Odysseus, qui veut dire en grec *le rancunier* ou, selon Homère, *celui qui s'irrite* était extrêmement habile. Fils du roi Laërte et d'Antichée, il épousa Pénélope qui devint mère de Télémaque. Pénélope, une Spartiate réputée comme femme vertueuse, ainsi de tous les Spartiates de l'époque classique.

— Puis, la toile de Pénélope?

— Ce n'était pas une tapisserie, une toile ou une tenture telle qu'on l'entend aujourd'hui. C'était le linceul de son beau-père Laërte. Pour éloigner les prétendants, elle défaisait la nuit ce qu'elle tissait le jour. Candidement, elle attendit son mari durant vingt ans.

— C'est inconcevable!

— Homère a voulu faire d'elle le type de l'épouse vertueuse et fidèle gardienne du foyer.

— Comment, reprit-elle surprise, Pénélope a-t-elle pu résister?

— D'abord par ses antécédents. Ensuite, par le subterfuge de la toile et par, ce qu'on appelle une constance dans la sagesse, une *Constantia sapientis*, puis, par cette espérance qu'un jour Ulysse apparaîtrait sur les rivages d'Ithaque. On a convenu d'appeler cela, l'image de la fidélité conjugale.

— Il n'y a rien eu, durant vingt ans? s'écria-t-elle d'un air presque déçu.

— Non. Rien, selon la légende la plus accréditée. Cependant, je dois ajouter, pour me rendre à votre question et pour satisfaire peut-être votre déception que d'autres légendes viennent contredire ce fait, viennent émousser *cette pointe de diamant* comme le dirait Jankélévitch.

— Ah oui? dit-elle, sur un ton mi-surpris.

— Vous savez, dans une population, les légendes, sont parfois comme les grandes langues, les langues non de la Pentecôte, mais les langues perverses, diaboliques qui se repaissent dans la chaleur vertueuse de leur foyer de la réputation d'autrui. Celles qui mangent leur prochain pour expier leur envie, leur jalousie, leur sale complexe d'infériorité.

— Vous semblez accuser quelqu'un, souffrir d'une situation.

— Non. Je pense seulement.

— A quoi? reprit-elle empressée.

— Je préfère rester dans la légende. La vraie. Du moins, supposée vraie.

Quelques minutes plus tard, il reprit:

— D'autres légendes, en effet, rapportent que Pénélope, la vertueuse, fut chassée par Ulysse pour avoir laissé dilapider ses biens par ses prétendants; qu'elle avait partagé sa couche avec ses cent vingt-neuf soupirants; qu'elle aurait eu un fils nommé Pan; que Ulysse l'aurait même tuée pour son amour coupable avec Amphinomas, l'un des prétendants; qu'elle s'était retirée à Mantinée. Est-ce que ce tableau vous plaît?

— Je ne sais pas. Ça me plaît et ça me déplaît. Non, je ne sais pas. Il y a, il me semble, comme une image là-dedans, une photographie, un modèle *typifié*, comme une sainte Vierge loin d'un saint Joseph, son vieux mari, d'au moins cinquante ans plus âgé qu'elle.

— Et pourtant, cela existe des virginités perpétuelles, des veuvages allongés.

— Oui, moi aussi, j'en connais, dit-elle, et c'est affreux. Ces vieilles sœurs, ces vieilles filles qui n'ont connu que la représentation de l'homme, que le crucifix, que la vision d'un homme à aimer. Oui, c'est affreux.

— J'ai entendu dire une fois, moi-même, dans une confidence spontanée d'une femme mariée: *J'aime Jésus!* C'était une femme mariée, très équilibrée qui, au-dessus de la force de travail de son mari et de ses enfants, pouvait s'élever par ses lectures et ses pensées, au-dessus de la tristesse quotidienne. J'admets cela: l'idéal, l'au-delà. Mais, une femme, seule, abandonnée, cela me désole, me tue. Toute femme ne devrait pas, je l'ai peut-être dit auparavant, rester sans amour, sans compagnon ne serait-ce que de passage. C'est intolérable d'être seul. Qu'en pensez-vous?

— Je suis d'accord. Pour autant que cette rencontre ne demeure pas une aventure à la Don Juan. Un petit exercice sexuel, hors de la tendresse, de l'amitié. Toute femme, précisa-t-elle, doit s'attacher à quelque chose, à quelqu'un. A quelque chose, c'est de l'idolâtrie, du fétichisme; à quelqu'un, c'est possiblement de l'amour.

— Je crois, ma chère, que nous nous éloignons du sujet. Vous m'avez demandé de poser un point final sur la fidélité!

— Oui.

— Alors, je résume. La fidélité se ramène (ici j'emprunte), à quatre mots: *Subsistance, persistance, consistance, résistance.*

Il se fit un long silence. Ils allumèrent une cigarette. Lui, les yeux fixés sur une peinture accrochée au mur de la salle à dîner, représentant une licorne, symbole de la puissance, du faste et de la pureté au moyen-âge avec sa corne unique au milieu du front. Il pensait, selon la mythologie, au rayon solaire, à la flèche spirituelle, à l'épée de Dieu. Malgré la lourdeur percheronne du cheval blanc, dressé sur trois membres puissants ancrés au sol, l'artiste avait jeté toute sa sensibilité dans la tendresse des yeux. La corne unique pointant le ciel représentait la sauvegarde de la virginité et le corps roboratif, trapu de l'animal, la fécondité, l'enfantement sans défloraison. Sans parler de l'image du père et de la psyché non-humaine. Elle, le regard vers la fenêtre, creusait le passé où le terrain se fait vague. Elle pensait peut-être à Penthésilée (reine des Amazones, au sein droit mutilé pour mieux tirer de l'arc), à Lucrèce (femme déshonorée par Sextus), à la belle Hélène (épouse de Ménélas, recherchée en mariage par tous les héros de la Grèce), à Andromaque (l'amour maternel), à Ariane (éprise de Thésée et abandonnée par lui), mais surtout à Pénélope, cette vestale gardienne du foyer, de la Cité et de la flamme sacrée. Elle savait bien que la femme d'Ulysse n'était point une vestale au sens institutionnel du terme, puisque elle était mariée, mais parce qu'elle avait partagé par sa viduité (20 ans), en un sens, la vie des dix-huit vestales de Rome. Collège fondé, par le sabin et grand législateur Numa Pompilius, successeur de Romulus, premier roi de Rome. Cela lui rappelait aussi Tarpéia, cette vestale romaine qui livra aux Sabins la citadelle de Rome pour un bracelet d'or. Etait-ce le second visage de Pénélope? La trahison avec les prétendants, selon les autres légendes?

Leurs yeux se rencontrèrent et se sourirent. Revenant de pays, de rivages différents, mais entretenant, cela se sentait, la vision mystérieuse et comme une traversée de fidélité, de pureté.

Sortant de leur rêve, elle ouvrit la parole:

— Pénélope, l'inébranlable, l'incorruptible Pénélope, a-t-elle vraiment attendu vingt ans le retour de son astucieux époux? Ne lui a-t-on pas fait dire qu'il était mort, qu'il ne reviendrait pas? De retour au foyer, cet ardent guerrier, après un bon repas, les pieds bien au chaud, ne devait-il pas repartir pour d'autres conquêtes et quitter l'ennuyeuse Pénélope et ses fuseaux?

— En effet, dans une légende post-homérique, Ulysse est reparti en Epire, a abandonné Pénélope et s'est même remarié avec Polyméla et la fille de Thoas. La légende, comme je le disais, est un discours d'à-côté, une allusion obscure, une bonne ou une mauvaise langue.

— Vous voyez, la légende est une relique, une image sous laquelle on place un espèce de lampion pour réchauffer le souvenir. L'entretenir. Fixer le modèle.

— C'est un peu vrai. Les femmes dans un temps immémorial et légendaire n'entraient pas chez les Sœurs grises ni chez les Sœurs du Saint-Nom-de-Jésus-et-de-Marie. Elles avaient un sexe ou pour les dieux ou un travail pour les civilisations futures.

— Pénélope aurait pu partir. Aurait dû. Je me demande, continua-t-elle dans un éclat de voix, si elle n'a pas, devant tous ses fiers prétendants, été piégée par son serment? N'y a-t-il pas ici une manière de fidélité aveugle? Une fidélité prisonnière? A-t-elle, si je poursuis, vraiment compris le sens de la vie?

— Je comprends fort bien votre doute. J'y souscris. La question se pose amèrement.

— Pourquoi amèrement?

— Parce que faire tomber la légende de Pénélope par d'autres légendes ou par la contre-légende, cela vient dévisager, un peu l'Odyssée, fausser Homère. Cette fidélité conjugale a traversé tous les âges, toutes les cultures. Chaque étude menée autour de ce mythe vient grignoter le portrait admirable de cette Spartiate, la seule femme de héros qui ait participé à la prise de Troie.

— Vous voulez garder une relique?

— Oui, reprit-il vivement, protéger un certain humanisme. J'admets que cette idée, un peu fétiche, est contraire à mon discours habituel, mais il est bon de poser parfois les yeux sur une icône. Vous avez une idée de l'heure?

— Oui. Il est deux heures a.m.

— Oh! je dois partir.

— Vous ne restez pas à coucher, reprit-elle, en se frottant l'aisselle gauche, ma bosse se promène. Une dernière question?

— Ah non! Vous voulez me faire mourir, la figure un peu affaissée.

Riant elle lui offrit un grand café décaféiné l'embrassant pour l'encourager:

— Bon, allons-y! marmonna-t-il, les yeux déclinant avec le fanal.

— J'ai compris jusqu'ici ce qu'est la fidélité. Vous l'avez même ramenée à quatre mots. Pourriez-vous la résumer en un seul mot? A deux tout au plus.

Secoué par la question comme si l'on pouvait ramasser la Vie entière en une formule, il se demanda en silence comment on pouvait poser une telle question et comment y répondre. Il ne voulait ni s'en débarrasser ni se creuser la cervelle, surtout à cette heure tardive. Il réfléchit quelques minutes. Il parvint à dire ceci:

— La fidélité est la reconnaissance de l'identité et de son *maisonnement*. Stop.

Il retira ses jambes sous lui et s'écroula sur le divan. Elle lui jeta une couverture et effleura son front de ses lèvres.

Lorsqu'il s'éveilla, le matin, il s'aperçut qu'il était au chalet. Par quel miracle, par quelle lévitation se trouvait-il ici dans la galerie vitrée, et couché sur le divan? Avec le chat adossé à ses pieds.

Le soleil ruisselait de toute part, menaçait tous les ombrages. Malgré le printemps tardif, le sol souffrait déjà. Se plaçait lentement dans le paysage cet immobilisme qui fige le visage de midi. En ouvrant davantage les yeux, il vit qu'il était entré dans un royaume de lumière. Qu'il habitait un soudain Eden. Qu'il partageait, dans un silence assourdissant d'insectes, la verdeur bleue du ciel, la véhémence jaune de la végétation. Oui, il était parti le soir même dans un coma léger. Il se rappelait.

Elle lui souhaita le bonjour, fouilla un peu sous la couverture. Il était mort. La vie ne l'avait point quitté. Seulement cette espèce de léthargie des membres, de l'esprit qui fait goûter la douceur de vivre sans comprendre. Devant le chalet qui chantait la virilité du matin, apparut, dans la force du jour, la splendeur d'un pommier en fleurs.

III

Le jour pleure à chaudes larmes. Il y a entre les arbres, des espaces d'humidité. De froid. La roche respire au vent qui essaie de sécher son visage. L'été est là pourtant. Aujourd'hui, est-ce le réveil d'un ancien glacier qui se veut fondre dans l'été? Qui envoie la fraîcheur par son haleine? La nature entière reçoit le doux outrage de la pluie. Que faire de cet aujourd'hui? Ecrire, dormir, réfléchir? Lui sait qu'il doit écrire. Elle n'ignore pas qu'elle doit préparer son changement de logis, faire ses bagages pour le chalet. Le chat le lui a dit en se roulant sur la table. Se rencontreront-ils à nouveau?

Il y avait près de trois mois qu'ils ne s'étaient point vus. Rupture, querelle, lassitude. Non. Une remise à neuf. Une manière de faire le point par la distance. Ils s'étaient entretenus une longue soirée. De longues heures. Ils avaient décidé d'un commun accord de se séparer un trimestre durant. Avec tristesse sans doute. Riches toutefois de la promesse ténue de se reprendre. Si... Enfin, ils savaient mal... Sentir le manque refaire le désir, chasser le quotidien, sortir de la fixité, de l'habitude, de la morosité. Tels étaient, peut-être, leur vœu intérieur et insoupçonné. Les héros étaient fatigués. Fallait-il d'autres visages, d'autres bras, d'autres discours? Ils se séparaient avec courage. C'était leur fidélité. Promesse de tout se dire au retour. Ce vouloir de changement et d'épreuves à la fois cherchait à signifier le désir d'une nouvelle naissance, la remise en branle de la dynamique incontrôlable de la vie, le creusement qui se fait imperceptiblement entre les êtres et les choses. L'en-deçà exigeait-il un au-delà? Etait-ce une erreur de chercher un ailleurs qui vivait déjà là, en eux? Entre eux? Aussi difficile que puisse être l'amour ou aussi simple qu'il soit, ce que tout être désire, c'est d'aimer, d'être aimé. Que l'amour soit une titillation bien chatouillante (Spinoza l'avait dit naïvement: *Amor est titillatio concomitante idea causae externas*), ou l'expression de l'engagement du cœur et de l'esprit de l'être humain, tout converge, au-dessus de tous les autres buts, vers le jaillissement de l'être, bref, vers son déploiement, son aspiration totale. Le fond de tout, c'est le vouloir-vivre. L'harmonie.

Lequel allait appeler le premier? A leur âge, ce petit vouloir d'orgueil avait depuis longtemps disparu. Ils se reconnaissaient comme êtres humains c'est-à-dire, remplis d'espoir et de misère. Le faire-accroire s'était éclipsé. Un appel téléphonique vint régler ce faux manège. Elle était à l'hôpital. Un état de faiblesse l'avait prise. Cette bosse qui se promenait toujours, ses jambes flageolantes, cette fatigue continuelle et cette pâleur figée sur tout le corps. Il quitta brusquement son roman, se rendit à l'hôpital où lui-même avait déjà pris le lit lors de sa première attaque cardiaque. Il monta à l'étage. Arrivé à la chambre, il hésita à entrer. La peur de voir un autre visage. Et, ce silence! Il avança vers son lit à pas feutrés, craignant, sans raison apparente, de voir la mort sous les couvertures. Il se disait, après bien d'autres philosophes avant lui, que la mort, selon l'adage populaire, est le plus grand des maux et que la plus grande peur, c'est celle de mourir. Pourtant, l'homme d'un certain âge, par on ne sait quel mode de penser ou grâce à quel vécu, avait relégué on ne sait où cette idée partagée par tout le monde. Il s'alignait plutôt sur celle des stoïciens. Il avait fait un choix avant que la mort ne fit le sien.

Un masque à oxygène couvrait une partie de la figure et de longs fils la reliaient à une bouteille qui diluait du sang ou du plasma dans ce corps inerte, sans réponse. Il embrassa avec tendresse sa main blanche comme du lait. Elle ouvrit faiblement les yeux et voulut dire un mot qui prit la forme de la bouche et resta muet au bord de ses lèvres. Elle avait voulu dire: Gwenn. On ne dérange pas la mort. Ni le corps, manifestation de la vie qui lutte contre la mort. En quittant après quelques minutes, il croisa devant la porte une infirmière qui avait gardé dans ses traits beaucoup de dignité, une expérience douce et sereine de la maladie. Il la vit prendre avec soin la main de la malade et la tenir avec déférence, comme pour lui insuffler un regain de vie. L'homme fut surpris de cette marque d'attention. A un moment où le système de santé affecte, même affole le personnel administratif et médical, où le virage ambulatoire veut tout broyer pour sauver de l'argent au lieu de sauver des vies. Cette réforme s'impose sans doute, mais place dans l'idée des gens cette douloureuse contradiction ou bien... ou bien. Ou bien l'argent ou bien la santé. D'abord l'argent. Ensuite...

L'homme s'éloigna et resta pensif de longues heures chez lui. Elle ne pouvait pas mourir. Faible sans doute, elle avait traîné ce manque de santé, cette faiblesse la majeure partie de sa vie. Il souffrait. Il ne se révoltait pas. Il pensait encore quand lui vint cette phrase d'un grand dramaturge: *Ta pâleur ou ta simplicité me touche plus que l'éloquence.* Il ne pouvait pas échapper à sa culture qui lui enjoignait toujours de parler du présent, du futur tout en prolongeant un regard dans le passé. Cordon ombilical? Non. Honnêteté intellectuelle. Oui. Ce qui ne l'empêchait pas le moins du monde d'avoir son propre discours, son expression créatrice. On le tenait pour original. Il aurait dit, originel. Il ne pouvait croire, lui, le vieux prof de philo, de littérature et de moult disciplines, que les jeunes, même les plus audacieux, pouvaient refaire par cœur le début du monde, réinventer en un clin d'œil la Création. Soyons logiques, se disait-il, on n'a rien inventé. Dans toutes choses, il y a un commencement, un milieu et une fin. C'était d'Aristote. Les jeunes prennent la fin et en font un commencement. Drôle de parcours, songeait-il. Mais enfin, ce n'est pas un mal (jusqu'à un certain point) de faire du neuf, et surtout ainsi de se valoriser.

Un second coup de fil. Un autre cousin cette fois, vint rompre la nostalgie des jours. Il pénétra dans la chambre. Quelques parents et amis s'y étaient rendus. Le ton passait doux entre les tentures. Une certaine joie bondissait sur leur visage. Elle aussi, Karène, semblait heureuse. Sa figure encore blanche voulait chasser sa pâleur. Elle ne se maquillait jamais. A peine. Il effleura ses joues, ses mains. La regarda longuement, puis, s'écarta pour faire de la place aux proches. A les entendre tous, elle devait partir le surlendemain. Un médecin s'arrêta quelques minutes, vérifia les instruments, actionna les membres et partit en laissant un petit sourire satisfait. Un gong se mit à tressaillir. Il était neuf heures. Fallait partir. Avant de quitter, elle lui fit signe d'approcher et demanda à voix basse:

— Comment va le roman?

— Bien, bien, il avance lentement.

Il voulait lui éviter un questionnement et des inquiétudes. Le roman n'allait pas très bien. Il était sur rails, arrêtait à tout moment, retardé non pas par l'angoisse de la page blanche mais par la vérification des concepts, la révision de certaines notions et par la vie sociale et ludique. Il avait refusé depuis plus d'un an d'assister à des soupers, à des lancements littéraires. Il lui promit de la revoir le troisième jour, date fixée pour son départ de l'hôpital.

Revenue chez elle, elle s'emmitoufla pour des jours et des jours. Elle demanda grâce pour les visites, ne voyant que Philémon qui lui aussi avait maigri de détresse et souffert d'absence. Un peu comme Argos, le chien d'Ulysse qui, ayant reconnu son maître parti depuis vingt ans et déguisé en mendiant, *se leva tout joyeux et retomba mort*. Argos représentait-il la fidélité de Pénélope?

Que restait-il de leurs amours? Ils avaient mis au monde leur propre amour, s'étaient offerts au génie d'Eros. S'était jouée aussi entre eux cette opposition appelée amour véritable et désir sexuel, ce mixte de tendresse et de sensualité. Ils arrivaient peut-être à une seconde naissance pour accéder à une espèce d'absolu, à *cet amour pur, exempt du mélange des autres passions, et qui se cache au fond du cœur et que l'homme ignore lui-même.* Ils s'étaient quittés, il est vrai, avec grandes raisons. Les mots, à ce moment-là, ne sont que bruits mortels au fond des cœurs; ils ne remplaceront jamais le silence et l'amour. Se dire à deux qu'on va se quitter, observer le carême des yeux et des sens, absoudre le passé, vivre seul, un. Des mois.

Rompre, c'était pour l'un comme pour l'autre accepter de revenir au vieux mythe platonicien de l'androgyne, de reprendre la figure du premier homme tout en possédant virtuellement Eve en soi. C'était une réflexion que menait l'homme d'un certain âge depuis peu de temps, celle de *l'androgynie* et de l'hermaphrodisme. L'homme contenait la femme. La femme, en se séparant de l'homme, puisa dans le corps de l'homme et surtout dans son âme. Rarement dans le corps de ce dernier. Et toute la vie consista à assurer leur parfaite identité morphologique sexuelle, mais non pas nécessairement psychologique, sociale et intellectuelle. Quoique... Il est bon, même plus que souhaitable, que l'homme ou la femme, dans la société actuelle soit un peu androgyne. Après la mort, l'homme et la femme devraient rejoindre l'androgyne parfait, c'est-à-dire la nature humaine dans son essence. L'œuf cosmique. Entre temps, la vie représente un manque. Elle s'échelonne dans la douleur, la recherche impérieuse de l'autre, la réintégration dans l'autre. Le Yin et le Yang. Le Ming et le Sing (chinois).

Rompre, c'était aussi tenter, sans s'opposer, d'affirmer Adam sans Eve, Eve en dehors d'Adam. Accuser en même temps leur primauté et leur manque. Cela menait dans la vie à des femmes androgynes ou à des hommes androgynes. Il y a toujours un ratage du moi. Y a-t-il au monde un être hautement équilibré, un couple parfait?

Août rêvait encore à l'été. Il arrivait chargé de toute la frondaison de juillet. Plutôt, une cargaison froide où l'oiseau reste dans les branches, où l'eau vient avec peine se sécher sur le bord des fenêtres, où les cultures abreuvées d'eau digèrent dans le sable. Il y avait des fleurs, des fruits, des soleils, il est vrai, mais, partout ce désir de chaleur, ce besoin d'attouchements continus que les gens attendaient. Août voulait racheter la saison coupable. Il avait depuis peu fait de beaux gestes. Il essayait de remettre en mémoire ce merveilleux été de l'an dernier. Le mois du Lion se couchait maintenant sur les moissons. Le fleuve, assis entre ses rives, descendait calme au pied des châteaux de sable en écoutant la chanson des enfants. Parfois, il dormait. Il levait de temps à autre un œil vers les nuages, se rendormait au bord des lianes amoureuses en regardant dans le jeu de ses légers clapotis les cuisses des jeunes filles que les garçons lorgnaient, arqués et tristes dans leur pantalon. Il les invitait à la dénudation, à la baignade, en se dissimulant dans ses eaux croyant peut-être s'attacher à eux pour la vie comme la nymphe Salmacis s'était follement éprise de ce beau jeune homme de quinze ans, fils d'Hercule, nommé Hermaphrodite.

De retour au chalet, elle se portait beaucoup mieux. Ils regardèrent ensemble tous ces arbres accrochés l'un à l'autre, se tordant, se torsadant jusqu'à leur hauteur et partageant leurs têtes pluricéphales dans l'euphorie d'un nouveau soleil. Ils admirèrent le paysage concentré dans ce coin de forêt où les vents, à divers niveaux, voyageaient sur la cime des feuillus au-dessus des sapins plus bas qui, plus sombres, préparaient l'entrée de la nuit ronde ou la fuite esquivée de la ronde du jour. Ils s'arrêtèrent un moment. Plusieurs cônes de sable se dressaient çà et là où les fourmis par centaines entraient, sortaient de leur Vésuve. Automatiques, imperturbables elles ouvrageaient des immeubles intelligents. Avec cette raison aveugle, bornée qui faisait penser aux paysans chinois de la Chine communiste ou aux travailleurs attelés sur les pièces détachées des anciennes usines Ford. Le parallèle sautait aux yeux. Ils n'osèrent rien dire. De peur de repartir comme avant dans des considérations intellectuelles. Ils menèrent leur chemin en pensant à toute cette paix dans l'herbe. Cette vie cachée, souterraine, aussi à cette mort constante, effroyable qui permettait l'équilibre entre les espèces, l'ordre dans l'Univers.

Il faut croire qu'ils avaient repris, elle, plus pâle avec un visage plus souriant, lui, avec une nostalgie, un amour assidu. Avant-hier, chez lui, il avait écouté jouer du piano un de ses garçons, tête rasée comme un Dalaï Lama, docteur en philosophie, très énigmatique. Il avait pleuré. Cachant son visage, ravagé par les larmes, l'homme d'un certain âge avait changé de pièce. Son fils déconcerté, avait cessé la musique. Pourquoi ces larmes, cette explosion soudaine? Il ne le savait pas lui-même. Il cherchait. Par après. Il était arrivé à cette conclusion que chaque fois qu'il entendait au piano cette chanson ancienne: *Bonne nuit, mes tous petits, c'est Maman*, ou encore, écoutait des airs d'opéras tragiques ou la voix du plus grand ténor du monde, Pavarotti, il pleurait. Il disait entre deux étouffements: C'est beau! Comme la plupart des gens, sans doute, devant cette grandeur d'âme, cette beauté musicale parfaite; devant ce sentiment de hauteur, d'élévation qui mène l'âme à la lévitation.

Des amis, des voisins, étaient venus chercher des nouvelles. Ils la trouvèrent un peu blanche, sereine, plus maigre et presque heureuse. Après un souper frugal, ils firent à deux une marche du côté où les maisons paisibles et espacées ouvraient un horizon au soleil, le long des clôtures silencieuses qui semblaient retenir le chemin. Ils n'osaient pas se parler. A quoi pensaient-ils? Lui, avait-il changé? Elle, comment répondait-elle devant sa nouvelle vie? Elle avait vécu à crédit durant quelques jours et n'arrivait pas à recoudre sa mémoire. Tout à coup, il passa son bras autour de la femme au mitan de la vie, elle lui retint la main et sourit.

— Comment va le roman? dit-elle avec douceur.

— Oui, ça va. J'ai apporté d'autres feuilles. Il me reste à écrire une trentaine de pages. C'est la partie la plus difficile à pondre, la fin, parce que je vais au devant de la vie, des événements. J'invente. C'est ce qu'on appellerait une re-création du réel.

Il n'arrêtait pas de parler comme quelqu'un qui cherche, qui a beaucoup à dire, à se faire excuser. C'était son premier roman. Quelques gens disaient qu'il était fait pour la poésie; d'autres, qu'il était mieux dans l'essai.

— Vous m'en reparlerez demain, si vous le voulez. Ce soir, poursuivit-elle, j'ai besoin de repos. Le médecin me l'a dit. Tout le mois d'août, si possible. Avant que je reprenne mes cours et mon travail de bénévolat.

Ils revinrent vers le chalet où les oiseaux chantaient les vêpres devant la rondeur mielleuse de la lune. Elle prépara l'eau chaude, installa une grande cuvette. Elle désirait se détendre. Il s'alluma un cigare et attendit. Soudain passa devant lui une créature lumineuse. Blanche et nue. Elle s'avança vers la cuve, croisa tant bien que mal ses longues jambes et s'assit élégamment dans l'eau. Des piqûres l'avaient blessée ici et là aux bras et aux jambes et faisaient de petites taches rouges. Elle lava ses bras, ses jambes, son dos le long duquel la colonne vertébrale se dessinait comme sur une planche anatomique. Il vint à son secours et frotta gentiment ce dos comme on essuie avec délicatesse un vase en porcelaine. Durant ce temps, les jambes hors de la cuve, elle ouvrait son sexe et l'ondoyait. Devant cette orchidée rose et merveilleuse, il eut une envie subite, mais n'osa laisser échapper un mot. Il se contenta d'éponger échappant un soupir. Il ralluma son cigare. Peu de temps après, il vint entourer d'une longue serviette le corps tremblant et fragile de sa naïade et demanda des yeux la grâce d'une étreinte. Son sourire lui fit comprendre qu'elle acceptait quelques préludes. Il la serra contre lui avec délicatesse. S'arrêta net. Alla la déposer sur le lit et partit sur-le-champ. Il venait de se refuser à manger le plus beau fruit du monde. Un cri d'oiseau s'échappa de la lanterne.

Une semaine plus tard, après quelques jours intensifs d'écriture, il revint vers elle. Il devina aux plis dessinés entre ses yeux qu'il était arrivé quelque chose. De la visite était venue (un cousin sans doute) qui avait laissé quelques puces en guise de remerciements. Elle qui était propre, propre; les femmes frottaient beaucoup dans cette famille-là. Elle avait lavé le chalet de fond en comble, literie comprise et avait répandu sur tous les planchers un insecticide domestique pour la répression des insectes nuisibles. Ses bras et ses jambes étaient ravagés par les puces, aussi par les maringouins. Le chat vaquait dehors. Lorsqu'il entra dans les pièces, le résidu s'attacha à son poil, à son museau, bref, à sa magnifique fourrure et s'intoxiqua. Il aurait fallu le laver sur-le-champ. Ceci nécessita un voyage à la ville où, baigné trois fois, il fut examiné par le vétérinaire. De retour au chalet, Philémon avait repris ses gambades et son vrai visage chat. Avec nez rose. Cette crainte dans le visage de la femme au mitan de l'âge se manifestait encore quelque peu. C'est alors que le monsieur d'un certain âge apprit le drame.

Bien adossée sur une chaise longue, à demi à l'ombre, elle leva la tête vers lui et avec cet air interrogateur:

— J'ai lu un peu distraitement ce que vous écrivez. Mal peut-être, parce le travail sur ordinateur ne me permet pas d'englober toute la pensée. Aussi votre écriture, avouons-le, est un panier de crabes, un alignement de menhirs que les tempêtes ont renversés. Alors, ce n'est pas facile. Avec les renvois, ça ressemble au jeu de mon enfance, les serpents et les échelles.

En prenant une pause et en ramassant son chapeau de paille où s'éclate une rose, elle reprit:

— C'est bien un roman?

— Je le crois. Pas un roman bonbon, mais un roman d'idées. Une recherche, non une thèse. C'est un roman-essai. Non un essai roman. Peut-être roman prétexte comme *Le monde de Sophie*, *L'île du jour d'avant*, chargé de la promesse de poser plus d'interrogations que d'illustrer des vérités. Il y a aussi un élément critique, un regard presque furieux sur la société.

«Quand tout commence, il y a un déjà-là. C'est un moment de vie et une fin de vie. C'est comme si quelqu'un, sur la banquette d'un métro, feuilletait un journal en attendant. Le train passe avec la vie et deux personnages montent en suivant la rame. Leur trame.

— Qu'est-ce qui vous a amené à écrire un roman, demanda-t-elle?

— D'abord, était-ce nécessaire, répliqua-t-il aussitôt? Il y a, entre autres, une question d'appartenance et d'appartement.

— Je comprends, celle de l'appartenance. Celle de l'appartement me surprend un peu.

— C'est simple. J'ai attaqué l'écriture à l'envers, c'est-à-dire par la poésie. La poésie se prête mieux à la jeunesse qu'à la vieillesse. Ensuite, les autres productions s'établirent dans la prose, en particulier avec l'essai. Alors, selon moi, je m'étais installé au salon avant d'occuper une place à la salle à dîner.

— Curieuse cette classification. Périmée, mais intéressante. Selon vous, l'écriture ou l'art littéraire aurait-il un lieu, un moment, une chose pour sa confection. Féminine cette manière de penser.

— Oui, un peu domestique, ancien, je l'avoue, dit-il, un peu déçu.

Il pensait à ce qu'il venait de dire et essayait dans l'ébruitement des siècles et l'ébrouement de sa pensée de voir la justesse ou la non-conformité de son avancé. Il crut son idée un peu artificielle, (celle d'une place pour chaque chose et de chaque chose à sa place) comme la vieille classification des genres littéraires. Cela avait quand même un certain charme. La poésie, l'épopée, pour lui s'écrivaient et se lisaient au salon. Endroit de musique, de tentures, moment officiel, soigné. Il pouvait permettre *cet état de transe, cette nuit* de l'abbé Brémond, entendre ou réécrire Sophocle, Horace, Pindare, Villon, Lamartine, Corneille, Racine, Baudelaire, Rostand et tous les poètes de la modernité. Sans oublier Virgile, Homère, Hugo, Chateaubriand, Fénélon, etc., quant à l'épopée.

Le double salon, robe à traîne, s'offrait pour l'art oratoire qui comprend l'espèce épidictique ou d'apparat, celle délibérative ou politique, enfin celle judiciaire. Pour l'homme d'un certain âge, il écoutait là Isocrate dans ses panégyriques, le conférencier Francisque Sarcey, l'orateur Démosthène, Bossuet, Mirabeau de l'époque de la Révolution, Napoléon et même de Gaulle plus près de nous.

La salle à dîner où s'étalait une vaste table, des fauteuils, des cadres anciens sur les murs, où se lisait une certaine intimité familiale, s'offrait pour le genre historique, l'essai, le didactique et le dramatique. Près des objets choyés tels les bibelots et les nappes à franges d'or, s'assoyaient un Fustel de Coulanges, un Jacques Pirenne, un Jules Michelet, un Camille Julian et, plus moderne, un James A. Michener. Près d'eux, à une autre table, se tiennent avec dignité un Pascal, un Descartes, un de Montesquieu, un Renan, un J.-J. Rousseau et d'autres dont la postérité n'a gardé encore que le nom.

L'homme d'un certain âge éprouvait un plaisir à fréquenter la cuisine qui, pour lui, était un lieu d'achalandage, d'épices et de paroles. Lieu privilégié du roman où vaquaient l'odeur du café, la flamme d'un cendrier et le coloris varié des fruits. Là, s'entassaient à tour de rôle et selon les siècles tous les romanciers du monde et toutes les sortes d'écritures. Une cuisine immense aussi grande que le Palais des Tuileries où festoieraient, gesticuleraient, écriraient tous les écrivains depuis les récits fantastiques jusqu'aux récits du *Nouveau roman*. C'est-à-dire à partir, pour la France seulement, de la Cantilène de sainte Eulalie (881) au roman de Robbe-Grillet (1986).

Elle l'écoutait, toujours amusée de voir la littérature tenir maison, habiter ses quartiers selon une catégorisation plutôt fantaisiste et sélective. Elle exprima l'idée de faire le tour du chalet pour se dégourdir les jambes. Philémon les épiait de loin, se faufilant derrière un arbre et les invitant à jouer à cache-cache. De retour, parce qu'elle avait peu de forces, ils reprirent les chaises. Il continua son récit imaginaire et vogua vers les prochaines pièces; les chambres à coucher. Synonymes de duvet, de secrétaire fermé à clé, d'intériorité, de nudité, de souvenirs, de dentelles, de laisser-aller, de fuite du jour. Moment pour le genre épistolaire. Là, où l'on fait passer le cœur, ondoyer la plume. Moment nuit, confession à bâtons rompus. *Laisser trotter la plume, la bride sur le cou* disait Mme de Sévigné, dame fort enjouée et cultivée, veuve à vingt-six ans de son mari le marquis, tué en duel. Bien avant cette favorite de la cour, intelligente et sensible, s'était déjà installé un latin, Cicéron. Le plus grand orateur et le plus illustre écrivain de Rome dont on a conservé plus de 900 lettres. Puis, dans l'ordre de l'épanchement s'ajoutent, pour n'en nommer que trois, François-Marie Arouet qui prit vers 1718 le nom de Voltaire et écrivit, en plus de nombreux ouvrages, une littérature épistolière de 10 000 lettres.

Le bureau et le double bureau, espaces parallèles au salon et au double salon, servaient, le premier à la correspondance officielle, diplomatique, à la réception des ouvrages, des hôtes et des affaires. Le double bureau, pièce vaste et audacieuse, conservait une immense bibliothèque, un peu comme celle de la Bibliothèque nationale, rue St-Denis. Là, dans un silence de rigueur, les livres communiquaient entre eux leur savoir sur des siècles de tablettes. Ceux qui consultaient ces ouvrages devaient endosser un uniforme caoutchouté et porter des verres fumés pour rompre toute communication avec leurs voisins. Il était défendu de tourner plus de deux pages à la minute. On conseillait aux usagers de porter des gants où seul l'extrémité des doigts, préalablement bien nettoyés, pouvaient risquer de toucher délicatement le bout des pages.

Restaient les salles de bains. Endroits où l'on se rase, s'évade, se vidange et déblatère avec les grands miroirs. Ici se rencontrent des hommes de haute valeur dont on a dit qu'ils avaient *le vice de l'envie* ou *la juste inclination de l'esprit à juger des œuvres et de leurs auteurs*. Peut-être les deux. Parmi ces hommes de goût, ces gens érudits, artistes et certes courageux, l'homme d'un certain âge voyait ce cher Aristote, Denys d'Halicarnasse, Tacite, Varron, le grand César, Voltaire bien sûr, La Harpe, Diderot, Sainte-Beuve, Taine, Jules Lemaître, Anatole France, Charles Péguy, Faguet, Brunetière, Lanson, Michelet, Emile Henriot, Robert Kemps, etc. et tous ceux qui possèdent ou garderont cette vertu principale: *à faire briller la vérité dans les textes qu'ils examinent*. Révéler l'essentiel.

Le dernier endroit, toujours dans la pensée du visionnaire, s'appelait les galeries vitrées. Derrière de longues fenêtres offertes au soleil, sous le parasol des arbres couchés par la lourdeur des branches et cachés par la robe verte des feuillages, vivaient là, depuis fort longtemps des philosophes. De tous âges, de toutes nations. Fait étrange, ils avaient chacun leur appartement, et ceux à ce bout-ci de la galerie semblaient éviter ceux qui se tenaient à l'autre coin du vaste Portique. Lesquels étaient les véritables philosophes? Zoroastre, Gautama, Bouddha, Confucius tenaient une conférence. Près d'eux, Thalès, Pythagore, Parménide, Héraclite, Démocrite, Socrate, Platon, Aristote, Epicure développaient une thématique moderne pour cette époque. En d'autres compartiments, Sénèque, Lucrèce, Cicéron, Porphyre discutaient sur les astres. Dans une chapelle byzantine se tenaient en prière St Irénée, St Grégoire de Nysse, St Augustin et St Ambroise. Il avait cru y voir St Thomas d'Aquin et St Bonaventure. Il fallait passer par un long corridor pour rejoindre dans une autre section des philosophes plus modernes tels Bacon, Descartes, Spinoza, Leibniz, Jean-Jacques Rousseau, Pascal. Au fond de la galerie discouraient Hégel, Nietzsche, Karl Marx, Kant, Darwin, William James, Bergson, Sartre et bien d'autres qu'il n'arrivait pas à voir dans cette immense chapelle philosophique.

Un endroit attirait souvent l'homme d'un certain âge, c'était le sous-sol, grand comme la place Saint-Marc à Venise où se visionnait tout le cinéma du monde, depuis le musée de Joseph Plateau (le phénokistiscope, 1832) jusqu'au cinéma dit total ou polyvision ou cinérama à triple projections.

Quand il s'éveilla du rêve qui l'avait emporté, il regarda devant lui et trouva une femme endormie, la tête pendante, les pieds las. Le soleil penchait de fatigue. Il se leva, la porta au lit puis quitta les lieux en silence. Elle n'avait pu suivre le rêve, la maladie l'avait laissée en chemin sous les étoiles.

Le surlendemain, il lui rendit visite. Elle l'accueillit avec un faible sourire. Un quelque chose de malade dans sa figure. Il s'informa, elle répondit que ce n'étaient que ses menstruations, que tout allait bien. Ils prirent une soupe ensemble. Il trouva tous les moyens pour se rendre serviable. Il voulait secrètement qu'elle lui parle du roman et de l'écriture.

— Il y a une chose que vous m'avez cachée, dit-elle d'un ton narquois. Vous me l'avez dit une fois à votre insu.

— Quoi! je comprends mal.

— Vous ne m'avez pas dit que vous aviez une autre secrétaire pour le texte final, ajouta-t-elle d'une voix ironique.

— Non. Oui, en effet. Cela s'explique très bien.

— Ah oui? répondit-elle en ironisant.

— Non, je comprends que pour vous, cela ressemble à un mensonge, à une trahison, à un coup de poignard dans le dos. Il reprit son souffle et sans même penser à rougir (car, selon lui, il n'y avait aucune raison), il enchaîna: vos études, la tâche des copies, des corrections, des re-recorrections sans fin (véritable travail de cuisine), votre bénévolat, votre santé plutôt hésitante, tout cela m'a amené à vouloir vous éviter un surcroît de travail et confier à une autre personne la partie finale.

— Comme ça, moi, je suis dans la cuisine, et elle, l'autre, est au salon répondit-elle en se moquant.

— Non, dit-il embarrassé, il me faut finir le roman pour la fin de septembre. Peu de secondes après: Ah oui, je saisis. Vous croyez qu'il y aurait une autre...

— Parfaitement, une autre femme.

— Ah! Ah! ce qu'on peut entendre. Pour vous rassurer, cette secrétaire, au salon comme vous dites, supporte un bon soixante-cinq ans d'existence et vit de son travail de copiste.

— Mais, avec vous, vous savez... Je vous connais un peu.

— Merci pour la confiance.

Il s'approcha d'elle, la tint sur lui pour la rassurer, malgré ses hésitations. Il essaya de la convaincre qu'après un certain nombre d'années on ne s'enfuit pas comme ça. De plus ils étaient réciproquement liés par une promesse. Pour finir, il l'aimait. La sincérité des paroles et les gestes de plus en plus affectueux vinrent à bout des soupçons de son amie. Il lui suggéra une promenade à bicyclette. Elle acquiesça dans le but de fuir quelques minutes les pensées noires qui l'assaillaient.

Les roues cherchent une ritournelle. Un léger bruit venant peut-être du pédalier annonce chaque fois un tour de jante. Ils iront plus loin que le petit pont, le bonheur viendra plus tard... La chaleur descend dans le lac après avoir fendillé les toits et longé les embrasures. Le mois d'août est presque irraisonnable. Il veut, ce mois, racheter l'été. Il se fait caresse, tendresse, paresse. Août doré des moissons, odorant des chairs, adorable des étreintes. Ici un vallon incliné accélère la joie des amants. Ils regardent là-bas, vers un hoquet d'arbres, une maison qui se liquéfie sous une couverture rouge. Cachée par la tête gonflée des orges, elle songe à la nuit. Vers la gauche, une immense nappe d'eau artificielle, lac à tabac, patauge entre ses rives découpées et rêve d'aller rejoindre le fleuve. Elle se dit un peu fatiguée. Ils décident de s'arrêter un peu. Assis dans l'herbe, ils fument. Un regard vers l'arrière, ils revoient le petit pont qui piaffe d'impatience. Couchés sur le dos, ils s'enveloppent d'herbes dansantes et de bleu sidéral. Elle a deviné la couleur de ses yeux et cette vive brillance quand un homme veut faire l'amour. Elle rit en le retenant gentiment.

— Pas ici, dit-elle, c'est un peu voyant.

Quelques minutes plus tard, on entendait à nouveau le geignement de la roue. Ils cherchaient, sans se le dire, un endroit, une herbe propice pour se dévorer. Une grange abandonnée s'offrit à leur regard. Les bicyclettes tombèrent sur le sol. Ils se jetèrent l'un sur l'autre en se laissant avaler par une pente mousseuse qui les fit rouler et roucouler d'amour. Tandis qu'elle le couvrait de baisers, lui, s'ingéniait laborieusement à dégrafer la brassière. Cette attache était un persistant mystère. Après une heure de soupirs, de fourbir, de désirs et de brandir, ils se trouvèrent sur le dos, parmi les asphodèles et les capucines, à contempler une toile d'araignée qui se cramponnait à la grange, enroulait ses fils autour de deux piquets inclinés. Poètes improvisés, ils pensaient au fil de l'eau, de la vie; au fil des arbres et des oiseaux; au fil déchiré des nébuleuses et des constellations qui, invisibles à cette heure, étireront leurs fils de soie lumineuse dans leur géométrie éternelle et figée. Ils pensaient aussi à la toile enlaçante des bras amoureux, à la tête engouffrante de cheveux, à la spirale doucereuse de la bise, à tout ce qui bougeait dans leur petit bonheur inopiné. Une goutte de pluie vint les arracher à leurs rêveries. Une larme de tendresse du ciel. Ils se réfugièrent dans la tasserie où, au creux du foin fauve, ils refirent leur manège amoureux. Au bout d'un certain temps, ils entendirent un *Beuh!* caverneux sortant du premier étage. Un peu comme les enfants font quand ils veulent surprendre quelqu'un. C'était une vache. Ils pouffèrent de rire et, s'arrachant à l'éteule, la maigre pluie avait cessé. Ils flattèrent gentiment la bête. Lui, l'embrassa même en disant: mon beau minou!

Sur le chemin de retour, ils virent dans les champs et sur la tête humide des géraniums l'effet ensoleillé reluisant sur la charmante lessive. Ils repassèrent sur le pont qui lui remémorait une villanelle qu'il avait présentée, il y a moult années, à un journal de quartier. Il pédalait maintenant sur les syllabes, cherchait les tercets, la rime d'autrefois et parvint à coups d'efforts répétés à la recomposer. Chemin faisant, il lui récita cette poésie pastorale, genre né avant le XVIe siècle et que pratiquèrent avec bonheur Du Belley, d'Urfé et surtout Passerat. Elle lui promit de l'écouter. Avec des gestes fins, cadencés sur la plainte scandée des tours de roues, il entreprit au bout de chaque tercet de faire un petit arrêt métro comme dans une chanson populaire. Voulait-il charmer le paysage?

Le petit pont en dentelle
S'ouvre comme une aile d'oie
Au-dessus des asphodèles

Il tire sa passerelle
Comme l'enfant tend un doigt
Le petit pont en dentelle

Un couple de tourterelles
Sous les bois chante à cœur joie
Au-dessus des asphodèles

Il regarde les nacelles
Danser sous l'arche de bois
Le petit pont en dentelle

Un amoureux et sa belle
Se becquettent sous son toit
Au-dessus des asphodèles

Le petit pont en dentelle
Cache le soir les tournois
Des amours et des querelles

Comme un phare il appelle
A lui tous les villageois
Le petit pont en dentelle
Au-dessus des asphodèles

Sur le bord du chemin, au retour ils cueillirent des framboises et des bleuets. Elle voulut préparer le souper. Il l'invita à faire un *nowhere* et à manger au restaurant. Chemin faisant, bien qu'un peu fatiguée, elle lui posa des questions sur le roman et sur les mobiles qui mènent un écrivain à l'écriture, à cette folie qui pousse plusieurs à se condamner à une retraite, à se rendre esclave de leur calame, à se priver de vivre, à choyer, pour la plupart, un petit narcissisme, un, on-ne-sait-quel complexe et à courir tous les prix. Ils veulent prouver quoi, se demandait-elle. Elle savait que les gens en général lisent peu, pas même La Presse et encore moins Le Devoir, que la durée d'un livre en librairie ne dépasse guère, sans publicité ni complicité, un trois semaines, un mois. Deux mois tout au plus. Alors, pourquoi tant d'efforts, de privations pour une heure d'aube et d'ovations, se questionnait-elle toujours? Elle n'ignorait pas que dans la vie tout homme doit faire, si possible, un choix et développer ses talents. Ce choix souvent commandé par un vouloir sortir de, se valoriser et se *rédemptionner*. On peut ajouter dans l'exercice de l'écriture, ce qui est propre à l'écrivain, à l'artiste, à l'homme public en général, une petite vanité (vanus, vide, creux), un besoin, pas toujours de domination comme dans l'orgueil, mais certainement d'approbation, d'affirmation. Sans oublier le vedettariat qui est très à la mode. Chez les bons écrivains, s'ajoute la souffrance. Il saisit très bien à la pâleur pensive de son visage les tristesses qui agitaient son esprit en mangeant son mets chinois. De son côté, par on ne sait quel transfert ou mimétisme psychique, il tournait autour des mêmes questions. Pourquoi écrit-on? Pourquoi écrivait-il? Elle avait une envie folle de savoir. Cela causait un certain malaise. Décidée bien que timide, elle osa.

— Vous, pourquoi écrivez-vous? Serait-ce trop indiscret?

Il ne répondit pas. Se contentant, dans la ligne du regard, de lui signifier qu'il avait bien compris la question, mais qu'il était difficile d'y répondre. *C'est une tension vers l'absolu, un risque où l'on ne peut prévoir la fin* avait écrit Anne Hébert. *Un vécrire* avait dit Jacques Godbout.

— Je comprends, dit-elle, que la question est ardue et qu'elle relève de l'insolite, du mystère de la création. Auriez-vous quand même un tout petit élément de réponse?

— Je vais vous le dire pourquoi j'écris. C'est un peu une confession. La réponse vous étonnera. Après quelques minutes, il affirma sans élever la voix: J'écris pour disparaître!

Etonnée et curieuse, elle avait l'air stupéfaite de cette déclaration. Disparaître? répéta-t-elle tout bas.

— Oui, reprit-il, disparaître au sens de s'effacer, de partir au lieu d'apparaître, de se manifester, de se faire voir.

— Si cela correspond à ce que je pense, je trouve votre réponse un peu macabre, dit-elle, en le regardant toujours surprise.

— Mais pas du tout. Peut-être qu'à la longue votre vision s'avérera juste. Pour le moment, il s'agit pour moi d'expliciter cette réponse, de me la présenter moi-même, à mes propres yeux. Votre question n'est pas banale. On me l'a posée avant. Je n'ai jamais su quoi répondre. Il y a toujours une contradiction flagrante entre écrire et ne pas écrire, entre l'apparaître et le disparaître. Prenez, par exemple, les racines *"dis"* et *"ap"* dans les langues européennes, la première marque une idée de séparation; la seconde (deuxième sens), celle d'attachement, d'attente et même de copulation. Au risque de jouer à l'intellectuel...

— Non, non, continuez, c'est intéressant, j'apprends, coupa-t-elle avec vivacité.

— Je dirai, pour allonger le jeu, que les mots apparaître et disparaître s'affrontent par leurs racines, pour ainsi dire s'abrogent. On pourrait ajouter que la racine *"ap"* signifie: vie, emprise, et *"dis"*: (des, dis, di du côté latin) dissemblance, faille, retournement sur soi-même, bref, la mort. Si vous me permettez de faire une petite dissection, on peut sortir du mot paraître un second terme qui s'écrira ainsi: par-être. Alors, nous avons devant nous le par-être et le paraître. Le premier comprend l'homme dans ce qu'il est, donc, la conscience, le vrai. Le second, dans ce qu'il paraît, veut paraître, donc, l'inconscience, la simulation.

— Belle dissertation, coupant la parole, elle vaudrait au moins un bon 60% au Collégial.

Il se mit à rire et reprit de plus belle.

— Ah, oui! j'oubliais. Ce qui me permet d'écrire, après avoir annoncé que *j'écris pour disparaître*, c'est le *ap*, vers lequel souvent, et c'est la vie, je suis happé. Il faut dire que le *"ap"* est plus ample que le *"dis"* ou la mort, que la mort est moins réelle que la vie.

— Suite de la dissertation, continua-t-elle.

— Ah! si vous préférez vous amuser... dit-il, un peu chagrin.

— Non, reprit-elle, je comprends, enfin j'essaie de comprendre ce que vous voulez me dire. C'est pour moi, ce discours, une parole assez nouvelle et enrichissante. Je l'admets. C'est de voir aussi avec quelle facilité, quelle danse vous jouez avec les concepts.

— Enfin, c'est un vernis philosophique, un rappel très léger dans lequel vous avez reconnu le livre de votre ami Gabriel Marcel dans *Etre et Avoir*.

— Si j'ai bien compris, comme on dit à la télévision, le par-être ou l'être tout simplement serait...

— L'homme simple, honnête, placé devant soi et devant l'autre, qui ne veut point composer, s'ajuster. En un mot, la nature défrichée.

— Et le second, le paraître...

— Serait celui qui veut tirer avantage de. C'est le devant l'autre, l'avoir, le corps, la culture appréhendée, un peu le faux. Vous aimeriez avoir un exemple?

— Enfin, oui! s'exclama-t-elle.

— Vous connaissez...

— Non.

— Arrêtez! vous faites exprès. J'admets que cette conversation peut vous sembler prétentieuse, élitiste. Il n'y a pas ici chez moi un vouloir paraître, mais un véritable désir d'être. Est-ce que vous reprocheriez à un comptable, à un banquier de parler affaires, chiffres; à un ouvrier de parler travail, usine? Selon moi, la vie se résume à penser à vivre, à vivre à penser et à jouer. Cela a été ma vie. Je *vêle* des idées.

Elle s'approcha de lui, posa ses lèvres sur les siennes et avec un regard très doux dit:

— Gwenn, Gwenn, je ne voulais pas vous offenser. Je m'excuse. Plus tard: Il est vrai que votre langage, vos préoccupations se tiennent dans les hauteurs. Vous ne pensez pas comme tout le monde à cause, je le suppose, de votre passé et que je dois vous paraître terre-à-terre.

— Non! dit-il vivement. Ne vous abaissez pas, c'est plutôt moi qui suis égaré. Je l'avoue, je comprends de moins en moins les gens, j'ai une misère folle à faire mes comptes, je ne me souviens plus d'hier ni du nom de mon voisin. Enfin, je suis un peu désincarné. Hors de la terre, dans les nuages de l'imagination et de la réflexion. C'est tout de même affreux de toujours s'appliquer à vivre avec et dans le concret. C'est moi le malheureux.

— Restez tel que vous êtes. Pour moi, vous êtes mon beau jeune homme que j'aime. Assez spécial tout de même. Je n'en ai jamais vu deux comme vous, le moule...

— Merci, merci. J'ignore si vous vous moquez, mais cela ne me fait rien.

Elle prit place sur la banquette de ses genoux et resta là un bon moment à essayer de comprendre ce visage bon, doux qui cachait peut-être un autre visage qui avait sans doute commerce avec les gnomes, les feux follets, avec les anges ou toutes sortes d'espèces volantes, accaparantes qui attirent l'âme, la rendent indécise jusque dans le bleu du regard. Il est fils de Breton, c'est-à-dire qu'il écoute les intersignes. Elle se servit un verre de Sprite et lui apporta un verre de coke. Une certaine mélancolie planait. Plus d'une heure avait passé quand soudain, et pour lui faire plaisir (tout en restant intéressée au discours), elle posa à son oreille, voix en sourdine, cette question:

— Quel est l'exemple que vous vouliez me donner en ce qui concerne l'homme simple, honnête, nature, l'homme vrai?

— Cet homme qui existe depuis le début du monde peut se ramener en la figure de Cinnatus, riche sénateur romain, (un an avant l'ère chrétienne), *qu'on vint enlever à sa charrue pour le nommer dictateur.* Ce qui arriva souvent. Chaque fois, après avoir accompli sa tâche pour la gloire de Rome, il retournait à ses bœufs, à ses quatre arpents de terre, se dépouillant de ses insignes et fuyant les honneurs. Son nom indique une simplicité austère. Voilà, selon moi le caractère de l'homme vrai qui résiste à la facilité pour demeurer soi. Quand la République réclama Cinnatus pour rétablir l'ordre. En prenant sa toge, il dit simplement à sa femme: *Je crains que notre champ ne soit mal labouré cette année.* En face de Cinnatus, visage du *"dis"*, peut se mettre en parallèle le *"ap"* ou la figure capricieuse, adolescente d'Héliogabale, empereur. Donc pouvoir absolu à quinze ans (219 après J.-C.), que les soldats de la garde massacrèrent. Son cadavre, rapporte tout honnête manuel d'Histoire romaine, *n'ayant pu passer par le trou d'un égout, fut jeté dans le Tibre.* Il y eut aussi dans certaines civilisations, différentes sociétés d'hommes dont la philosophie de vie fut la droiture, le courage, le devoir, la simplicité et l'honneur. Belles figures du *"dis"*: les Stoïciens, les empereurs de l'âge d'or de l'Empire romain, nommés les Antonins (de Nerva à Marc-Aurèle).

— Je ne pose plus de questions. Je suis fatiguée. On remettra ça à demain. Beaucoup de questions encore à vous soumettre.

— J'essayerai de vous répondre. Ne soyez pas surprise, mes réponses sont toujours appuyées par la vie et par les références culturelles. Je suis un homme de références. Que voulez-vous? C'est mon cordon ombilical. Peut-être que je n'ai pas encore absorbé toutes mes études. J'y reviens toujours.

— Parfait, j'aime ça voyager dans le temps.

A peine ces paroles dites, elle se tordit de douleur. Ses mains essayaient de localiser la bosse qui voyageait, frottèrent ses jambes qu'elle ne sentait plus et la nuque où logeait le pincement d'un nerf. Tout pour amener l'homme d'un certain âge à la dévêtir, à enduire son corps d'huile, à appliquer ses mains larges et généreuses le long de ce corps blanc qui se lamentait des cris de miséricorde. Il lui parlait tout bas en la convoitant. Dans le silence des courbes.

Fin de journée.

Le mois d'août s'étalait sur ses flancs, prêt à entrer dans les éphémérides de septembre, à mourir dans les corolles vieillissantes des fleurs, à verser ses derniers fruits aux mains cueillantes des champs, à aoûter ses arbres et ses plaines, à affiler ses faucilles et les longs bavardages, à allumer le cœur de ses forêts, à colorier ses paysages et les cahiers des enfants, à *augustiniser* les forces rebelles de l'été, à déployer sur les villages et les gens les voiles pleureurs du soir, à rapetisser le cercle des heures, à tirer ses axes fous d'étoiles filantes, à fixer ses constellations circumpolaires boréales, enfin, à freiner le pas impétueux et fringant de la ronde de jour.

Fin de la récréation.

Au bout de trois jours, il reçut un appel téléphonique par lequel elle lui demandait de clarifier certains mots qu'elle ne pouvait lire, en vue de refaire la copie de certaines pages à l'ordinateur. Il s'enquit de sa santé. La réponse revenait parfois en éclats, prouvant qu'elle allait bien, que cela allait passer, qu'elle avait beaucoup souffert de la chaleur de la fin des vacances et qu'elle appréhendait désormais ses cours de littérature et de philosophie. Elle lui fit promettre de recevoir bientôt une visite. Elle avait besoin de livres et aussi d'accompagnement. Il lui avait énuméré le nom de quelques maladies possibles, dont la sclérose en plaques. Elle hésitait, ne savait pas. La plupart des médecins affirmaient que son mal était psychosomatique et que, pour elle, ce verdict indiquait un non-lieu, mot radical commode auquel on ajoute toutes les désinences, tous les cas. Pourtant, elle sentait son mal. Partout et tous les jours. Sa santé générale offrait plus l'image de la fragilité que de la résistance. Ce qui la sauvait, s'appelait le caractère, la détermination et l'équilibre. Gwenn avait sauté sur son dictionnaire médical (1952) qui renvoyait le lecteur à l'item: moelle épinière. Les mots passèrent: tabès ou ataxie locomotrice, atrophies musculaires, à marche lente, syringomyélie, hématomyélie, myélites aiguës, main en griffe, main de fakir, main de prédicateur, main d'accoucheur, etc. Il mit le doigt sur un article récent qui ramenait la maladie à ceci: *maladie inflammatoire du système nerveux central, résultat d'une attaque immunitaire, suivie d'une destruction de la gaine myéline qui enrobe normalement les fibres nerveuses.* Causes: le coronavirus, plus, une quinzaines d'autres virus et *une susceptibilité génétique, puis des facteurs liés à l'environnement.* Seul le traitement Interféron bêta-1b (coûts non défrayés: 17 000$ par année) essaie non pas de guérir, mais de stabiliser la maladie. Espérance au second millésime.

Elle avait commencé ses cours. L'après-midi et le soir. Assise au premier banc en avant, face au professeur, elle entendait tout, écrivait tout et posait des questions. Apprendre oui, mais surtout comprendre. Les résultats des années antérieures l'avaient fait remarquer des étudiants. Pour trois heures de cours, quatre heures d'études, parfois davantage. Et beaucoup de discussions avec son ami.

Vers les trois-quarts de septembre, au moment où elle se livrait à des lectures obligatoires: littéraires et philosophiques, apparut Gwenn qui venait d'achever son roman. Alors, grand carnaval. Du corps et de l'esprit. Avant le second examen qui alignait les questions sur la pronominalité pour la littérature; sur la subjectivité pour la philosophie, le souper fut préparé dans l'enthousiasme. Ils chantaient, dansaient autour des plats qui graissaient la voix étouffée de Gwenn. Cette fois, une exception, Philémon faisait partie des invités. Son assiette reposait sur la table. Une chandelle brûlait de désirs. La petite cloche grelotta des sons. Le souper était prêt. Une bouteille de vin blanc, attendait leurs verres qui, en se chahutant, ouvrirent dans l'instant un espace cristallin. Ce bruit limpide, transparent se fit entendre tout le long du repas, au moment des: Je lève mon verre à...

pour... afin de célébrer... Le chat sur sa petite chaise improvisée fixait des yeux une mouche qui montait le long d'une tige rameuse aux fleurs d'un carmin vif et cerise de l'Impatiente de la Nouvelle-Zélande. Ils décidèrent pour s'offrir la joie de leurs visages de l'enlever. Le rôti de bœuf était excellent avec toute sa garniture de légumes aux couleurs variées. Ils parlèrent des cours, du roman, de la vieille secrétaire, de maladie sur un ton hautement moqueur, détaché. Le climat marquait un départ, une fin. Ils s'étaient accordé un petit digestif qu'ils ponctuaient, l'un après l'autre, l'un se déplaçant vers l'autre, par de petits baisers amoureux. Ils décidèrent de faire le tour du pâté de maison. La conversation était restée à la table. Ils marchèrent silencieux sous le regard neuf et doux de l'automne. A ce moment-là passait le signe zodiacal de la Balance qui maintenait les forces entre les rondes de jour et les rondes de nuit. Temps d'équilibre entre l'extérieur et l'intérieur, de mesure entre le cœur et l'esprit, d'approches douces et affectives entre le toi et le moi. Trois fêtes avaient bousculé le mois de septembre: la Fête du Travail, le Rosh Hashanah et le Yom Kippur. Ils allaient vers la pleine lune comme les enfants vont à l'école. Au retour, ils s'affalèrent, l'un sur le divan, l'autre par terre pour déposer leur fatigue avant la soirée encore jeune. Lumières éteintes, une heure s'était passée. Quelques bruits de voitures sur la rue les réveillèrent en sursaut. Elle vint le rejoindre sur le plancher en traînant un coussin.

— Bonjour Gwenn, murmura-t-elle.

— Hey! grommela-t-il mi-assoupi. La digestion est lourde.

Ils se caressèrent un peu. Elle lui massait le ventre, descendant parfois plus bas pour l'exciter. Lui, plus nonchalant, avait mollement posé sa main, à plat, sur le sexe de son amie. Ils se trouvèrent tout à coup assis sur le plancher à se frotter les yeux. Karène comprit qu'il était trop tôt et décida d'entamer une discussion. Comme d'habitude: faire l'amour (pas toujours), parler sur un sujet donné et folâtrer un peu.

— Vous m'avez dit que vous écrivez pour vous suicider.

— Je n'ai jamais dit cela, ma chère, j'ai dit que j'écrivais pour disparaître. Une nuance!

— Ce n'est pas la même chose?

— Pas tout à fait.

Il sentit qu'elle n'avait pas compris. L'acte d'écriture peut être aussi bien chez les sages chinois une des voies de la sagesse que chez beaucoup d'occidentaux une espèce de pavane, une danse de séduction pour vendre leur corps avec des mots, un gros narcissisme et un lucre poignant. Non, elle ne savait pas. Elle ignorait l'histoire de l'écriture, la marche d'un livre, tous les siècles de productions littéraires, scientifiques ou autres et surtout, l'acte en soi d'écrire qui est un jeu dans *lequel celui qui écrit joue sa vie, son corps.* Une façon d'appeler la mort en l'éloignant.

Il se demandait comment, dans une économie de temps, il pouvait dire, essayer de révéler le mystère inexplicable et souvent inavoué de ce désir d'immortalité, d'éternité dans tout écrivain. L'obturation continue. Elle était là maintenant à la cuisine à ranger la vaisselle. De chaque geste sortait un bruit de faïence, un choc de verres entremêlé de mimiques distraites, de sourires jetés qu'elle envoyait parfois à son ami, lequel, plongé dans la réflexion examinait les plages possibles d'attaques du problème. Il lui demanda si elle pouvait lui servir un café. Il voulait garder tous ses esprits. Se dirigeant vers la table, il prit de longues feuilles de papiers en vue de quelques schémas. Il commença d'abord à lui parler de la différence entre la parole et l'écriture, de leur réconciliation dans la mythologie, de l'écriture du jeu, du jeu de l'écriture, du jeu du miroir, du pourquoi on écrit, du témoignage de quelques poètes et écrivains.

Après une bonne heure d'exposition, (n'avait-il pas passé sa vie comme professeur), il eut l'idée de se désaltérer tout en jouant avec le chat. Interruption nécessaire comme lorsqu'après un cours, une conférence, on a envie d'absorber une liqueur, un café pour se changer les idées ou pour remettre le corps en action. Philémon, habitué aux manières du monsieur, se cachait derrière une porte, épiait le chasseur qui, lui aussi, surveillait à son tour. Petits bruits des doigts. Les deux s'approchaient sans se laisser voir et tout à coup bondissaient l'un vers l'autre dans une excitation folle, dans un bond à faire rêver une hirondelle. Elle riait de bon cœur à les voir courir dans la maison, sauter sur le lit, recommencer le manège une dizaine de fois. Lui qui, deux semaines auparavant, ouvrait les bois, chassait les mulots, respirait l'haleine des grands arbres étourdis par le vent et la lumière. Il vivait maintenant dans une camisole et laissait sur le bord de la fenêtre la tristesse de ses yeux.

— Selon vous, écrire serait une sorte de songe, de mensonge, de rallonge? dit-elle, vivement, en essuyant ce dernier verre.

— J'aime bien cette allure rimique de votre phrase. C'est tout à fait juste. Mais, il y a plus. D'abord, écrire est un jeu. Un jeu du Je. Jeu qui n'est jamais absolument Je, parce qu'il y a l'autre. Et je suis le manque de l'autre. C'est par cet autre qui me reconnaît que j'investis mon Je. Et je peux à peine, à ce moment-là, commencer à faire acte d'écriture.

— C'est très compliqué tout ça. C'est presque insensé.

— Voilà, vous avez exactement le mot de Mallarmé: *Ce jeu insensé d'écrire.* Cet entêtement. Vous connaissez Mallarmé?

Elle ne répondit pas, prise dans le flot des pensées. Assise par terre, appuyée au divan, elle cherchait dans tout ce cortège de mots où asseoir sa réflexion. Elle le regardait, fronçant les sourcils. Cela donnait à sa figure un plissement têtu au milieu du front où se logeait sa méditation. Il lui demanda s'il pouvait bouger un peu. Elle acquiesça par un hochement de tête distrait, se demandant enfin, toujours: Pourquoi écrire alors? si *écrire est une tentative suicidaire*, une simulation, une ruse et pour aller dans le discours disgracieux d'un prof d'université énonçant: *l'écriture est une bonne fille (une vieille plotte sympathique, un torche-cul et par le fait même récupérable)*, et d'Artaud disant: *la littérature est de la cochonnerie, que l'écriture est le produit de sa douleur mentale et physique; le langage, matière de l'esprit, aussi se corrompt comme ce corps inemployable fait de viande et de sperme mou.*

Il se promenait dans l'appartement délassant ses jambes et ses idées. Sachant bien qu'il avait déclenché chez Karène, et chez lui aussi, par leur palabre commune, une avalanche d'hypothèses, de questionnements propres à nourrir un cours de littérature. Ils étaient prêts à reprendre la conversation. L'heure avançait, mais ils avaient bien mangé. Ils pouvaient surseoir encore. Il vint se placer près d'elle, sur le divan. Elle fit, quelques moments, une tentative amoureuse à laquelle il répondit fort peu. Sa tête était ailleurs. Il s'excusa. Quitte à se reprendre plus tard. Il voulait finir sa thèse.

Qu'allait-il ajouter de neuf? Sans se répéter, sans faire des truismes? Mêler quelques citations, les avarier? Il répartit son réquisitoire en partant de cette idée que: si j'écris, donc je devrais exister (scribo ergo sum), que si j'écris, c'est que je joue (scribo ergo ludo). Qu'écrire (cet objet interdit), *c'est se retirer, c'est mentir*, que *l'écriture suppose l'accès à l'esprit par le courage de perdre la vie, de mourir à la nature.* Toute la vie avec ses sentiments et activités n'est que *l'image ou la figure de ce que je mets en jeu, dans l'acte même d'écrire.* L'écriture, continua-t-il, comme l'enfance n'est jamais innocente; elle est davantage un poison qu'un remède. Elle représente (selon Derrida, dans la Pharmacie de Platon), l'artifice, l'avortement, le bâtard, la nuit, l'impur (corps), la sexualité aphrodisiaque au lieu de faire apparaître la nature, l'accouchement, le légitime, le jour, le pur (âme), la sexualité déMétérienne.

Il s'arrêta un peu au regard de son interlocutrice, brouillé par la fumée bleue de sa cigarette. Il décida de continuer. Il insista, au passage, pour dire que Socrate n'avait pas écrit. Aussi, qu'écrire, c'est dire, se peindre, se plaindre, jouer, souffrir et que c'est *d'abord se heurter à l'impossibilité d'écrire.* La parole, la pensée peuvent-elles vraiment se traduire, lui disait-il. *C'est pourquoi le texte ne peut pas exister.*

Lorsqu'on écrit, la mort toujours présente à nos côtés recueille dans ses mains d'oubli les pensées et les mots qu'on aurait pu écrire ou qu'on a oublié d'écrire. Ainsi le texte sorti vivant de nos entrailles se sauve en quelque sorte de l'assassinat, évite l'enterrement d'un autre texte. Le vrai texte n'a peut-être jamais été écrit. C'est un discours de l'impossible donc, terreur des lettres, angoisse avant, devant la lettre. Pour conjurer cette angoisse et la face de la mort, se choisit un jeu: celui d'écrire, de faire des raies pleines, signifiantes de ma vie et du monde discontinu qui m'entoure. Pour moult écrivains, remplir leur vie d'écritures. Cela repose la question: Ce que je viens d'écrire, est-il vraiment ce que je veux dire? Ai-je écrit le bon livre? N'ai-je pas laissé tomber un autre livre, d'autres livres. C'est dire *que la mort se promène entre les lettres*, que mon texte ne m'appartient pas, ni avant ni après et que je serai toujours coupable d'écriture, d'avoir commis l'écriture. L'erreur, renouvelée, c'est de continuer à écrire et d'être infidèle. Comme homme, comme écrivain. Il y a un livre qu'on porte en nous, dit Jabès, on ne peut être que dans ce livre qui ne sera jamais écrit que symptomatique. Le croire, c'est irrecevable et présomptueux. La coïncidence n'existe pas. *Je ne puis jamais dire ce que je fais, ce que j'écris*. Ecrire comporte cette dimension quaternaire: corps-désir-jeu-mort. On devrait toujours être dans l'absence d'écrire ou dans une formulation plus serrée *l'absence d'écrire est mon travail*. Ecrire, c'est violent parce que l'on meurt. En poursuivant: *Il est impossible d'écrire*, parce qu'écrire se fait dans le désespoir, *le désespoir est son état normal*. Et pourtant, on écrit, il y a eu des chefs-d'œuvre!

Gwenn observa entre deux élucubrations que Karène s'était endormie. Un petit sifflement sortait doux de sa bouche comme un tir d'elle qui passe au loin. La tête droite, toujours dans la même position, faisait croire qu'elle était présente, qu'elle prêtait son attention le plus sérieusement du monde. Il répéta pour s'assurer qu'elle dormait bien:

— Et pourtant on écrit toujours! Il y a eu des chefs-d'œuvre!

Elle ouvrit un œil comme la rose au matin de mai, se frotta le sein, la bosse, et murmura d'un air candide à faire sourire les anges:

— J'ai dormi!

— Oh! à peine, quelque peu. Allons nous coucher, il se fait assez tard.

Il la transporta dans son lit, la dévêtit du bout des doigts, il l'embrassa comme Jupiter embrassait Vénus. Sa tête se replia sur son cou. Son visage faisait mine de pleurer.

Il s'endormit à sa place, du côté droit, ensuite sur le ventre, selon, on suppose, une habitude d'enfance. Pour ne pas déranger. Sa position prise, il bougeait très peu. A le voir, jambe droite un peu repliée, bras droit sous la poitrine, tête couverte comme une statue funéraire ou une vestale guettant la nuit, bouche presque close faisant une minuscule fenêtre vers l'extérieur, on aurait dit un gisant renversé au cimetière du Père Lachaise. Tout cela précédé, avant *l'endormir*, d'un fort signe de croix, ponctué de poings fermés sur le front, le ventre et les deux épaules. Cela lui arrachait une petite grimace. Accompagnée d'une prière qu'il débitait en essayant de penser aux paroles qui s'achevaient sur: *In manus tuas Domine, commendo spiritum meum.*

Vers le milieu de la nuit, il se leva, marcha dans les ténèbres, évitant tout bruit, toute lumière impertinente, pour aller à la toilette. Au retour, dirigé par les murs, il retrouva son lit. Il s'assura qu'elle n'avait pas froid et qu'elle avait bien toutes les couvertures qu'elle avait prises d'ailleurs. A peine quelques minutes, il entendit un chuchotement, un mot, des syllabes qu'il ne comprit pas. Dressant l'oreille, il crut entendre: j'écris... je m'écris... je m'inscris... Elle rêvait à l'écriture. Il sourit. Pour donner écho à cette ludique énumération, il voulut se joindre, un instant, à sa voix et, sur le souffle de la nuit, il murmura à son tour: j'écris... je sexe crie... Il s'arrêta. La paupière de sa compagne venait de vibrer. Il se retourna avec douceur vers son côté. N'était-ce pas un viol que de transgresser l'inconscience? Repentant, il s'apprêta, en dépit des premières rougeurs de l'aube, à se rendormir. Soudain, il sentit une main chaude, féline se glisser le long de sa jambe.

Mais dans quelle chambre, dans quel parloir les âmes communiquent-elles ensemble, se demanda-t-il. Il ne voulait pas l'empêcher de dormir.

Sa main dessinait lentement le ventre et les seins en les pinçant, redescendit vers l'entre-jambes où le sexe dressé et flamboyant jetait des rougeurs de soleil.

Comment savait-elle qu'il la désirait à cette heure où les rêves dansent et les corps composent l'absence?

Elle se tourna lentement vers lui et l'entraîna vers le centre de sa béance amoureuse. Ses lèvres entourèrent son visage comme un châle à baisers et ses jambes se fermèrent sur lui. Corps étouffé d'amour.

Avait-elle prévu ce débordement éclaté et nocturne? Y avait-il un signe, une brèche qu'elle aurait décelés la veille, à travers les méandres des yeux ou des gestes, dans l'écoulement des mots?

Les corps tanguaient vers la fin des étoiles, se berçaient aux premiers cris des oiseaux. Une douleur dans l'attente. Ils chaviraient maintenant telle une barque renversée sur sa carène, secoués de cris, de cheveux, de souffles cherchant le fond du désir, l'abîme de la mèr(e).

Pourquoi avait-elle devancé sa flamme, ses soupirs? Hier, tout se tenait dans la raison, dans le déchiffrement des mots, dans l'étayage des opinions et non dans l'embrasure de l'émotion.

Le désir poursuivant sa faim, les corps se creusaient des sillons dans leur cadence, s'affolaient dans l'halètement précipité, dans le vertige cambré des muscles. Leur chair ouverte offrait une plage aux baisers qui n'avaient plus de lieux pour respirer, plus de recoins pour s'assouvir. Chaque roulis forgeait une histoire de tendresse, chaque torsion vibrait à travers ce corps-à-corps éperdu qui s'acheva dans le désordre déchaîné du lit et dans la convulsion de l'aube amoureuse.

La chambre soufflait encore. Etendus, las, sur le dos les amants yeux fermés, devinaient qu'ils venaient de refaire la création. La traversée de l'âme à travers les corps. Après une douche rapide, ils vinrent de nouveau se coucher. Les rayons hantaient les lieux. Ils allèrent ainsi jusqu'à midi. Elle se plaignit un peu de son mal de tête, de sa bosse, de ses reins. Pourra-t-elle se lever, ses jambes vont-elles la soutenir? Il s'offrit pour lui faire un massage. A la fin, après mille baisers, le mal s'était éloigné. Au déjeuner, il tenta d'amorcer la discussion pour arriver à une conclusion. Une manière de s'expliquer pour en finir. Elle accepta. Surpris, il reprit un café et attendit la question. Se servant un décaféiné, elle posa d'un ton qui semblait intéressé:

— Donc, vous écrivez pour disparaître. Cela m'amène à croire que vous nagez en pleine contradiction. Si vous voulez disparaître, alors, pourquoi écrivez-vous?

— Ecrire, ma chère, on l'a déjà dit, je crois, c'est *appeler la mort en l'éloignant*. C'est juste, il y a une contradiction. Si vivre c'est mourir, mourir c'est aussi vivre. *Pour écrire*, disait une écrivaine célèbre, à peine décédée, *il faut entrer dans la nuit*. Ecrire, reprit-il, est une longue mise au tombeau. Chaque livre qu'on écrit est la déchirure d'un des voiles du Temple, une mutilation, une fausse-couche, un rejeton plus ou moins réussi, un morceau de vie qu'on arrache de soi, de l'existence. De notre corps. Et cela, à vif. Principalement dans le roman, la poésie. Parce que c'est s'avouer, dire ce qu'on est quand on n'a jamais été. Cette impossibilité d'écrire amène l'écrivain, l'artiste à décrire, à s'écrire, à s'inscrire, à s'écrier et, comme dans votre joli rêve, possiblement, à s'excrire. On connaît la dimension phallique de l'écriture.

— Comme ça les écrivains ne devraient pas se donner tant de mal, si écrire est une mort lente?

— Oui, c'est vrai. Mais aussi une naissance. Ne craignez pas, continua-t-il, il y aura toujours des écrivains. Ils sont suffisamment masochistes et assez fats pour vouloir s'assassiner dans la gloire de leurs écrits. Pour quelques-uns, c'est toujours un acte manqué, un délit, une pièce mal jouée. Aussi, on les voit beaucoup plus se tapir, disparaître que chercher à apparaître.

— Pourtant, lorsqu'une personne publie un livre, vous dites que c'est une naissance, alors cela devrait être un moment de réjouissances, non un enterrement.

— Oui, c'est un enterrement; c'est l'enfouissement de soi-même, d'un autre livre, d'une autre écriture, l'envers du possible, un faux miracle, donc, une certaine mort. Il faut dire aussi que chaque lancement de livre est, à la fois, une naissance et une mort. Cela dépend du produit. Il y a des livres avortés comme il y a des ouvrages de haute culture, de conscientisation véritable, des guides, des livres-phares. La Bible, les Upanishad, etc.

— Il en faut de tous les genres, ajouta-t-elle.

— Cette idée d'écrire pour disparaître relève plus d'une raison philosophique que d'une raison sociale. Il faut ajouter l'âge, le mûrissement, *la mise en abyme* comme on pourrait dire. Il est tout de même bon d'être reconnu par l'autre, mais il faut parfois varier le tour.

Un silence passa entre les paroles. Y avait-il autre chose à dire? Il fit des pas autour de la table. Un désir effleura l'épaule de la femme au mitan de l'âge. Assaillie par mille questions, ses yeux offraient une échancrure pour le baiser. Il la prit dans ses bras comme une dragée. Le soir renouvela sa joie, la tendresse était au rendez-vous. Il est vrai de dire que l'amour est meilleur que le vin. Une question restait sur les lèvres de Karène qui se sentait un peu malade en ce moment, la tête, le sein, la bosse, les jambes, un peu de tout qui fait que la vie sans le support solide du corps est une longue et terrible blessure à traîner. La vie en deux. Entre deux moments. La question traînait. S'éternisait. Elle avait hâte d'en finir. Le roman était d'une visibilité criante. C'était, s'en étant aperçue, son roman, le sien à lui, le roman à deux dont ils étaient les fulgurants témoins. Il devina ses pensées. Il crut, avec une juste appréhension ou appréciation, que le roman semblait offrir l'image d'un miroir, d'une copie conforme et que le roman était le genre qui se refusait, le plus au monde, à l'autobiographie. Du moins depuis l'établissement du genre. Le double. La photographie de famille. Il attendait la question avec fermeté. D'avance, il refusait cette solution. On ne peut pas se méprendre à ce point-là. Elle se décida, malgré quelques douleurs au ventre.

— Vous ne trouvez pas que ce roman ressemble à notre odyssée, que c'est le théâtre de nos amours, de nos discussions, de nos exploits?

— Oui, répondit-il, d'un ton vif, apparemment.

— Comment apparemment?

191

— Lorsque vous écrivez un roman, il ne faut pas oublier qu'il y a trois personnages. Le narrateur, l'auteur et les héros. C'est une théorie connue. Le narrateur est un *je* non pur, c'est une fiction. Il représente l'auteur. L'auteur aussi, à son tour, est un *je* mais ce *je* est un autre. Ce sont pourtant, des personnes réelles. Les héros sont des personnes fictives, le il. Le lecteur à qui l'auteur raconte l'histoire ou le récit devient un tu. Dans le roman, il ne peut y avoir une identité littérale. L'auteur est ce qu'il rêve de ses héros, c'est un *je* projeté dans le monde fictif, le *je* du narrateur. Ce dernier, le narrateur, n'est pas littéralement l'auteur. Il est, en plus de représenter le lecteur, le point de tangente entre le monde raconté et celui où on le raconte. Il est le moyen terme entre le réel et l'imaginaire. Je me réfère ici à l'auteur d'*Essais sur les modernes*.

Elle saisissait mal, enfin, un peu ce que Gwenn expliquait. Elle ne comprenait pas ce glissement entre les personnes, ce manque d'identité, cette perte d'originalité. Est-ce que moi, je est bien moi, est bien je, vacillant sur elle-même. Pourquoi cette décantation, cette distance? C'est une problème d'identité, sans doute.

— Dites-moi, quand Je vous parle est-ce bien moi qui vous parle ou si c'est une autre qui vous parle? demande-t-elle en s'arrachant à sa rêverie.

— C'est vous et c'est une autre. C'est davantage l'autre. C'est indiscernable. A la question quand moi est moi, je dirai: jamais. Le moi ou le je ressemble à un jeu de cartes. On peut compter au-dessus de cinquante sortes de moi. Exemples: le moi inconscient, le moi conscient physique (je-moi phénoménal), le moi conscient psychique (nouménal), le moi social, le moi ontologique, le moi transcendantal, le moi ludique, le moi littéraire, le moi religieux, politique, économique, et ainsi de suite. Quand on dit Je, je saisis à peine ce que l'on veut dire, c'est pour moi une face, une surface. Il n'y a de Je que dans l'absolu. Seul l'inconditionné ou l'absolu est réel. Nous ne sommes qu'une apparence. Aristote même distingue vingt-sept sortes d'identités. Alors!

— Mais, on est loin de notre problème.

— Au contraire, si vous faites le rapprochement vous saisirez que, lorsque j'écris, ce n'est pas moi qui écrit, c'est l'autre, c'est le livre, ce sont, les mots. Le je exprimé est relatif, c'est un pronom personnel, derrière un individu certes, qui possède une certaine identité numérique, qualitative, une individualité symbolique. Le tout est loin d'être transparent. Tout est changeant. *Tout apparaît, disparaît* selon Vichnou. Pour finir, tout a été dit, écrit, chanté, murmuré. Vous comprenez mieux maintenant *cette impossibilité d'écrire* et ce désir chez moi

d'écrire pour disparaître. Je suis déjà disparu. Oui. Ai-je déjà paru?
Non.

— Cela donne un coup aux œuvres autobiographiques et aux lecteurs qui ne lisent qu'au premier degré.

— Oui, reprit-il, de la lecture empirique comme dit Umberto Eco.

Une feuille venait de tomber. L'automne entrait en douceur dans la forêt, détachait avec discrétion quelques limbes qu'il offrait au regard surpris du marcheur sous la luminescence du mitan de septembre. Cette feuille d'érable au dessin emblématique offrait trois lobes principaux et, deux plus petits. *Acer saccharophorum*, auraient attesté les savants. Aceraceae: famille de l'érable. Le pétiole tournait de côté, délaissant le plan droit, rongé à la partie supérieure. Elle avait voyagé. On voyait sur le dessin de fond quelques couleurs fauve et même l'annonce de prochains orages. Peut-être des figures d'une autre mer, le visage brouillé de longs noyés.

Salut, bois couronné d'un reste de verdure,
Feuillages jaunissants sur les gazons épars!
Salut, derniers beaux jours! le deuil de la nature
Convient à la douleur et plaît à mes regards.

Je suis d'un pas rêveur le sentier solitaire;
J'aime à revoir encor, pour la dernière fois,
Ce soleil pâlissant, dont la faible lumière
Perce à peine à mes pieds l'obscurité des bois.

La poésie venait au front de l'homme d'un certain âge. Celle de la *Méditation vingt-troisième* de Alphonse Prat de Lamartine lui avait toujours plu. Cette feuille rouge sang, aux tons simagrés, cette chute soudaine, imprévue, à plat, sans retenue, recroquevillée, cette feuille annonçait-elle un présage? Gwenn ne voulut point y penser. Une seule chose occupa toute sa journée: l'achèvement de son roman. L'éditeur, homme charmant, urbain et compréhensif attendait là-bas après la folle du logis... Une autre feuille vint, balançant dans un spasme flottant, se placer près de sa jeune sœur végétale. Végétale, au sens que cette fois, les lobes de cette dernière dessinaient des formes différentes. La couleur était jaune comme le soleil raidi, effrayé. L'auteur, par une sorte de bienveillance et de souci pour le lecteur, soulevait en lui des questions quant au sujet du roman et de son roman. Il se souvenait de ce que les manuels, les critiques, les académiciens, les écrivains avaient dit au sujet du *je* et du roman personnel; cette phrase de Flaubert, par exemple, qui affirmait qu'*il ne faut pas s'écrire, que l'artiste doit être dans son œuvre, comme Dieu dans sa création, invisible et tout-puissant; qu'on le sente partout, mais qu'on ne le voit pas.* En face de Flaubert (1860), il pouvait opposer Chateaubriand *pour qui l'œuvre littéraire reflète l'image de l'auteur.* Alors, il se demanda avec Alain Robbe-Grillet, *à quoi servent les théories?.* Il préférait avancer, après lui, que *chaque romancier, chaque roman, doit inventer sa propre forme, ...que le livre crée pour lui ses propres règles.* L'auteur, enfin lui-même, Gwenn cherchait à dire de lui, de l'homme, à poser avec une allure critique, interrogative le problème de la vie, de la mort, de l'amour. La seule question qui le rassurait se résumait à cette phrase qui ressemblait par certains côtés à celle de Kierkegaard: *les lignes que j'écris le matin se rapportent au passé et appartiennent à l'année dernière; celles que j'écris maintenant, ces pensées nocturnes, constituent mon journal de l'année courante.* Bref, à sa manière, l'homme d'un certain âge pouvait légitimement affirmer, *in extenso*: Est-ce que mon *je* de la semaine dernière est bien mon *je* de ce matin? Si quelqu'un me voit porter un tablier, est-ce que cela signifie que je suis un forgeron ou un garçon de café? Et puis, tous ces nouveaux romans depuis plus de cinquante ans et toute la production littéraire actuelle n'ont-ils pas largement quitté, transgressé la théorie des genres littéraires? Aussi, la vie offre-t-elle seulement l'image de la tragédie, d'un roman, de la comédie? La vie est tout cela. Suivre la ligne de fond. Sauvegarder l'art. Ce roman, pensait l'homme d'un certain âge, se veut à la fois un récit sentimental, un échange d'idées, même un poème en prose où le cœur se tient en partage avec la raison. L'écho de la vie, l'écoute de l'homme.

Il réaffirma, en finale, que son roman ressemblait au voile humide d'une danseuse nue: on ne voit rien, on devine tout. Une vision.

Ce jour-là, il partit dans quelque librairie pour acheter le dernier numéro de la revue Liberté. En revenant chez lui, le téléphone sonna. Un parent ou un voisin. Il devint pâle, blême. Les mots manquaient, suffoquaient dans sa bouche. Le vide dans l'esprit. Il venait d'apprendre que Karène venait d'entrer d'urgence à l'hôpital. Elle lui demandait de venir.

Il s'empressa. C'était l'heure du souper. Un grand branle-bas comme une armée en déroute: des voix au bout du corridor, celles des téléviseurs, une salve à l'urgence et le chant des cabarets. La chambre de la malade se situait dans le service des soins intensifs. La douleur de l'endroit avait adouci les voix. Le pas était feutré, l'air convenu. C'était l'antichambre de la mort ou du retour à la vie. Le destin jouait derrière les persiennes. Ici, tout avait l'air de s'affaisser, de vieillir. Apparaître-Disparaître. Les visiteurs, les parents portaient en berne leur visage. L'horloge pointait l'espoir. Et le moindre geste et le moindre soupir faisait se soulever les visages. Il approcha. Une forme longue et floue coulait dans le lit. La parole ici n'avait aucun sens. Il lui prit la main. Oh! timidement. Comme une grâce. Elle souleva lentement l'index, les yeux toujours fermés, et enroula son doigt au creux de sa main. Une infirmière: Monsieur, pas plus de cinq minutes, s'il vous plaît!

Il partit avec de longs regards appuyés sur ce visage aimé. Ses traits reprirent, quelques minutes durant, plus de netteté. Elle esquissa un tendre sourire au milieu des larmes qui ruisselaient tristes le long des joues. L'homme d'un certain âge fut étonné de reconnaître, à ce moment-là, la femme de ménage de l'exposition de Duane Hanson. Non pas dans le vif de la vie, par la couleur de la peau ou l'embonpoint et la taille, mais par ce geste arrêté, ce mouvement coupé qu'on voit souvent dans la statuaire. Même figure abandonnée, désabusée où l'idéal s'est éteint, le goût de vivre éclipsé. L'une, en face d'un congédiement possible, l'autre, devant le dénouement fatal. Les deux essayant de retenir un bonheur qui se dissipait à chaque instant. Ce moment le reportait au printemps de leurs amours au Musée des Beaux-Arts, il y a cinq ans. Il venait de revoir dans ce mirage soudain, l'éclipse du temps, une présence de vie.

Le soir approchait comme une louve. Allait-il souper à l'hôpital? Il lui devait bien cette nuit. N'avait-elle pas une fois, passé une telle nuit près de lui. Quand il fut malade. Il ne put avoir la permission de rester près d'elle. On ne guérira jamais du cœur. Il revint chez lui désespéré. Le surlendemain, il se rendit à son chevet. Très faible, elle lui fit signe d'approcher. La figure convulsée de Gwenn contrastait avec celle apaisée de Karène. A voix douce et basse, elle lui demanda d'exaucer un vœu quand elle sera partie: celui de recueillir son corps dans une urne funéraire et de répandre ses cendres dans la forêt. Lui pleurait en cachant sa douleur. Il n'avait pas la force de protester. Elle, calme, presque sereine, posa sa main blanche sur la sienne.

— Vous me le promettez? Il ne répondit pas, repartit à fondre en larmes.

— Vous me le promettez, reprit-elle, d'une voix presque éteinte. Son regard plus insistant lui arracha un signe de tête. Il inonda son visage de pleurs et resta longtemps prostré près du lit. Une main sur son épaule l'avertit de s'éloigner.

Un souffle passa, elle venait de mourir.

En longeant le corridor, il entendit des voix qui discutaient et crut saisir un diagnostic: sclérose en plaques, nouveau virus qui a eu raison du système immunitaire.

Il resta trois jours caché, secoué par des pensées funestes. L'entourage ne comprenait pas sa conduite. Lui, philosophe. Très tôt, il avait prédit aux siens sa mort. Il n'avait jamais pleuré à des funérailles. Non par manque de sympathie ou de sensibilité, mais par cette espèce de participation intellectuelle qui le faisait davantage *cultiver l'universalité au détriment de la particularité*. Attitude tout à fait confucéenne, socratique, épicurienne, stoïcienne. Comment expliquer cette attitude étrange, sinon qu'il acceptait la mort pour lui, non pour l'autre. A part la perte d'un corps, il y avait également l'évanouissement d'une conscience. Peut-être qu'il faut croire aussi à l'amour...

Il se rendit un matin au crématorium. L'urne, disposée sur une table, près d'autres vases aux dimensions et aux couleurs variées, attendait le grand voyage. Suivie de peu de parents et d'amis, ils se rendirent à la campagne. Lui, ne voulut point conduire. Une cousine, l'air embarrassé, tenait sur ses genoux, le coffret funèbre. Lui, muet, regardait partout ailleurs, avec de longues pauses sur le ciel et les arbres. Tout un univers dans une toute petite boîte.

Il sentait la mort. Il l'avait embrassée. Prise dans ses bras. Comme une fiancée qui, après quelques entrechats, se dérobe à son compagnon et va rejoindre à la fête un autre danseur. *Mors certa, hora certa sed ignota.* Elle était morte comme si elle avait appris à mourir. Préparation longue pour une mort rapide. La vie était chez elle une mort lente. Presque apprivoisée. Parfois de petits bonheurs arrachées.

Chemin faisant, larme à l'œil, il se rappela ce long chemin de souvenirs: son corps qu'elle balançait comme une ramille dans un mouvement de grâce, ses yeux aux couleurs souvent délavées qui ironisaient en se plissant où se lisait une irrésistible enfance qu'elle ne pouvait dissimuler; ce chat, toujours caressant, malin, pondéré qui assistait à leurs discussions, à leurs amours, ces linges à frotter qui menaient ses mains ainsi que des palmes au-dessus de la poussière; ces interminables débats autour de la baignoire dans le secret de la lumière, ses angoisses entretenues à propos de ses études académiques, de ses travaux scolaires, surtout quand il fallait dire d'elle, s'avouer; ses malaises éternels qui la tenaient comme un crin sans sa robe blanche, enfin, au début, leur muette et adorable rencontre autour des sculptures vivantes de Duane Hanson...

La voiture se mourait dans les détours. Plus elle avançait, plus il se sentait aspiré par la mort. N'avait-il pas eu, il y a trois jours à peine, un tête-à-tête avec elle? Au bout de quelques arpents, la voiture, le char funèbre, s'immobilisa. Une petite forêt s'étalait là à une vingtaine de mètres. Ils marchèrent lentement. La culpabilité de vivre en ces minutes de dépouillement. Au-dessus des yeux s'offrait la force des paysages, le scandale de la vie, l'étalement blessant des voix, des couleurs. Il se recueillit longuement, prit l'urne funéraire et la porta haute devant lui. Monté sur un tronc d'arbre, il voulut dire quelques mots. Les premières paroles se noyèrent dans l'errance et l'étouffement. Des sanglots sortaient des bois, les quelques assistants fondaient dans les pleurs. Il essaya de se reprendre. D'une voix toujours basse, il improvisa, changeant d'idée, ces quelques mots:

Chaque matin, les roses m'offrent la prunelle de leurs yeux, la grâce de leur teint frais et la beauté de leur robe vermeille.

Je passe chaque matin comme l'abeille pour cucillir le nectar de leur parfum et je pique celles qui, tête découronnée, guillotinée, n'ont pu passer les douleurs de la nuit. Et je sens l'odeur de la mort, je vis la mort de ces tristes roses.

Quand vers l'aube, je n'ai pas assisté à la naissance de leur regard, respiré leurs premières faveurs, je meurs chaque soir de l'aurore déprimée de leur matin.

Ainsi, Karène que nous affectionnons tous, décédée dans la fleur de l'âge, nous est retirée de la vie avant sa dernière floraison. Ravie à notre tendresse, morte ici aujourd'hui, elle s'ouvrira plus belle demain, ailleurs.

Parce que, malgré la fatale opposition, la vie est plus forte que la mort ou la mort moins réelle que la vie.

Il ouvrit le couvercle de l'urne, il regarda droit le soleil. Et dans un geste large, il jeta les cendres dans l'épaisseur de la forêt, à la douceur des vents émus par cette offrande faite aux puissances de la terre. Le jour achevait sa ronde. La nuit veillait sur lui. Elle le couvrait déjà dans un édredon d'étoiles. Elle avait des noirs dans ses nuages et la constellation d'hiver Lepus semblait former un K.

> *Quand je serai morte, mon très cher,*
> *Ne chante point tristement pour moi;*
> *Ne plante pas de roses à ma tête*
> *Ni de cyprès ombreux.*
> *Sois l'herbe verte au-dessus de moi*
> *Humide de pluies et de rosée*
> *Et si tu veux, souviens-toi;*
> *Et si tu veux, oublie.*

Christina Rossetti, (Chant)

Achevé d'imprimer en novembre 1996 chez

VEILLEUX
IMPRESSION À DEMANDE INC.

à Boucherville, Québec